甲醛安全生产与环境保护

周万德　主编

朱铨寿　何　幸　李　峰　副主编

U0062390

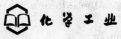

化学工业出版社

·北京·

本书以我国甲醛工业为背景，结合当前我国安全生产与环境保护的法规政策，较全面地介绍了我国甲醛工业发展概况及安全生产形势、甲醛生产过程特点与安全生产管理、应急管理与应急体系建设、甲醛生产装置安全评价、职业健康安全管理体系建设和我国相关法律法规，对我国甲醛工业在安全生产和环境保护方面有一定的促进作用。

本书可供从事甲醛生产的企业以及各大专院校、科研单位和进出口公司的相关人员阅读参考。

图书在版编目（CIP）数据

甲醛安全生产与环境保护/周万德主编. —北京：化学工业出版社，2008.8
ISBN 978-7-122-03494-6

Ⅰ.甲… Ⅱ.周… Ⅲ.①甲醛-安全生产-中国②甲醛-化学工业-污染防治-中国 Ⅳ.TQ224.12 X783

中国版本图书馆 CIP 数据核字（2008）第 117925 号

责任编辑：靳星瑞　　　　　　　　文字编辑：李锦侠
责任校对：陈　静　　　　　　　　装帧设计：周　遥

出版发行：化学工业出版社（北京市东城区青年湖南街 13 号　邮政编码 100011）
印　　装：北京云浩印刷有限责任公司
850mm×1168mm　1/32　印张 7　字数 183 千字
2009 年 1 月北京第 1 版第 1 次印刷

购书咨询：010-64518888（传真：010-64519686）
售后服务：010-64518899
网　　址：http://www.cip.com.cn
凡购买本书，如有缺损质量问题，本社销售中心负责调换。

定　　价：23.00 元　　　　　　　　　　版权所有　违者必究

本书编委会

前　　言

甲醛是一种重要的基本有机化工原料，它能与众多化合物进行反应，生成许多重要的化工中间体和衍生产品，广泛应用于化工、林产品加工、农药、医药、轻工、纺织、建筑等众多领域。

2007年世界甲醛产量已达到4000万吨以上（37% CH_2O，以下同）。我国甲醛工业经过50多年的发展，甲醛生产能力和产量已居世界第一位，截至2007年我国已有甲醛生产厂家近400个，遍布于除西藏、青海省以外的各个省市和地区。

2007年我国甲醛生产能力超过1500万吨，产量超过1000万吨。1960～2007年，我国甲醛生产能力和产量的年均增长率分别为15.7%和15.3%。

安全生产与环境保护是事关国家和人民生命财产的大事，做到安全生产和保护好环境是我国国民经济可持续发展的一项基本国策。甲醛及其生产所使用的原料甲醇都是有毒、可燃或易燃物，甲醛的安全生产、运输、储存、使用至关重要。

我国甲醛工业经过50多年的发展，随着甲醛生产技术的进步和更加严格的管理安全生产与环境保护工作已有较大改进。近年来，国家与地方有关部门关于安全生产与环境保护方面制定的标准、规范越来越严格，各级政府和行政部门对安全生产与环境保护的监管逐步加强，使人们对安全生产和环境保护更加重视。

随着人们的安全生产与环境保护意识的提高，甲醛生产企业对安全卫生与环境保护的重视程度也得到加强，多数新建甲醛生产企业做到了在进行基本建设或技术改造的初期，就将资源的综合利用、循环经济、清洁生产作为建设的指导思想并贯彻在设计、建设、试车、投入使用的过程中，为投产后成为规范化、标准化的清洁工厂奠定了基础。许多原有的甲醛生产企业通过技术改造和治理整顿，生产现场的环境质量、安全卫生状况也有了显著改观。

本书介绍了我国甲醛工业的发展概况和安全生产形势，就甲醛安全生产有关问题从不同角度全面介绍了甲醛生产装置的安全生产基本要求、安全生产装置建设、安全生产基础管理、安全生产与环境保护等技术知识以及相关的政策法规与化工安全环保设计规范和现代安全管理体系建设等。本书收集了我国甲醛工业几十年发展中安全生产与环境保护方面的成功经验和发生过的典型事故案例。提供了相关法律、法规和化学品安全技术说明书（MSDS）查询目录。本书可用作甲醛生产企业设计与建设的工程技术人员和企业管理者的案头资料。希望它对行业同仁有参考指导价值，使我国甲醛生产企业对安全生产和环境保护更加重视，在企业发展的同时也更加注意按规范做好安全生产和环境保护，为我国甲醛工业生产的安全、规范和可持续发展做出贡献。

全国甲醛行业协作组

2008 年 4 月于北京

目　　录

1 我国甲醛工业发展概况及安全生产形势

1.1 我国甲醛生产发展历史

我国甲醛工业始于 20 世纪 50 年代。1956 年，由前苏联专家设计的第一套 3000t/年的甲醛生产装置在上海溶剂厂建成。

1958 年后，吉林化肥厂、北京化工三厂、天津有机合成厂相继建成了甲醛生产装置，上海溶剂厂也建成了万吨级的甲醛生产装置。到 20 世纪 50 年代末，我国甲醛总生产能力不足 4 万吨/年。

20 世纪 60 年代，由于合成纤维（维尼纶）与木材加工业的发展，甲醛需求量增加，陆续投产一批甲醛生产装置，如北京维尼纶厂等多个维尼纶厂以及苏州助剂厂、青岛合成纤维厂、济南有机化工厂分别相继建成（0.5～1）万吨/年的甲醛生产装置。生产工艺由负压改为正压操作，由稀甲醇蒸发改为浓甲醇蒸发，原料气采用水蒸气配料。

1966 年开始，由于研究开发聚甲醛树脂和烯醛法合成橡胶新工艺对浓甲醛的需要，吉林石井沟联合化工厂、天津第二石油化工厂、河南安阳塑料厂等先后兴建了采用铁钼催化剂的甲醛生产装置。但是由于工艺技术落后，科研投入不足，发展缓慢，后来逐步停产淘汰。

20 世纪 70 年代，上海复旦大学与上海溶剂厂、苏州助剂厂、北京维尼纶厂合作，开发使用了电解银催化剂。该催化剂活性高、选择性好、甲醇单耗低、制作方便、无污染，所以该工艺在我国甲醛生产装置上得到普遍推广应用。我国的甲醛工业生产技术也随之开始日趋成熟，并有所发展与独创。

20 世纪 90 年代至今是我国甲醛工业快速增长的阶段。在这一时期，我国甲醛工业在规模、技术上都取得了重大突破，跨入了世界甲醛工业大国行列，自 2004 年起，我国甲醛的产能和产量就已超过美国，均居世界第一位。我国甲醛工业生产能力和产量的发展情况如图 1-1 所示。

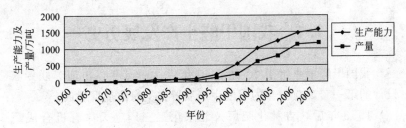

图 1-1　我国甲醛工业发展情况

1.2　我国甲醛生产发展现状

2006 年，我国甲醛生产能力为 1468 万吨/年，约占世界甲醛总生产能力的 34.5%。2006 年，我国甲醛产量为 1110 万吨，约占世界甲醛总产量的 34.3%。2007 年我国甲醛生产能力和产量约有 8% 的增长，预计 2008 年我国甲醛生产能力和产量还将有所增长。我国除西藏和青海外，其他省市均建有甲醛生产装置，目前，我国甲醛生产能力按地区划分主要分布在华北、华东地区，约占全国甲醛生产能力的 50%。按省市划分主要集中在山东、河北、江苏、浙江和广东等省。2007 年我国地区甲醛生产能力分布如图 1-2 所示。

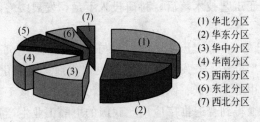

(1) 华北分区
(2) 华东分区
(3) 华中分区
(4) 华南分区
(5) 西南分区
(6) 东北分区
(7) 西北分区

图 1-2　2007 年我国地区甲醛生产能力分布图

目前，我国甲醛行业发展的主要特点是：生产工艺以银催化法为主，铁钼氧化物催化法工艺逐步增加；生产装置趋于大型化；原料消耗进一步降低且呈多元化趋势；更加注重节能减排和保护环境。其中，节能减排和环境保护主要体现在甲醛装置尾气锅炉配置率已经达到 80% 以上，节约了煤炭，减少了二氧化碳的排放；60% 以上的甲醛装置选用了专业化生产的银催化剂，减少了因一家一户生产电解所用催化剂带来的废水污染；采用"变频技术"、"反渗透技术"等新技术降低了电耗和原材料消耗，提高了产品质量。

我国甲醛工业的快速发展源于我国经济的快速增长，木材加工业、建筑建材业、塑料工业、化学工业、电子电器工业、轻工业等方面对脲醛树脂、酚醛树脂、三聚氰胺甲醛树脂、乌洛托品、多元醇、多聚甲醛、聚甲醛、吡啶、二苯基甲烷二异氰酸酯（MDI）等甲醛下游产品的需求量大幅度增加。

预计到 2012 年，我国甲醛生产能力将超过 1700 万吨/年，甲醛产量将超过 1500 万吨。

1.2.1 我国甲醛工业安全卫生的发展

在甲醛生产过程中，影响安全卫生的主要因素是：甲醛生产使用的原料甲醇和产品甲醛具有易燃、易爆、易挥发、易产生静电、易流动扩散和有毒等特点，甲醛生产的尾气也是易燃、易爆和有毒的气体，使用和处理不当时，可能引起火灾、爆炸和中毒事故。甲醛装置中有不少电气和转动设备，如果防护或操作不当，也容易造成人身伤害事故。

我国多数甲醛生产企业能够长期坚持"安全第一、预防为主"的方针，认真贯彻执行各项安全规章制度，落实安全责任，并针对甲醛生产的特点，采取了许多行之有效的安全技术措施，使甲醛生产过程的安全卫生获得了显著进展。

（1）储罐区及中间罐区的安全卫生

甲醛生产企业的原料甲醇和产品甲醛储罐区及中间罐区，过去曾经是一个经常发生"跑、冒、滴、漏"的区域，消防设施也不健全。特别是甲醇储罐的危险性较高，有的企业既没将其与有明火的地方控制在一个安全间隔距离，又没有围墙设施，存在着安全隐患。现在多数企业在建设罐区时，已经设置了安全间隔距离和比较规范的设备和管线。甲醇储罐采用地下埋入或罐外喷淋及其他降温方式，并在放空管上加装呼吸阀，以减少甲醇的挥发散失和防止可能发生的雷击后的引燃、爆炸事故。多数企业的甲醇和甲醛储罐都装有可靠的液位显示和防泄漏设施，有的还具有高位报警及自动中断进料等功能，有效地防止"跑、冒"事故的发生。多数企业的储罐区域内设置了固定或半固定式泡沫灭火装置及其他消防设施，加上建立无泄漏管理制度和实施严格的管理措施，实现了清洁罐区的要求，防止了可能事故的发生。

（2）输送和灌装系统的安全卫生

早期的甲醇、甲醛输送和灌装系统，由于操作、控制手段较为落后和设备的不够完善，普遍存在着泄漏和"跑、冒"甲醇、甲醛的现象。随着密封技术的提高，一些企业采用了内冷式机械密封耐腐蚀泵和磁力驱动泵等密封性好的泵及管配件，并严格管理，基本解决了输送系统的泄漏问题。同时随着射流控制技术、计算机控制技术的发展，成套智能温度补偿流量计、智能定值多路罐装控制系统仪表先后在很多厂家的甲醇、甲醛输送和灌装系统中推广应用，有效地解决了在输送和灌装时因计量不准与判断有误造成的"跑、冒"问题。

（3）反应系统的安全卫生

早期的银法甲醛生产装置的反应系统，经常发生反应器因腐蚀而泄漏甲醛的事件，不但造成污染，而且使生产被迫中断。甲醛生产装置曾因原料气中的空气或甲醇配比超标而导致防爆膜、反应器、过滤器发生爆破事故，这些都给装置的安全卫生和生产稳定带来严重影响。

现在，由于对反应器列管的热应力和氯离子腐蚀以及汽蚀等问题，采取了相应的有效措施，使反应器因腐蚀而泄漏甲醛的事件大为减少。对于空气配比超标问题，由于改善了仪表计测显示，加强了开车前的工艺操作控制，从而得到解决。而甲醇配比超标问题，也由于设计安装了配比连续显示、配比自动调节及超配比甲醇蒸气自动放空等多功能系统，在20世纪90年代初就得到了解决。之后，在引进的生产装置中都对氧气和甲醇的流量控制配置了连锁保护系统，进一步提高了系统的安全可靠性。

（4）防火防爆及安全防护设施

多数企业都能认真贯彻"预防为主、防消结合"的方针，严格遵守有关的防火规范和规定。按规范设置必要的设施和灭火器材，保障生产安全，防止和减少火灾的危害。为了保证装置的安全运行，普遍设置反应温度高限、蒸发液位低位、锅炉液位低位、甲醇配比超标等重要工艺参数的报警装置和对应的控制措施。

多数企业在建设甲醛生产装置时，还设置了防静电、防雷接地设施。对转动设备的转动部位设置了防护罩，对表面温度较高的设备和管道设置防烫伤隔热层，配置了必要的安全操作平台、梯子、栏杆等，消除了相应的不安全隐患。

（5）认真贯彻执行安全卫生规章制度

多数企业，能够坚持"安全第一、预防为主"的方针，按照有关安全卫生法规的要求，从甲醛生产和企业的实际出发，制定了切合实际的安全卫生规章制度和操作规程，加强了职工的安全教育和操作培训，从而实现了安全生产，并显著地改善了企业的卫生状况。

1.2.2 我国甲醛工业环境保护的进展

甲醛生产过程中产生的主要污染物有：甲醛尾气中的有害成分；自然挥发和"跑、冒、滴、漏"后形成的甲醇、甲醛蒸气；清洗设备产生的含甲醇、甲醛废水；蒸发器内和取样分析后的甲醇残液；管道、设备和储罐内的多聚甲醛；转动设备和空气放空时产生的噪声；催化剂制作的能耗与废水排放。

这些污染物如不进行控制和处理将会对环境和卫生造成严重的不良影响。过去，有些甲醛生产企业对环境的污染是比较严重的。

多年来，甲醛生产企业对环境保护的认识逐步提高，在进行基本建设或技术改造时，通过技术和管理措施，使甲醛生产过程中造成的污染显著减少，产生的废气也得到了较好的利用。

（1）尾气燃烧发生蒸汽和发电

甲醛尾气是一种低热值、有毒和具有爆炸危险性的气体，其组成除 N_2 以外还有 H_2、CO、CO_2、CH_4、CH_3OH、CH_2O 等，这些气体虽然有毒有害，但是存在利用价值。过去，由于生产过程将尾气直接排放，甲醛装置及其周围弥散着难闻的甲醛尾气，严重影响着甲醛装置及其周围的环境。1970 年，已有甲醛生产企业开始利用尾气发生蒸汽。利用尾气燃烧发生蒸汽，既可充分利用尾气的化学热，又能获得较好的净化效果。1986 年又有企业利用尾气发电，既满足装置自身的用电，又将尾气进行了净化。现在，绝大多数银法生产甲醛的企业都将尾气燃烧用来发生蒸汽，铁钼法生产甲醛的企业则采用催化转化法，将尾气中的有害成分转化为二氧化碳后，排入大气。以上措施使甲醛装置及其周围的环境有了明显改善。据调查，目前我国已有 80% 以上的甲醛生产装置配置了尾气锅炉，新建装置几乎 100% 都配置了尾气锅炉；铁钼法甲醛生产装置全部配置了尾气处理装置。

尾气锅炉的配置使有些企业每吨甲醛副产蒸汽可达 530～550kg，比一般企业高 200 多 kg 以上。全国甲醛年产量按 1000 万吨计，每年可多产蒸汽 200 多万吨，按 5t 蒸汽折合 1t 标煤，可节约标煤 40 多万吨。如果将副产蒸汽全部利用，可节约标煤 100 万吨。

目前，银法甲醛生产装置尾气中的碳化物含量较高，通常达 3.5% 以上，如有效地将碳化物含量降低 0.5%，甲醇消耗可降低 5kg/t，若全国甲醛年产量按 1000 万吨计，年节约甲醇不少于 5 万吨；每吨甲醛产尾气按 700m³ 计，每年可减少二氧化碳排放量至少 3500 万立方米，折合质量为 7 万吨的二氧化碳。一些企业正为之努力并已初见成效。

通过尾气、副产蒸汽的利用和降低尾气中碳化物含量，不但降低了物耗能耗，提高了效益，节约了资源，而且最大程度地消除了有害气体的排放，有效保护了环境。

（2）减少和杜绝甲醇、甲醛蒸气对大气的污染

由于甲醇、甲醛容易挥发加上可能发生的"跑、冒、滴、漏"问题，在早期的甲醛生产装置中，普遍存在着甲醇、甲醛蒸气对大气的污染问题。随着对甲醇、甲醛储罐和甲醇、甲醛输送及灌装系统的安全卫生措施的加强和落实，现在多数企业已基本实现减少和消除甲醇、甲醛蒸气对大气污染的目标。

（3）废水及残液的处置

正常生产的甲醛生产过程中应该没有含甲醇、甲醛的废水产生。但是，过去对停车清洗设备的含甲醇、甲醛废水和蒸发器及分析后的甲醇残液，普遍存在着随意排放的现象，对环境造成了污染。

现在多数企业都能做到在减少和消除"跑、冒、滴、漏"的同时，尽量减少废水的发生。对吸收系统的清洗，一般首先用水进行循环清洗，洗液留作下次开车时的甲醛吸收液，不能用作吸收液的废水则送入污水处理站或收集池进行集中处理；蒸发器底部需排放的甲醇残液，在停车后排入专用收集桶或专门设置的事故收集槽内，留作下次停车前蒸发用，或集中进行蒸馏回收；每次取样分析的甲醇、甲醛残液则收集在密闭的玻璃容器内，集中后分别倒入原取样的设备或专用收集桶内进行回收。

银法甲醛生产所需的催化剂过去基本是一家一户催化剂加工"小作坊"模式，每个厂家都要为此耗能和排放一定的污水。目前已有60%以上的甲醛生产企业选用了催化剂专业厂家生产的银催化剂，实行专业制作分工后，从甲醛行业来看，提高了催化剂制作的生产效率和产品质量，降低了原材料消耗与能耗，废弃物与废水可集中处理，减少了废水排放和污染。

（4）储存积累的多聚甲醛的处置

甲醛在低温下容易聚合，一般企业的甲醛储罐的底部会有一定量的多聚甲醛沉渣积聚，过去对这些多聚甲醛有随意冲洗排放的现

象，现大多数企业都进行了合理的处置。一般是将多聚甲醛取出后进行加热溶解处理，不溶解部分加氨水进行处理，或作为副、废品出售给需要的单位，以减少和防止对环境的污染。

为了从源头上减少储存产生的多聚甲醛，我国甲醛行业还在商品甲醛中推广使用甲醛阻聚剂，据生产阻聚剂的瑞雪精细化工有限公司提供的数据，1993～1999 年间，全国有数十家甲醛厂的商品甲醛中使用了 20 余吨阻聚剂，相当于减少了 60 万吨工业甲醛的聚合，这不仅减少了经济损失，而且大大减少了可能造成污染的多聚甲醛的产生。2007 年，甲醛行业又开始推广使用该公司的水溶性阻聚剂，以及可用于高浓度（＞45％）甲醛产品的水溶性阻聚剂。阻聚剂的使用可以大大减少储存、运输过程中产生的可能带来污染的多聚甲醛数量，并且使用水溶性甲醛阻聚剂后还可进一步降低甲醇单耗。

（5）噪声的防治

甲醛生产装置中采用的转动设备，特别是罗茨鼓风机都会产生噪声。过去对噪声的防治重视不够，因此不仅影响操作人员的身体健康，而且导致界区噪声超标，造成噪声污染。多来年，我国甲醛生产相关设备的制造水平得到不断提高，设备产生的噪声有所降低。企业通过选用低噪声的设备，或者通过在风机的进出口安装消声器、管道设置软连接、设置隔声房等办法，以及采用变频控制技术消除风机风量放空产生的噪声，使界区的噪声达到控制标准。目前我国多数甲醛生产企业，特别是新建的装置规模较大的甲醛生产企业普遍采用了低噪声设备。

1.3 我国甲醛生产行业安全形势

1.3.1 甲醛生产行业安全形势概述

我国甲醛工业的安全生产与环境保护随着我国甲醛工业的发展而发展，它是我国甲醛工业技术进步的集中体现。

多年来，特别是近十年以来，我国甲醛工业的安全生产与环境保护发生了较大变化。一方面，国家与地方关于安全生产、环境保护和职业卫生方面制定的标准、规范越来越严格，从中央到地方，对安全生产、环境保护和职业卫生的管理逐步加强；另一方面，随着人们安全生产、环境保护和卫生意识的提高，甲醛生产企业对安全卫生与环境保护的重视程度越来越高，多数企业已由过去在有关部门监管下被动地工作，变为自觉自愿地去努力提高生产现场的安全卫生与环境质量。一些企业在进行基本建设或技术改造的初期，就将资源的综合利用、循环经济、清洁生产作为建设的指导思想并贯彻在设计、建设、试车、投入使用过程中，为投产后成为清洁工厂奠定了基础。许多企业通过技术改造和治理整顿，使生产现场的环境质量、安全卫生状况有了显著改观。

几十年来，多数企业能够坚持"安全第一、预防为主"的方针，认真贯彻执行各项安全规章制度，落实安全责任，并针对甲醛生产的特点，采取了许多行之有效的安全技术措施，加强职工安全教育，使甲醛生产过程的安全卫生状况取得了显著改善，但是在一些企业内仍存在不少安全隐患，也发生了不少安全事故，安全形势不容盲目乐观。

1.3.2　甲醛生产相关事故案例分析

五十年来，我国甲醛生产能力和分布范围不断扩大，但是由于在建设、生产管理等诸多方面还存在许多不规范的现象，不少企业都曾经发生过各类生产事故，为了使同行们吸取教训，引以为戒，避免事故的重复发生，现将所收集到的甲醛生产相关事故案例及原因分析提供如下：

案例 1　违章动火作业使甲醇储槽爆炸

（1）事故经过和危害

1989 年 3 月 5 日，某化工厂聚乙烯醇车间在聚合工段的甲醇储槽安装浮球液位计，在动火作业时发生爆炸，致使 2 人被炸。

该储槽虽在 1988 年 12 月 10 日停车后经物料倒空、清洗置换、分析合格，并将相连的甲醇管道吹干处理，但没有与回收罐区的物料管线用盲板彻底隔离，该厂卸料站在 2 月 24 日和 3 月 4 日两次向回收区储槽送入甲醇时，由于阀门内漏，使甲醇渗入该储槽。该储槽在检修工作未全部结束前，过早将人孔盖封上，而 3 月 5 日动火前又未将人孔盖打开进行检查，动火分析取样不是槽内的气样，致使在动火点焊浮球液位计定滑轮座时，槽内气体发生爆炸。

（2）事故原因分析

① 停用设备未与生产在用的设备、管道隔绝。

② 取样没有代表性。

（3）同类事故防止措施

① 停用的设备、管道一定要与在用的设备、管道隔绝。

② 停用的设备，再次启用或改造时一定要清洗、置换、分析合格，取样点要有代表性。

案例 2　静电火花引爆甲醇桶造成 1 死 3 伤

（1）事故经过和危害

1991 年 9 月 17 日 15：30，某农药厂辛硫磷乳剂车间调制班作业人员甲、乙、丙、丁接班后，向系统内进行移液作业，在不到 20min 时间内，抽完了 8 桶甲苯。15：50，乙将抽料管插入上一班留交的半桶甲醇进行抽料时，瞬间即发生爆炸着火，作业人员乙当场死亡，丙、丁及正在该班巡视的某领导被火烧成重伤。16：00 左右，大火被扑灭。

（2）事故原因分析

① 由于抽料管前端采用的是 2m 长的全塑绝缘软管，形成静电积聚释放火花。

② 半桶甲醇空间过大，使甲醇与空气形成爆炸性混合物达到爆炸极限，从而造成事故发生。

（3）同类事故防止措施

改抽料管为金属软管，并确保静电消除装置完好有效。

案例 3　甲醇分离器爆燃事故

2003 年 6 月 24 日 11：40，某甲醇厂在检修过程中，甲醇分离器发生爆燃，虽然没有造成设备损坏、人员伤亡，但事故的发生令人深思。

（1）事故经过和危害

2003 年 6 月 23 日，某甲醇厂按计划进行停车检修。在对甲醇合成环路置换、取样分析合格后，6 月 24 日 10：30 开始检修。检修人员将甲醇分离器出入口法兰、底部排液管线法兰全部解开后，将分离器吊出，并开始检修。作业过程中，发现接地线没有被割开，对周围环境作动火分析合格后，检修人员开始切割。由于在切割过程中，分离器轻微晃动，有少量甲醇从排液管线法兰口流出，飞溅的焊花引燃甲醇，设备内部发生爆燃。

（2）事故原因分析

① 检修前，操作人员考虑事情不够周到，思想麻痹大意，设备及管线清洗置换留有死角，给事故的发生埋下隐患。这是事故发生的主要原因。

② 切割作业人员准备不充分，缺乏对作业环境系统全面的了解，盲目作业，也是引起事故的一个原因。

（3）同类事故防止措施

① 加强操作人员的教育培训，强化理论知识，端正工作态度，勤于动脑，细致入微，把事故消灭在萌芽状态。

② 加强检修作业人员在检修前的培训学习，在检修前对作业环境有系统全面的了解，并有针对性地学习安全防护知识，避免类似事故的发生。

③ 加强安全教育和管理工作，牢固树立"安全第一、预防为主"的方针。

④ 按照"四不放过"的原则，车间召开事故例会，做到人人都受到教育，并对事故责任人作出相应的经济处罚，以警示他人。

案例 4　甲醇计量槽爆炸 1 死 2 伤

（1）事故经过和危害

2002 年 3 月 18 日上午，某氮肥厂组织维修工对合成车间精甲醇岗位 1# 甲醇中间计量槽进行抢修。10 时许，在对检修槽作了排空水洗置换处理后，1名电焊工用气割切割其上方连通2#空计量槽的放空管道时，2#空计量槽突然发生爆炸。该电焊工当场被炸得血肉横飞。正在相隔仅2m远的另一槽上操作的2名工人受气浪冲击，被摔出3m多远，均受重伤。

（2）事故原因分析

经现场勘验和技术鉴定，酿成这起1死2伤重大伤亡事故的主要原因是2#空甲醇计量槽内还有残余的甲醇气体，加上用于切断甲醇槽与放空管的盲板不合格，被气割时加热的气体冲破，致使槽内残余的甲醇气体与空气混合在爆炸范围以内，遇到气割明火当即发生爆炸。

（3）同类事故防止措施

检修动火时，管理人员必须组织实施对动火设备、储罐等与存有易燃易爆物料的设备彻底断开，并进行严格的清洗、置换、分析、监测，认真做好动火前的一切准备工作；作业人员要有强烈的自我保护意识，不确认做到安全保障绝不动火作业。

案例5　违章指挥违章作业造成甲醇槽爆炸起火9死5伤重大事故

（1）事故经过和危害

1996年7月17日，某化工厂乌洛托品车间因原料不足停产。经集团公司领导同意，厂部研究确定借停产之机进行粗甲醇直接加工甲醛的技术改造。7月30日15：30左右，在精甲醇计量槽溢流管上安焊阀门。精甲醇计量槽（直径3.5m，高4m，厚8mm）内存甲醇10.5t，约占槽体容积的2/3。当时，距溢流管左侧0.6m处有一进料管，上端与计量槽上部空间相连，连接法兰没有盲板，下端距地面40cm处进料阀门被拆除，该管敞口与大气相通。精甲醇计量槽顶部有一阻燃器，在当时35℃气温条件下，槽内甲醇挥发与空气汇合，形成爆炸混合物。当对溢流管阀门连接法兰与溢流管对接焊口（距进料管敞口上方1.5m）进行焊接时，电火花四溅，掉落在进料管敞口处，引燃了甲醇计量槽内的爆炸物，随着一声巨响，计量槽槽体与槽底分开，槽体腾空飞起，落在正西方80余米处，槽顶一侧陷入地下 1.2m。槽内甲醇四溅，形成一片火海，火焰高达 15m。两名焊工当场因爆炸、灼烧致死，在场另有 11 名职工被送往医院，其中 6 人抢救无效死亡。在现场救火过程中，因泡沫灭火器底部锈蚀严重而发生爆炸，灭火器筒体升空，导致 1 名操作者被击中下颌部致死。这次事故共造成 9 人死亡，5 人受伤。

（2）事故原因分析

这是一起严重违章指挥、违章作业造成的重大死亡事故。

① 在进行焊接作业前，作业点没有与甲醇计量槽完全隔绝，进料敞口与大气相通造成甲醇气体与空气混合并达到爆炸极限。该厂属于易燃易爆区域，为一级动火区，但没有执行有关动火规定进行电焊作业，电焊火花引燃进料管口的爆炸混合物，是造成事故的直接原因。

② 安全管理混乱是造成事故的根本原因。在甲醇技术改造项目中，没有施工技术方案和相应的安全技术措施；没有执行一级动火项目规定，擅自下放动火批准权限，动火管理失控，焊接现场没有组织监护措施，领导安全意识淡薄是造成事故的重要原因。

③ 根据化工行业《安全管理标准》规定，企业须按 3‰～5‰ 的比例配备安全管理人员，百人以上车间应设专职安全人员，但该厂没有设安全科室和专职安全管理人员，安全措施未落实。

④ 没有按规定对职工进行教育培训，职工安全素质差，没有自我保护意识（溢流管上、下两头都是法兰螺丝连接，如把两头螺丝卸下，把溢流管搬到没有易燃易爆物料的非禁火区焊接，完全可以避免事故的发生）。

案例 6　违章作业造成甲醛槽车爆炸重伤 3 人

（1）事故经过和危害

2004 年某日下午，某镇一辆甲醛运输槽车在维修时发生爆炸，造成 3 人重伤，槽车严重损毁。据调查，下午 3 时许，出事槽车来维修点维修。车上司乘人员称罐子顶部位置出了毛病，让维修人员帮忙用电焊焊接一下。但维修人员问司机使用电焊焊接是否安全，对方称不会出问题。两位维修人员随即上去用电焊焊接，在焊接过程中，发生了爆炸。

（2）事故原因分析

事故直接原因是该甲醛槽中存在的甲醛与空气的混合气体已在爆炸范围内，遇电焊作业火源立即发生了爆燃。因此，对任何有甲醛等易燃易爆物料存在的设备、管道和系统进行动火作业时，必须开具动火许可证，在安全人员的监护下对相关设备、管道和系统进行彻底清洗和置换，并按程序进行动火分析，在确认无爆炸风险时，方可进行动火作业。上述维修人员和司机完全没有安全施工的意识，违章作业，发生事故是必然的。

案例7 电焊引起排水沟内甲醇着火

（1）事故经过和危害

某厂甲醛车间一生产线正常运行，停车后，在排放蒸发器内清洗用水的过程中，由于蒸发器内的甲醇未清洗干净，排放的水中含有大量的甲醇，而且在车间二楼靠近栏杆处，此生产线一吸收塔板式换热器的循环水管正在焊接补漏。当时，电焊引起的火花刚好掉落在排水沟里，引起排水沟内的甲醇着火。火苗窜至12m高，经过半个多小时的全力补救，大火才被完全扑灭，但是此车间其他生产线也因此全部停车，给该厂安全生产带来严重影响，所幸未造成人员伤亡。

（2）事故原因分析

① 操作工经验不足，且责任心不强，该生产线停车后，根据规定，应先用泵抽净吸收塔内甲醛及蒸发器内残留的甲醇后才能进水清洗，在抽取蒸发器内甲醇的过程中，由于原道泵进口被玻璃棉堵死，泵打不上压力，当班操作工误认为蒸发内的甲醇已被抽完。于是，未经过检查，便直接往蒸发器内加水清洗，另外，在排放清洗水时，该操作工也未能作进一步的检查，直接将水排到沟里。

② 检修动火未按规定进行，动火制度需要进一步完善。此次检修动火，各相关动火责任人未进行全面动火前的检查工作。动火安全措施未准备好，车间一楼也应配备一名动火监护人，准备好灭火器材，能及时发现并作出处理。

（3）同类事故防止措施

完善生产停车检修制度及检查制度，加强对人员的培训，提高人员的工作责任心。严格按照化工企业安全生产规定进行动火检修，做好动火前的安全准备工作以及动火时的安全防范措施。

案例8　废热锅炉补水不当造成设备损坏

（1）事故经过和危害

某厂甲醛生产装置因停电停车，来电后复车，20min后各参数正常，约1h后，发现废热锅炉列管温度达600℃左右，当班人员判断废热锅炉缺水，在没有向主管部门汇报的情况下，立即向废热锅炉进水，致使氧化器多条列管漏水，后经维修继续使用，但是氧化器性能已下降，最后报废。

（2）事故原因分析

① 重新开车时忘记启动废热锅炉软水泵，导致废热锅炉缺水；锅炉缺水后气泡液位报警时未引起重视，导致继续缺水造成锅炉炉体温度超高；操作人员判断废热锅炉缺水后立即补水属于错误操作，导致高温炉体突然遇冷造成列管损坏漏水。

② 当时当班人员正在吃午饭，对于事故的发生疏忽大意，没有及时发现缺水；当判断是缺水后又违章操作马上补水造成事故发生。

案例9　系统清洗不当造成水倒压入风机房事故

（1）事故经过和危害

2006年某日，某厂甲醛设备系统清洗过程中，发生水倒压入风机房事故，因处理及时，未造成重大事故。

当日甲醛生产装置停车后，白班人员下班前开始进行第二次进水清洗，向蒸发器进水时未将正路或旁路打开，未将三元过滤器、过热器排污阀打开，中班人员接班后继续对蒸发器进水，且粗心大意没有仔细检查，蒸发器进满水后，中控人员发现正、旁路都未打开，于是打开旁路，而此时，事故发生了，吸收Ⅱ塔大量的水倒入三元过滤器、过热器，直至蒸发器，从风机房内跑出。

（2）事故原因分析

① 造成这次事故的直接原因是当时人员进行操作的过程中，未严格进行检查，未按操作规程执行，未确认各液位的真实性，直接将旁路打开，导致事故发生。

② 吸收Ⅱ塔进水调节阀 DCS 虽然显示全关，实际阀位全开，而且没有关闭手动阀，所以吸收塔实际一直进水，吸收Ⅱ塔内几乎满塔水，打开旁路后直接压入风机房，当班人员发现后，立即关闭旁路，打开蒸发器底阀及吸收Ⅰ塔、吸收Ⅱ塔排污阀，并及时对风机房进行清理，因处理及时，未造成重大事故。

③ 当班人员没有按操作规程执行，没有严格检查，没有对可能发生的危险进行分析，粗心大意，没有将吸收塔多余的水排走，就慌忙操作。

④ 白班人员进行第二次进水清洗时，未按操作规程执行，未将三元过滤器、过热器内的污水排掉，并且需把尾气放空，正路或旁路打开，方可对正大气进水。

⑤ 当班人员缺乏安全意识，停车后未对仪表进行检查，未确认吸收Ⅱ塔调节阀是否真实关闭，或未将手动阀关闭，以致停车后吸收Ⅱ塔实际在进水。

⑥ 当班人员人手不够，未进行充分检查。

⑦ 人员缺乏培训，监督不到位，中控人员未监督为外操检查情况，外操人手不够，未及时反映，并作处理。

⑧ 安全措施不到位，缺乏严格的操作规章。

(3) 同类事故防止措施

通过这次事故，应加强对员工的培训，提高员工的安全意识，制定严格的操作规章，并严格执行，严格执行交接班制度，并作好相应的岗位操作记录，责任到人，并应定期对生产进行危害性分析，并制定相应的对策措施。

案例 10 甲醛装置开车点火操作不当回火

(1) 事故经过和危害

某企业一套尾气循环工艺甲醛生产装置开始点火生产时，银催化剂床温度到达 170℃用时 25min，通过点火器电阻丝的亮度观察银催化剂床表面，发现银催化剂呈暗黑色，分析是银催化剂床被甲醇冷凝水打湿，准备停止点火生产。指挥者下令关点火器电源，同时马上关甲醇气阀门，风量也调小，大约在 3min 后，发现银催化剂床温度升高到 350℃，高效过滤器与氧化器连接管道温度显示也达到 120℃。当时指挥员立即操作加入蒸汽，温度随即下降。

（2）事故原因分析

① 当时银催化剂床温度虽只有 170℃，但点火器电阻丝温度很高。

② 在点火器电阻丝温度还未降下来之前，流量减少变化太快，并且由于关甲醇气阀门与风量调小使氧醇比升高，造成了回火燃烧。

（3）同类事故防止措施

在开车点火时，原料气体到银催化剂床时的温度要保持在 70℃以上，以防止甲醇冷凝液的产生保证点火升温顺利进行，在点火失败时，关点火器电源后，要保持原流量和气体比例一定时间，使电阻丝温度降低，防止流量波动太快和氧醇比的变化，造成回火。

案例 11 甲醛装置恢复开车操作不当造成风机超压

（1）事故经过和危害

某企业一套装置突然停电，操作员立即进行了关氧化器正路阀，开旁路阀，关进蒸发器甲醇转子，关配料蒸汽等操作。来电时反应温度为 200℃，领导组织人员立即复车，启动风机、热水槽泵、一塔泵、二塔泵、甲醇泵等。未等各温度、液位稳定，即开启氧化器正路阀，此时发现反应温度上升，甲醇蒸发器液位下降迅速，作减少风量处理，但是甲醇蒸发器液位下降更快，并降到加热列管下面。此时显示系统压力波动，风量波动并冲破过热器出口防爆片，于是立即紧急停风机，停各运转设备，导入少量蒸汽处理。

（2）事故原因分析

停电复车后，甲醇转子未能及时打开，控制好蒸发器液位，当蒸发器液位下降，减少风量时，加快下降速度，低于加热段时，甲醇蒸发量急剧下降，氧醇比减小，达到爆炸范围内时产生爆炸，引起风量压力波动过大而冲破防爆阀。

（3）同类事故防止措施

在遇到突然停电等情况重新开车时，如果各工艺条件不具备，不能盲目急于重新开车，否则会引起各参数波动很大，易造成事故。

案例 12　违章作业引起甲醇桶爆炸

（1）事故经过和危害

20 世纪 60 年代初，进口甲醇大部分是铁桶包装，铁桶由厂露天库负责回收，如有漏桶需经清洗补焊回收利用。1964 年某厂在作业过程中，有一铁桶在补焊时发生爆炸，其铁桶严重爆破变形，将其焊工崩出 5m 多远，手部与脸部被灼伤。

（2）事故原因分析

甲醇桶虽经过水冲，但未经蒸汽吹扫，甲醇桶还残留少量的甲醇，与空气混合后的气体达到爆炸极限下限，遇有焊接明火而发生爆炸。

案例 13　违章焊接作业导致鼓风机进风口管道发生爆炸

（1）事故经过和危害

1970 年，某厂甲醛车间停车检修，鼓风机进口管道进行改造，在没有安全措施的情况下，盲目动火操作，造成事故发生。动火前曾有人提出将管道拆除移出现场，经冲洗后再动火，当时的工厂管理较混乱，领导认为其烦琐，未予采纳，但气焊工还是不敢动火，为了人员安全和保护蒸发器，提出将鼓风机通蒸发器的管道加装盲板，气焊工勉强同意动火。当将管道割开一小口有小火冒出时，管道内发生爆炸，其冲击气流将鼓风机进口管道室外防雨帽炸出 30 多米远，落在无人看管的煤场里，未造成人员伤亡和设备损失。

（2）事故原因分析

鼓风机和蒸发器是连通的，当停车后，有部分甲醇蒸气传到鼓风机及管道系统里，此时残留的少量甲醇与空气很可能处于爆炸极限范围内（6%～36%），未经清扫拆除管道，冒然动火，极易发生爆炸。本次事故动火前在鼓风机和蒸发器之间加装了盲板，因而没有引起太大的事故，否则后果不堪设想。

案例14 三元气体过滤器防爆膜爆破事故之一

（1）事故经过和危害

1980年，某厂甲醛装置生产处于正常运行，突然鼓风机掉闸，而其他机泵未停，于是车间作紧急处理，将氧化器正路截门关闭，打开旁路截门，因急于恢复开车，其他各机泵还在运行，此时虽找电工赶紧处理鼓风机电机掉闸，但因拖的时间较长，还未来得及给鼓风机电机合闸，此时三元过滤器发生爆炸，防爆膜被炸破，幸好没造成人员伤亡及设备损失。

（2）事故原因分析

发现鼓风机掉闸，作紧急停车处理，不应该仅仅关闭氧化器正路截门，打开旁路截门就认为万事大吉了，因热水泵未停，蒸发器还在加热，甲醇还在蒸发，甲醇蒸气通过过热器、三元气体过滤器再经氧化器旁路进入氧化器底部，当甲醇蒸气与系统内的空气混合物从爆炸上限进入爆炸极限范围以内并与氧化器炽热的催化剂底部（温度约为500℃）接触后，发生爆炸。

案例15 三元气体过滤器防爆膜爆破事故之二

（1）事故经过和危害

1980年，某厂甲醛装置生产处于正常运行状态时，突然停电，造成运转设备全部停掉，作紧急停车处理，将氧化器正路截门关闭，打开旁路截门，与配电室联系，经处理后送电，恢复开车，当时发现蒸发温度较高，未启动热水循环泵，启动了鼓风机，欲使鼓进的空气降低蒸发温度，时间不长，只听二楼氧化器屋内一声爆炸，上楼检查发现三元气相过滤器防爆膜爆破，于是赶紧停车，未造成人员及设备损失。

（2）事故原因分析

恢复开车时启动风机，想靠调整空气流量降低蒸发温度，因未启动热水循环泵，使得蒸发量逐渐减少，空气在蒸发器中鼓泡夹带的甲醇蒸气越来越少，造成系统内的甲醇与空气混合气体的比例逐渐向爆炸极限下限靠近，当其进入空气与甲醇混合气的爆炸范围并与炽热的催化剂底部（温度约为500℃）接触时，发生爆炸。

案例16　违章焊接造成蒸发器底爆炸作业人重伤

（1）事故经过和危害

1998年，某厂甲醛装置停车检修，对蒸发器进行检修改造，将蒸发器加热室、蒸发室拆开移到二楼，一楼只剩蒸发器底，因为蒸发器阻力大，需对蒸发器空气分配管扩孔，经对蒸发器底部用水冲洗后，用割枪把分配管取出扩孔，当气焊工切割时发生爆炸，将人冲出蒸发器底，造成两腿骨折，手部、脸部灼伤。

（2）事故原因分析

蒸发器底部虽用水冲洗，但不够彻底，分配管内还存有少量甲醇残液，如不用蒸汽吹扫置换，其甲醇残液受热后，迅速蒸发，甲醇蒸气与空气混合到达爆炸极限，遇明火时便发生爆炸，这是违章动火作业造成的事故。

案例17　回火引起三相过滤器起火防爆膜爆破

（1）事故经过和危害

2000年某厂甲醛生产装置在运行中外线供电停电，于是作紧急停车处理，同时启动发电机供电，准备恢复开车，恢复开车基本正常，提完负荷后有人发现二楼有火光，于是各科室人员跑来救火。当操作工发现这一紧急情况后，迅速作紧急停车处理，由于切断了空气和甲醇，火熄灭了，但炽热的气体将氧化室内的仪表线缆烤焦，虽然没有发生严重火灾，但造成停车数天，更换仪表线缆。

（2）事故原因分析

此次事故主要的原因是恢复开车时，三元配比选择不当，加之自备发电机发电的不稳定导致空气流量不稳，当系统流量过低时造成回火，在提负荷时，甲醇气体在三元气体过滤器中燃烧，以致将防爆膜（铝板）烧熔，燃烧气体从三元气体过滤器中喷出，将室内仪表线缆烧毁，损失较大，虽然人员未有伤亡，但险些造成更大火灾和可能引发的爆炸事故。

案例18 甲醛废热锅炉汽包超压

（1）事故经过和危害

2002年某厂甲醛生产装置开车前对系统加热，所用蒸汽由厂锅炉房供给，压力显示为0.4～0.5MPa，刚开车时自产气还未产生，开车点火完毕后逐渐提负荷，控制氧温为640℃左右，随着负荷的不断提高，废热锅炉产气量加大，蒸汽压力不断上升，但自控仪表没有自产压力显示，正常情况下，自产气升到与外供气压力相当时，开始切换自产气，因仪表未显示，操作工检查现场汽包压力，到三楼发现汽包抖动厉害，压力表显示1.2MPa，此时意识到汽包超压，赶紧往回跑，还没跑回操作室时，三楼发出蒸汽从管道喷出时刺耳的尖叫声，于是立即紧急停车，避免了超压爆炸的严重后果。

（2）事故原因分析

2002年，该厂从外聘来的技术管理人员组织开车，由于对汽包压力控制系统不清楚，开车前没打开汽包压力调节阀，汽包手动放空阀也未打开，致使废热锅炉所产的蒸汽无法供系统使用，也不能排放到大气，使汽包压力不断升高导致超压。

（3）同类事故防止措施

企业应加强全面管理，具体到开车安全管理，可以根据自身情况建立和执行开车检查表制度，把应该检查的项目一一列入该表中，操作人员在每次开车前都要按照检查表逐项检查是否符合开车要求，并作记录，当班班长、工段长、车间生产主任（或其他逐级负责人员）对开车检查负责，通过对自己分工的检查项目进行检查确认没有问题后签字，以保证通过检查消除开车前存在的事故隐患。开车检查表的项目可以根据新发现的问题进行不断补充完善。无论谁来组织开车都要按照开车检查表进行检查，这样就不会因为人员的变动而发生问题了。

案例19 反应温度超温造成催化剂烧结

（1）事故经过和危害

2003年某厂甲醛生产装置开车一天后发现蒸发器液位自动显

示偏高，而现场蒸发器直观玻璃管液位计示数偏低，当时采取控制进料量，检查现场玻璃管液位是否有堵现象的措施。当打开液相截门时，有不多甲醇流出，当打开气相截门时，甲醇在玻璃管内显示较高，认为蒸发器液位与液位自动显示相符，此时控制进料量的转子流量计截门已近关闭，再看氧温在逐渐升高，瞬间氧温已经超过700℃，打开空气放空阀，氧化温度继续升高，此时作紧急停车处理，停车后氧温还指示在900℃以上，打开氧化器帽子，催化剂已熔成瘤状。

(2) 事故原因分析

蒸发器液位自动显示偏高，现场蒸发器玻璃管指示较准，但处理过程中，把液位计气相打开，玻璃管显示的液位不是蒸发器内气液平衡的液位，之所以显示高液位实际是鼓风吹上来的假液位，此时再降低甲醇进料量，就造成了蒸发器液位更低，空气流量升高，从而造成氧化温度超温。幸亏及时停车，否则会引起超温回火、爆炸等连锁重大事故。

案例 20　废热锅炉缺水造成锅炉管板损坏

(1) 事故经过和危害

某企业早班和中班的交接班时间为 16：00，早班操作工 15：00 发现汽包上水自控系统发生故障，随即启用旁路用转子流量计控制加水使汽包水位维持在规定液位，同时通过调度请来仪表工进行检查维修，经仪表工检查发现有一部件已坏需要进行更换，当时离白班下班时间只剩 30min，仪表工建议明天上班从仓库领出配件进行更换修理，并继续使用转子流量计进行控制。该甲醛生产装置采用 DCS 系统操作，在仪表室进行每隔 30min 对整个生产装置进行一次巡回检查，其中包括余热锅炉、汽包、水位，该甲醛装置交接班后生产一直平稳运行，也按规定每 30min 进行一次巡回检查，到 20：00 进行巡回检查时发现余热锅炉上升管、下降管及汽包有些震动，开始考虑到是否缺水。观察汽包液位正常，随即对整个生产装置进行了一次全面检查，也没有发现其他异常情况，但是随着装置的继续运行，振动越来越大，而原因又一时找不到，于是管理人员采取紧急停车处理。第二天打开氧化器盖子取出银催化剂，发现废热锅炉炉体管板已漏。

（2）事故原因分析

经过检查液位计发现其下端排水考克已经堵塞，当时所观察到的液位计指示的液位为假液位，可判定炉子烧毁的原因是由于缺水。当自控加水出现故障改用转子流量计手动加水时，实际加水量逐渐少于蒸发量，使炉内的水越来越少，又由于堵塞，使玻璃板液位计反映出的不是炉内的实际液位，所以造成炉内实际水量越来越少。

这里需要注意的是，在生产正常进行时观察玻璃板液位计应该有小范围的波动，如果不波动就说明液位计有问题，就要进行检查并采取措施。当时事故发生是处于夜间，液位计照明不太好，虽然检查人员用手电筒照明检查，但是由于没有经验而出现判断错误。

（3）同类事故防止措施

① 汽包上增加一套玻璃板液位计，使之成为双液位计。

② 增加汽包高、低液位报警装置。

③ 设备不要等到坏了才去修理，更要重视日常检查、维修、保养，特别是停车后要对设备、电气仪表等进行全面检查，发现问题及时解决，决不能使其带病运转。

④ 操作管理人员对生产业务一定要熟练，做到精益求精。

案例 21　氧醇比失调引起爆炸

（1）生产状况与事故经过

生产甲醛是甲醇和空气中的氧气在银催化剂作用下生成甲醛，甲醇和空气混合可形成爆炸混合物，为了使生产安全进行，银法甲醛生产采用甲醇过量法，即在爆炸极限上限以外进行生产。甲醛生产中控制甲醇和空气的比例（实质为氧醇比）十分重要，因此对反应温度有严格要求，一般控制在 $620 \sim 680$℃ 之间。在生产过程中如果氧醇比突然升高，即空气量增加会使反应温度急剧上升，超过规定温度控制范围，轻者使银催化剂烧结，重者会发生爆炸。甲醛生产过程中控制好氧醇比，即控制好反应温度至关重要。

某企业甲醛车间操作人员每班 3 人，其工作包括：①从甲醇库区将甲醇领入车间甲醇中间计量槽；②生产出半成品甲醛进行调配，制成符合标准的成品，将其送入甲醛库区的储罐；③生产系统的操作，包括中间控制化验。

该生产装置已运转十多年，平时生产极为稳定，一般不用手动操作，操作人员工作也很熟练，产品质量、消耗都很好。

事故发生在夏天某日，早班准备下班前工作，其中一人进行中间控制分析化验，在化验过程中由于不小心将甲醛倒在身上，味很大，在坚持完成工作后到车间小浴室进行冲洗；另一人正在进行半成品甲醛的调配，准备进行交班，工作过程中肚子感到痛，就告诉在控制室操作的领班长正在调配的情况，而后到保健站取药，快到交接班时间两人都没有回来，领班长看了一下仪表，生产很稳定，于是到调配处去处理一下，以便进行交接班，而后便离开控制室去调配处，当他处理完返回控制室途中听到一声巨响，意识到出事了，就立即到车间配电室切断整个车间电源，到现场进行全面检查处理，现场未发现燃烧现象，而三元混合气过滤器盖子已爆开，周围窗门玻璃全部被气浪冲碎，打开氧化器盖子发现银催化剂已被烧结，花板变形。

该装置日产 65t 甲醛，氧化器触媒室直径为 1200mm，混合气体过滤器直径也是 1200mm，其盖板设计成铝质防爆板，直径也是1200mm，氧化器周围除框架外全部为玻璃窗，有足够的泄压面积，所以爆炸引起的损失相对较小，没有损坏其他设备和建筑物。

（2）事故原因分析

经过检查，引起爆炸的原因是控制室旁边空气排空阀门芯子自动脱落，使排空管子全部堵住，引起风量暴涨，使原料气的氧醇比进入爆炸范围，原料气遇到氧化器中的高温引起爆炸。

如当时控制室有人，发现空气量暴涨并同时反应温度骤然升高就应立即停掉鼓风机，以免发生爆炸。

（3）同类事故防止措施

① 将鼓风机改为变频控制，去掉排空管放空。

② 增加反应温度高、低温报警装置。

③ 规章制度要严格制定并严格遵守，控制室操作人员在任何时间都不能脱离岗位。

④ 设备、电器、仪表注意日常检查、维修保养。

⑤ 加强定期的安全教育。

案例22 违规焊接命丧空气管线

（1）事故经过和危害

2006年某化工厂，发生一起甲醛车间停产检修爆炸死亡1人的恶性事故。在事后恢复生产的过程中了解到，是一位年轻的男班长在空气送风管线上焊接风压取样阀座时，蒸发器发生爆炸顶盖飞起时将其撞击跌落到地面致死。

（2）事故原因分析

安全管理委员会人员在调查事故原因时，发现这位班长不是焊工。并在现场查看后发现两处隐患、一个祸首。两处隐患：①空气放空阀未开；②三元过滤阻火器的防爆板太厚无防爆效果，形成两头封闭的状况。一个祸首是：空气管线法兰螺栓与蒸发器法兰孔悬挂搭接状态不符合安全要求。当电焊机的地线强大电流汇经此处通过，法兰螺栓搭接处电阻产生一定能量的火花，当能量达到 0.12A 级别时便足以引燃甲醇气体。而电焊机的工作电流在 150A 以上，可以说是一触即发。

那么哪来的甲醇气体呢？原来，停产期间对蒸发器里的原料已经抽净了，可是并未实施清水冲刷。由于时间短，蒸发器上端空间充满的大量甲醇气体不能立即形成冷凝液，加之没有彻底切断焊机的地线电流回路，才导致了上述恶性事故的发生。

（3）同类事故防止措施

化工车间管道焊接操作一定要注意切断地线的焊机回路，对于易燃、易爆管线或容器必须拆除两端法兰连接体，避免焊机的回路电流产生火花。建议地线直接搭接在焊接处，防止电流分流给其他地方又带来隐患。

① 自制铝防爆板，一定要注意厚度选择适当，朝外即压面应

均匀划分为几个等分线，并洗刻 1/3 厚度的深槽，有利于过压卸爆，也可选择专业公司的标准防爆板产品。

② 本质安全型仪表、变送器、电源的基本特征是，当现场一次线路开路或短路时会产生电火花。其原理是内部有过电压和过压电流限制功能，当开路时本质安全型的线路电压不会因突然甩负荷有过电压而产生火花，当线路短路时本质安全型的线路的电流也不会因突然超负荷有过压电流产生火花（电流被限制在安全等级以下）。以Ⅲ型仪表 4～20mA 为例，额定电压 24V，负载电阻 300Ω，短路电流 80mA；一旦电源系统的电路被击穿，最大电压也在 36V 以下，其最大短路电流小于 120mA。所以说Ⅲ型仪表适合在甲醇作业场所带电条件下操作，且安全可行。

案例 23　非岗位人员违规操作造成回火停车

（1）事故经过和危害

2004 年 10 月某化工公司甲醛生产装置开车完成 10min 后下达点燃尾气锅炉指令，可是点火人员迟迟没有回应。管理人员立即快速跑到锅炉房，发现情况不妙，尾气水封上端进气管道的防腐层明显变成了暗褐色，触摸管壁还有一定烫手的感觉，意识到发生回火了，下令立即停车。

（2）事故原因分析

几小时后，打开氧化器上盖发现点火器被震落了下来，催化剂床崩掉了几处银块，还有两段裂纹。事后经过调查，才知道锅炉工擅自提前点过火。那天是一名女工在锅炉房值班，开车过程中进来一名男同志，请他帮忙，可他连续点了 3 次均未点着，但并未在意。这位男工为非生产人员，没有专业经验。

根据分析估算，从风机给定风量经过系统充满后带上一定压力，足足需要经过 7min 时间。擅自提前点火，正好是处于风压未稳定期间，实际上已经点着并造成了回火，尾气管道内的气体湍流将明火吸进了管线发生了爆炸，产生的气浪向后推动，致使反应器氧化室内的花板受到气浪冲击向上顶起造成催化剂床受损，从而造成了这次非岗位人员违章操作回火停车事故。

案例 24 外来人员的参与干扰了生产安全

（1）事故经过和危害

2004 年冬季，某企业甲醛生产装置作开车准备，管理人员巡视中感觉蒸发器原料加入时间变长了。当检查到空气过滤缓冲罐时，发现其底部排污阀未关，用手一试感到大量的甲醇气体正往外喷射着，这种现是很严重的事故隐患。为防止意外立即找当班班长问明开车准备情况。这时突然发现一外来人员，管理人员很熟悉他，随即质问他是否进行了不当的指挥。这件事过了几个月，那位班长才敢于承认就是那个外来人员让先启动热水循环泵，再投入甲醇。

（2）事故原因分析

开车时为什么不能先启动热水泵再投入甲醇呢？热水循环后蒸发器内部加热器提前预了热，之后投入甲醇就像往热暖气片上浇凉水，会使甲醇迅速蒸发。当蒸发器气相空间的甲醇气体充满到一定程度就产生了压力，其甲醇蒸气就会开始向系统前后流动。由于蒸发器出口管线太长，阻力大，自然通向阻力小的空气送风管道向后顺畅流动，因为没有关闭空气过滤缓冲罐排污底阀（也属事故），甲醇气体就从空气过滤器缓冲罐底部的阀门向外喷出。

这次事故不仅损失了一部分原料，也存在着发生更大事故的隐患。它提醒我们操作人员不能轻信无信任度的伪专家。我们必须严格执行企业的标准操作规程，若遇技术改进需要改变操作工艺时，也必须在明确提示并修改操作规程后方能实施。任何车间人员都不能擅自偏离操作规程或默认听从外来人员的指挥而盲目操作。

（3）同类事故防止措施

以上案例给我们的警示是：甲醛生产企业必须牢固确立，未经批准的无证人员不得操作电气焊用具，非生产人员不能进入生产岗位操作，无关人员不得进入生产重地。

案例 25 反应器连续回火爆炸

（1）事故经过和危害

某厂甲醛生产装置为两段式氧化器，采用热水加热传统银法工艺，在一个月时间内连续出现甲醛生产装置开车时反应器发生爆炸的情况，并且全部发生在副线预热后切换到主线的瞬间。当设备准备完毕后开启副线阀，关闭主线阀，开鼓风机、过热器，预热设备，此时系统正常。副线预热完毕接下来对正路进行预热，系统正常。当反应器床层温度超过甲醇冷凝温度以后开蒸发器加热，开始调节氧醇比。此时，发生两个现象，先听到一声爆响，接着仪表显示反应温度已经达到 500～600℃，通过视镜观察发现床层翻身，局部发生反应。紧急停车后，打开反应器上盖检查发现床层破碎，催化剂部分飞到反应器上盖里边，点火器遭到严重破坏。紧急修整设备，重新铺装催化剂再次开车，结果同样的情况再次出现。取出催化剂，拿掉支撑板，发现急冷段列管内有烟雾冒出，用水逐根管进行冲洗，然后开鼓风机从副线吹风，这时才发现有十几支管子从下往上喷出了蓝红色的火焰。自此问题已经基本搞清。因为生产任务急，就采取了保守的办法，用水把反应器加满，保持 1h 以上，使反应器下部火焰完全熄灭。放水后为了确保安全，再次开鼓风机送气检查，证实没有火星烟雾出现后再次开车，一切正常。

（2）事故原因分析

该反应器使用时间比较长，两段之间有大量的积炭、多聚甲醛和少量的废催化剂。在正常反应过程中由于急冷段出口温度仍然高达 200℃以上，这部分可燃物有可能被点燃。但是在甲醛正常生产过程中反应床层下部一直到尾气放空，混合气体中氧气的含量微乎其微，因此也不可能烧掉存在于反应器中部的可燃物。当停车以后空气进入到系统内部，炭类物质高温下遇空气死灰复燃，为事故发生埋下了隐患。当甲醛副线预热时，包括切换主、副线后的一段时间内，少量甲醇和大量空气的送入都助长了火焰的温度，因为甲醇的含量很少，一般不会发生爆炸。当打开热水加热泵提高蒸发温度后，在调节氧醇比的过程中甲醇含量逐渐升高，到接近爆炸极限后，爆炸就不可避免地发生了。

（3）同类事故防止措施

经常检查系统压力降，当发现异常时就要考虑是否存在反应器列管堵塞现象，必要时应打开设备进行检查。如果两次开、停车间隔时间比较短，更应该注意这个问题，最好能在催化剂未铺装前启动鼓风机从反应器副线送风检查，确认没有异常后再进行后面的工作。这种事故多见于使用时间比较长的装置，设备没有定期检修、彻底清理。反应器的两段列管段以及底锅部件应该每年至少进行一次彻底的清洗维修。

案例 26　尾气缓冲罐回火

（1）事故经过与原因分析

某厂甲醛开车后立即点尾气锅炉，离心鼓风机风量开得过大，甲醛系统鼓风机风量小，压力低，造成部分空气反窜入尾气缓冲罐，引起缓冲罐着火。

（2）同类事故防止措施

调小送风量，用水枪从缓冲罐外部进行降温；尾气炉点火操作应该在系统达到一定负荷并稳定以后进行；离心鼓风机风量应该有工艺规定量。

案例 27　反应器余热锅炉烧干

（1）事故经过和危害

某新建厂，2007 年在开车过程中发现反应器出口温度达到400℃，紧急停车。打开氧化器大盖检查，催化剂床层未见异常。停锅炉上水泵，让反应器缓慢降温。经过一个晚上，反应器彻底冷却下来后注水打压试漏，没有发现漏点。检查汽包液位计，发现现场板式液位计内有两个钢珠已经锈死，堵塞液位计通道，造成现场假液位。检查液位报警器发现高、低限液位报警接反。于是修复并检查后重新点火开车，一切正常。

（2）事故原因分析与教训

事故的直接原因是锅炉液位报警接线错误，现场液位计出现假象，操作工人缺乏经验，没有及时排水检查。事故的根本原因是管理问题，主管人员应在开车前对新设备逐个进行检验和试车，把设备存在的事故隐患发现和解决在开车之前。

案例 28　反应温度超温、催化剂烧熔

（1）事故经过和危害

某厂 2006 年甲醛生产过程中，发生催化剂烧熔现象。夜班操作工发现仪表显示反应温度下降，误判为工艺波动造成的反应温度下降，于是就逐渐提高风量，一直到氧化器外壁变成了红色才意识到温度超高了，于是紧急停车，结果催化剂已经被烧穿了几个大洞，损耗掉 5kg 多催化剂。

（2）事故原因分析

仪表配置过于简单，只有两支反应温度显示表，其中一支已经断掉，更不要说其他的连锁装置了。仪表不能反映真实的温度，造成操作工误操作，这是造成反应超温的直接原因。

案例 29　反应温度超温，催化剂和支撑铜网烧熔

（1）事故经过和危害

某厂甲醛生产装置为一段式甲醛加热工艺，催化剂用铜网支撑。在 2007 年甲醛生产过程中，发生催化剂和支撑铜网烧熔事故。

开车前三元过滤器用两层毛毡包裹，配料蒸汽过滤器用三层毛毡包裹，铺装催化剂后按程序开车。调整好蒸发温度和蒸发压力、风量后开始点火，温度上升到 500℃ 以后停点火器，反应温度自动上升。因为蒸发器靠吸收塔的甲醛循环加热，在一塔温度还没有提高的时候低温甲醛造成甲醇蒸发温度下降比较快，此时需要加入配料水蒸气。但是当打开配料蒸汽阀门后却发现反应温度并没有像预期的那样被控制住，继续开大配料蒸汽阀门，氧化温度还在上升，立即停车，在这个过程中氧化温度已经上升到了接近 900℃。打开氧化器大盖查看，发现催化剂局部已经和铜网烧熔在了一起。

（2）事故原因分析

打开配料蒸汽过滤器后，发现三层过滤毡已经受热收缩，造成配料蒸汽过不去，导致氧醇比升高而使反应温度急剧升高。

（3）处理措施

把过滤材质更换成玻璃棉和不锈钢丝网后再开车，比较好地解决了这个问题。

案例30　蒸发器底部爆裂

（1）事故经过和危害

目前有一些甲醛生产厂家使用粗甲醇生产甲醛。一般粗甲醇在使用前都要经过处理。比较常见的处理方法是在原料进系统前先经过几个活性炭过滤器，当然有并联、串联、串并联以及从蒸发器底部引出后再过滤等各种各样的流程。2006年有一个甲醛生产厂家在使用粗甲醇的时候，把活性炭直接装入了蒸发器的底部，结果在开车过程中发生蒸发器压力超高，设备底部被炸开，大量甲醇流入下水道的严重事故，所幸没有造成起火。

（2）事故原因分析

活性炭属于多孔型易吸附物质，自然状态下，在活性炭颗粒内部存在着大量的空气，当蒸发器内的活性炭遇到甲醇后放出大量的热量，甲醇被气化，造成蒸发器内压力瞬时超高。最终甲醇气体冲破蒸发器底部，酿成事故。

案例31　尾气锅炉爆炸

（1）事故经过及原因分析

有许多甲醛生产厂因为没有配备燃煤锅炉，在初期开工时都使用装置本身自带的尾气锅炉烧甲醇或柴油的产生的蒸气供开车之用。但是这种以甲醛尾气为燃料的炉子因为是临时烧一下甲醇，因此并没有安装液体燃烧喷头。因此在利用甲醇作燃料时，甲醇进入燃烧室后只好自然流淌到甲醛尾气分布管内，靠甲醇燃烧过程中放出的热量自然挥发，然后燃烧。一般燃烧仅仅发生在分布管的表面，分布管内因为没有空气存在并不燃烧。大型的甲醛生产装置的尾气分布管也比较粗，在分布管内部可能存积了比较多的甲醇，尤其在甲醇进料阀门控制不当时积存的甲醇更多，有时竟然能流到尾气锅炉的底部。当炉膛温度上升到一定温度后，会使大量的甲醇急剧气化和燃烧，瞬时造成炉膛内压力超高引发爆炸。

（2）同类事故防止措施

① 改变甲醇的进料方式，并且安装流量计控制甲醇流量。

② 改变燃烧器结构，独立设置液体喷射燃烧器。

③ 加强管理，当尾气锅炉熄火后，重新点火前必须进行安全置换，不得立即投甲醇点火。

案例32 蒸发器液位超高导致甲醇倒回鼓风机

（1）事故过程和危害

某甲醛生产厂在2007年生产过程中，发现蒸发器液位自动调节装置失灵，临时采用副线阀调节生产。在仪表和调节阀修复后重新投入自动模式，一段时间后蒸发器液位显示高位报警，经现场检查蒸发器液位确实超高，遂手动关闭进料调节阀。过了一段时间，液位依然显示高位报警，并且氧化温度出现下降趋势并不断波动。起初判断可能是蒸发温度变化引起氧化温度波动，经过稳定蒸发温度后氧化温度仍然往下掉。检查蒸发器顶部压力并没有超高，而空气鼓风机出口压力已经达到满负荷，判断为蒸发器液位严重超高造成的阻力过大，立即组织人员排放蒸发器内的甲醇，此时鼓风机自动跳车，有部分甲醇从鼓风机内流入地沟。

（2）事故原因分析

甲醇进料调节阀副线关闭不到位，超过蒸发量的甲醇持续加到蒸发器内，造成蒸发器液位严重超高，甲醇的静压超过了鼓风机的压头，引起鼓风机跳车，蒸发器内的甲醇在系统内压作用下从空气管道倒流回鼓风机，导致停车事故。操作人员不负责任地操作是导致事故的根本原因。

（3）教训与警示

在蒸发器液位没有达到并稳定在规定范围内，操作人员如果不断查看现场的实际液位，及时进行再调节，是可以避免事故发生的。应该意识到此事故造成甲醇倒压回鼓风机并流入地沟存在引发更严重的事故的可能。

案例33 吸收塔火灾

（1）事故经过和危害

1998年8月某日上午10∶00，某厂甲醛车间更换第二吸收塔尾气管线。施工过程中气焊工不慎将烤红的螺栓从第二吸收塔人孔掉入塔内，造成塔内聚丙烯阶梯环填料燃烧，并冒出大量黑烟。该车间的车间主任立即将蒸汽胶管从人孔通入塔内，并向塔内吹入大量水蒸气，塔内不再冒烟后改吹少量水蒸气，防止聚丙烯填料死灰复燃。至中午 11：30 下班时，填料并没有再次燃烧，但到了 12：30，当班人员巡检时发现第二吸收塔一、二楼部分已经被烧红，整个三楼已被浓烟笼罩。幸好吸收二塔加水阀放在二楼，打开加水阀后火焰很快被熄灭。

（2）事故原因分析

用水蒸气灭火时，火焰并没有彻底熄灭。后来吹入的少量水蒸气以及燃烧产生的热气，使第二吸收塔产生了"烟囱"效应，新鲜空气从氧化器触媒筐部位吸入，通过第一吸收塔进入第二吸收塔，填料层就像煤炉里的煤一样燃烧起来。如果刚开始就用水灭火，并使水位没过填料层，就不会发生整塔填料被烧毁的事故了。

（3）同类事故防止措施

聚丙烯填料属易燃材料，吸收塔动火前一定要做好防护措施，比如用水淹没聚丙烯填料。

案例 34　正常生产时三元过滤器爆炸

（1）事故经过和危害

2001 年 9 月某日，某厂甲醛生产车间正常生产时反应温度瞬间突然急剧升高，随后发生爆炸，三元过滤器上盖被炸飞。

（2）事故原因分析

该厂为了减少尾气从第一吸收塔向第二吸收塔夹带甲醛液，曾于 2001 年 6 月在第一吸收塔顶增加了一层丝网填料，希望起到除沫器的作用。这层丝网填料确实起到了应有的作用，第二吸收塔甲醛含量明显降低，但是该层丝网填料上被吸附的甲醛液水分被尾气带走，逐渐形成了甲醛聚合物堵塞了填料空隙，造成阻力过大，风机出口压力升高，最终使连接 U 形水银液柱测压计的橡胶管脱落，造成测压管跑气泄压，而 U 形水银液柱测压计与压力变送器共用一个测压管，导致压力变送器检测到的压力突然变小，进而导致空气放空阀突然关闭，造成空气过量使氧醇比突然升高达到爆炸极限发生爆炸。

（3）同类事故防止措施

① 第一吸收塔顶不可以加丝网除沫器。

② U形水银液柱测压计不建议与压力变送器共用一个测压管。如果共用一个测压管，一定要经常检查连接胶管是否老化以及连接是否牢固。

③ 空气测压最好选用高精度的弹簧管压力表。

案例35　废热锅炉列管拉断

（1）事故经过和危害

2005年10月某日18时，某厂甲醛车间当班人员接班后化验第一吸收塔甲醛含量，发现甲醛含量只有35%，以为上班操作时二塔返一塔稀甲醛量过大，没有进行问题查找。之后甲醛含量越来越低，至21时甲醛含量已降至26%，同时甲醇含量上升至6%。通过氧化器视镜观察，发现触媒床层有一大片区域黑暗，其余部分明亮，同时，从三元过滤器和氧化器上外罩部件中排出大量液体。停车后发现黑暗区域触媒层下面的废热锅炉列管全部拉断。

（2）事故原因分析

由于白班操作人员误操作，将过热器冷凝水出口阀关死，造成过热效果不好产生大量冷凝水，冷凝水窜入配料蒸汽中。最终造成原料气带液使局部触媒失活，因为下面的列管温度低产生收缩而拉断。

（3）同类事故防止措施

① 严格、细致认真，防止误操作。

② 严格检查过热温度等工艺条件的变化，对过热器冷凝水排放阀门等关键部位要列入定时巡回检查内容，经常观察触媒层颜色，发现问题及时查找原因并及时处理。

案例36　氧化器回火

（1）事故经过和危害

某厂甲醛生产车间在一次开车点火后发现氧化器入口处有"嗡嗡"的鸣叫声，并且该处的保温棉散发出过热产生的焦煳气味。马上开大配料蒸汽，同时紧急提蒸温、提风量，回火现象消失。

（2）事故原因分析

该车间听取了其他甲醛厂家的建议，在三元过滤器的超细玻璃棉后面加了一层白棉布，本来棉布的透气性就差，开车置换时甲醇-空气二元气比较潮湿，棉布吸潮透气性就更差了，导致阻力大，原料气通量降低，火焰倒灌。

（3）同类事故防止措施

① 三元过滤器不能用棉布作过滤材料，可以使用玻璃纤维布或白棉纱布。

② 检查、排除其他一切可能导致系统阻力增大的因素，如阀门开度小或损坏、吸收塔或尾气炉水封液位过高、尾气炉水封冻堵等。

③ 有条件时应每次检修后或实施技术改造措施后对系统阻力进行测量，根据数据有针对性地调整开车工艺条件。

案例37　鼓风机变频器烧毁

（1）事故经过和危害

2007年2月，某甲醛生产厂风机房由于受到软水槽和氧化器等处管道长时间泄漏蒸汽的影响，致使风机变频器内部水蒸气冷凝后形成水滴，违章接电、送电，造成变频器短路着火，变频器烧毁，导致生产停产。此事故造成直接经济损失38000元。

（2）事故原因分析

在没有按规章测试电器设备的情况下违章操作。

（3）同类事故防止措施

应采取措施使鼓风机房等有电气开关箱、配电盘、变频器等设备的地方保持环境干燥。

案例38　甲醇汽车槽车爆炸

（1）事故经过和危害

1996年8月，某甲醛生产厂甲醇卸车场在甲醇汽车卸车后车内有甲醇液体残留，汽车在卸车场停留，数小时后当操作工上车封人孔盖时，槽车发生爆炸燃烧，造成重度烧伤一人。

（2）事故原因分析

由于汽车在卸车场日光照晒的情况下停留了数小时，使车内残留的甲醇不断蒸发，使甲醇气体与空气混合物达到爆炸范围，当操作工上车封人孔盖时，人孔盖滑动打出火花，导致汽车内已在爆炸范围内的混合气体发生爆炸燃烧。

（3）同类事故防止措施

装有甲醇的车辆应尽可能停放在阳光不能直接照射的地方；槽车人孔盖应装有橡胶等软质密封垫片；操作工应在开关人孔盖时轻开轻放。

案例 39　尾气炉爆鸣

（1）事故经过和危害

某厂甲醛生产装置某日 19：00 断电，来电后向尾气炉内进水，接着开风机抽气，19：05 炉内发生爆鸣。

（2）事故原因分析

操作工违章操作，未将尾气炉正路两个阀门（蝶阀和闸阀）都关闭，仅关闭了其中的闸阀，而闸阀又关不严，使尾气炉正路阀门在开引风机前未完全切断，导致启动风机时有尾气及大量空气入炉，抽风时稀释到爆炸范围，由于炉温仍然很高，处于爆炸范围的混合气体遇高温即产生炸鸣。

案例 40　吸收塔打空造成环境污染

（1）事故经过和危害

某甲醛生产厂某日 20：20 左右，发现一塔液面打空，即停循环泵，由二塔加水向一塔补料，20：50 左右吸收塔恢复正常循环。一塔液面打空时，大量气液导致尾气炉熄火，造成环境污染事故。当班即排空停炉处理，待正常后重新点火开工。

（2）事故原因分析

仪表工拆除一塔液面差压变送器维修，未能及时换上备件，造成不安全因素；车间未能有效联系有关部门、人员从速解决；当生产设备存在缺陷时，当班工人巡检不够，也没有及时采用手控操作保持吸收塔液位正常。

案例 41　甲醇倒压被迫停工事故

（1）事故经过和危害

某甲醛生产厂尾气锅炉操作人员发现仪表盘后有响声，即叫仪表检修人员检查，仪表工检查过程中发现 3 号甲醛装置鼓风机停机致使甲醇倒压入鼓风机，待处理后 1h 重新开车。

（2）事故原因分析

仪表工在检查安全连锁机构时，因不熟悉控制系统原理（停电连锁），处理不当造成连锁反应，使尾气正路阀门关死，而由于空气过滤不好，使气动仪表失效，造成尾气管旁路气动蝶阀打不开，使风压超压，造成风机跳停，导致系统压力后高前低，造成甲醇倒压至鼓风机。

案例 42　400t 大槽顶下陷

（1）事故经过和危害

某甲醛厂某日 2 时左右，甲醛生产装置的 400t 储罐进行物料交接，槽顶突然下陷（当时物料是由 155t 打至 35.5t 后出事），后打开顶部人孔继续使用。该储罐呼吸阀是铁制、铜丝网作阻火器的。

（2）事故原因分析

① 由于此储罐装载物料改变，原来装载冰醋酸后改装甲醛，但没有意识到改装甲醛对呼吸阀填料的影响，造成腐蚀而使呼吸阀堵塞。

② 由于原来是使用小流量的打料泵，后改用了大流量的打料泵，出料时造成罐内空间体积增大，而呼吸阀又堵塞外界空气来不及补充，造成内、外压力不能及时平衡所致。

（3）同类事故防止措施

① 加强设备及其他安全附件的管理，定期对呼吸阀、阻火器、喷淋水管等拆洗保养。

② 设备的选材和施工、设备改造及改变用途要先作安全可行性论证，并制定相应的操作规程。

案例 43　尾气锅炉缺水

（1）事故经过和危害

某甲醛生产厂某日 23：35 交接班时发现 2 号锅炉视镜无水，经洗水镜观察证实缺水，即作停炉处理，待炉体冷却后再重新进水点火烧炉。

（2）事故原因分析

当班职工巡检不力，过分依赖仪表，没有看清电视监视已无水位，对这次锅炉缺水没有及时处理；气源不清洁，造成仪表失灵，仪表监控水位失效；交接班不认真，中班、夜班两班操作工都有错误；车间管理不严，教育职工不够；技术部未发现和及时解决气源问题。

（3）点评

缺水事故发生后，"停炉处理，待炉体冷却后再重新进水点火烧炉"的处理是非常正确的。判断是缺水就不能存在侥幸心理，主观认为炉内还有水，而马上就补水，因为如果缺水已造成炉胆烧干，盲目补水会造成锅炉爆炸的严重事故。

案例 44　甲醇断料造成甲醛氧化炉超温停工事故

（1）事故经过和危害

某厂甲醛生产装置某日 20：20，当班领班员 A 到楼下从储槽向装置输送甲醇，同时巡检，没发现异常情况。回到操作室后，于 21：05 发现反应温度下降，其他工艺参数正常。此时，A 即按操作规程采取降低甲醇蒸发温度以达到提升反应温度的目的。21：10，A 发现反应温度急升（电位差仪表显示），数字仪表则变化不大，随即采取降低空气量的办法，但电位差仪表显示反应温度继续上升。此时，A 马上打电话通知大班长 B 处理。21：17，B 赶到现场后，发现电位差仪表指示反应温度已超过工艺指标，而数字表显示在工艺范围内。于是采取加大水蒸气量、降低空气量的处理，电位差显示的反应温度降至 600℃ 左右，通过氧化炉的视镜，B 观察到银催化剂已损坏，当即进行紧急停车处理。至 21：25 停工后，两人通知车间负责人 C 和生产调度值班 D 到现场处理。经视镜检查发现甲醇蒸发器已经无料，而甲醇蒸发器液位计仪表仍显示正常。

甲醇蒸发器液位显示与控制仪表失灵，造成甲醇加料薄膜阀停止加料约 20min，致使甲醇蒸发器缺料、断料，蒸发器实为缺料但液位仪表显示正常，造成操作人员判断错误，延误了正确处理时间，造成反应温度上升到 900℃，紧急停车。

（2）事故原因分析

① 当事人对本岗位工艺操作熟悉程度不够，对仪表使用的基本知识不了解。当蒸发器色带出现失灵时，未能及时发现和正确判断，没能将自动加料转为手动加料及时排除故障，造成超温事故。

② 当仪表出现故障时，当事人没有及时到现场通过视镜检查蒸发器液位。

（3）同类事故防止措施

① 车间要加强管理和对工人使用仪表与工艺技能的教育培训，提高工人的应急处理能力。

② 车间要明确规定操作工要定时到现场巡回检查蒸发器甲醇实际液位。

案例 45 尾气处理器内混合气体发生爆炸

（1）事故经过和危害

2005 年某日，某厂甲醛装置开工正常后，岗位人员于 14：00 时通知尾气操作岗位操作工 A、B，尾气炉可以点火运行。A、B 二人按操作规程做好点火前的准备工作（检查设备、仪表等状态良好，调风机转速 1300r/min，吹炉膛 20min 进行气体置换），再调风机转速 850r/min，启动点火装置实施点火。由于从视镜向炉膛内观看无法看到点燃火焰，于是关掉并卸下点火装置检查，发现点火器正常。后来重新按要求二次吹炉，并按操作规程实施二次点火，从视镜向炉膛内观察，还是极难观察到里面的火焰情况（该装置没有设置火焰检测和点火温度监控，不能及时觉察炉膛气体点燃情况），操作工 A 便将尾气放空蝶阀关闭 1/3，以便增强燃烧效果。正在此时，尾气处理装置上部（列管部分）聚积的混合气体发生爆鸣，导致装置外部保护钢板（东面）弹出跌落，部分保温材料散落。

（2）事故原因分析

① 尾气处理器在设计及制造时未能达到设备使用的基本安全性能，列管部分与燃烧室存在间隙；观察孔不能明显看到点火苗的情况，导致设备存在安全隐患。

② 在操作规程制定时，未能考虑列管部分的可燃气体积聚如何吹扫（难以计算吹扫时间和风速是客观存在的）的操作，而炉膛内的可燃气体可以很容易地被置换（吹走）。由于点火装置采用家用石油气点火器，经过减压阀后气体压力低及气体量小，即点火能量可能会偏小，造成点火难度增大。

案例 46　甲醇高位槽断料导致氧化炉超温

（1）事故经过和危害

某厂某日上午 10：30 时左右，施工队在甲醛生产装置三楼搭棚架，弄断了甲醇高位槽自动打料仪表信号管，导致甲醇泵不能正常打料而使甲醇断料，11：00 操作员发现反应温度上升至 635℃，立即加大蒸发器加热量，但反应温度继续上升。一位操作员立即去检查蒸发器液面及打开加料旁路，希望大量补料。另一位操作员调小风机流量并直接打开水蒸气旁路，但由于无甲醇加入，反应温度仍不断上升。鼓风机风量已减到很小，由于在忙乱中未能及时停车，反应温度升至 710℃，约 11：20 时作紧急停工处理。

（2）事故原因分析

经调查，5 月 26 日该甲醛生产装置开始搭棚装修。搭棚工在搬运竹竿时操作失误，将甲醇高位槽液位控制器的气源胶管碰断，导致液位控制器失灵。由于甲醇高位槽在操作室没有监视仪表，操作工不知道已经没有甲醇进料，至甲醇高位槽没有原料进入蒸发器，蒸发器液面不断下降，液位仪表记录已有明显变化，但仪表液位低限报警失效（视像监视在白天不明显），操作工没有发现，此过程约有 15min。到氧化炉温度上升时，才开始检查处理（处理过程没有违反操作规程），最后紧急停车。但是已经导致氧化炉温度过高，使银催化剂有两处熔融，每处面积约为 10mm²，造成停产事故。

（3）同类事故防止措施

安装甲醇高位槽液位显示与低限报警仪表；甲醛装置在开工时应尽量避免现场其他作业；如果必须进行其他作业应对甲醛装置的重要设备作防护措施；施工现场应有甲醛车间的安全员现场监护。

案例47　开车点火时三元过滤器爆炸

（1）事故经过和危害

某厂甲醛生产车间在一次全系统设备大检修以后开车，在开车点火时三元过滤器发生爆炸，造成三元过滤器顶盖（铝制、厚度约6mm）被整体炸开冲击到厂房顶部的水泥板上反射后落到地面，厂房一侧窗子的玻璃被炸碎飞至10m以外，该三元过滤器内部形成一个燃烧的火盆，当场人员立即先用灭火器将火扑灭，然后停鼓风机，再陆续作其他停车处理。该事故幸好没有造成人员伤亡和其他设备的损坏，也没有引起事故的扩大。

（2）事故原因分析

① 经过对事故的调查分析，发现存于甲醇蒸发器内的甲醇浓度只有70%～80%，而开车点火的工艺条件中甲醇蒸发温度和空气流量没有作相应调整，造成开车点火时原料气的氧醇比在爆炸范围以内，当其进入氧化器与点火器的电炉丝接触即引起了爆炸。

② 造成蒸发器内甲醇浓度低的原因是在设备检修时用水清洗蒸发器后，没有将残余的水清理干净，开车点火前也没有用热风吹干系统，使开车时蒸发器内的甲醇浓度过低。

③ 开车点火前由于当时化验甲醇浓度用的比重计缺失，没有坚持严格按照规程规定对蒸发器内的甲醇浓度进行准确的化验，确定安全的工艺条件以后再点火。

④ 没有严格执行已有安全规程和建立健全严格的检修后开车系列操作规程是这次事故的根本原因。

本次事故所以没有造成人身伤害和更大的损失是由于该过滤器顶盖设计为铝材质并且厚度较薄，起到了防爆板的作用，从此薄弱环节炸开。

（3）同类事故防止措施

① 增加蒸发温度备用指示仪表和校正现有其他仪表。

② 建立"开车安全检查表"，该表格列出安全检查点和该点需要达到的标准，检查时间、检查人、逐级检查签字等内容，该表打印备用，每次开车按开车安全检查表执行开车程序。

案例48　35t甲醇槽罐车泄漏起火，事发高速路

（1）事故经过和危害

2007年7月14时许，当地气温已经达39℃，一辆槽罐车满载35t甲醇行驶于某高速路时，右后轮胎突然发生爆裂，造成槽罐车后阀门开关损坏，甲醇泄漏并起火。

14：55，附近市消防支队的3辆消防车在第一时间赶到现场时，此时槽罐车十几个轮胎已经全部着火，现场一片火海，空气中到处弥漫着甲醇的味道，消防官兵一边疏散群众，并划定警戒区，一边打开水枪、泡沫枪冷却罐体，灭轮胎火。15：28，另一城市消防大队赶到现场，对先到的消防车实施不间断供水。15：48，抢险救援指挥部成立。根据处置同类事故的经验，指挥部提出了灭火、堵漏、导罐的抢救方案。16：40，20方沙土和铲车到位，准备实施灭火堵漏。一辆大型铲车将沙土推向槽车尾部，大火被沙土压了下来，但地面上已经形成了流淌火，槽车下方的火并没有熄灭，突击小组携带堵漏工具冲了上去，但由于阀门已经彻底损坏，泄漏处的压力比较大，无法实施堵漏。指挥部随即命令突击小组利用铁锹和沙土把槽车下方的余火扑灭；利用沙土构筑成渠道将泄漏的甲醇引向高速公路南侧的排水明渠；掩护水枪对泄漏的甲醇进行稀释，降低甲醇的浓度，防止发生爆燃。经过长时间的冷却，罐体温度慢慢降了下来，指挥部决定对槽车进行导罐，安全地转移。22：40，一辆携带自吸式油泵的油罐车赶到了现场，在消防部门的监护下导罐进行得很顺利，半个多小时后，一辆油罐车导满了。这时石油公司的人员迅速跑过来汇报，甲醇槽车罐体温度有所升高，并且油泵温度也比较高，有一定危险。指挥部当即决定，暂停导罐，进行降温。29日5：30，终止的导罐开始继续进行，6：10，槽罐车内的甲醇全部成功导出。7：20，所有险情全部排除，封闭17h的高速路重新恢复畅通。

（2）同类事故防止措施

① 运输危险化学品应避开气温较高时段。

② 采取灭火、堵漏、导罐措施是正确的处理方法，处理引燃易爆物事故中应密切注意发生事故的容器温度，防止引发爆炸。

案例49　高速路上甲醇起火连烧2km，交通中断近6h

2007年7月29日21：40，在合（肥）徐（州）高速公路定远境内距合肥50km处，一辆装载25t甲醇的油罐车意外失火，火势蔓延2km左右。次日凌晨3时许，连续燃烧了近5h的大火终于被合肥、滁州、蚌埠等地的近20辆消防车彻底扑灭，被迫中断近6h的合徐高速也开始恢复通车。目前事故原因已经查明，系槽罐车轮胎破裂，冲破了槽罐阀门造成泄漏，引起大火。

（1）事故经过和危害

甲醇喷涌而出，司机试图堵住阀门。

2007年7月29日21：30，一辆从开封驶往杭州的槽罐车，行驶到合徐高速定远境内时，驾驶员突然听到车子发出"砰"的一声，他急忙将车停到路边，下车查看情况，只见大量的甲醇正从罐内喷涌而出，一直流出十几米远。驾驶员明白，该车内装载的25t甲醇是易燃易爆品，如果起火发生爆炸，后果将不堪设想，他急忙上前试图堵住泄漏的阀门，可惜未能成功。这时泄漏出的甲醇已经腾起了大火，他只好拨打电话报警。

事故发生后，肥东县消防大队的两辆消防车第一时间赶到现场。合肥市十几辆消防车、定远县和蚌埠市的消防车相继赶到现场。一车水打完后，另一辆车内的水随即供上，近20辆消防车排成两条长龙，接力灭火。

由于槽罐内的甲醇多达25t，泄漏点的压力很大，喷射出的甲醇刚出罐体即变成一条火龙，消防泡沫打上后立即被火冲走，根本无法将其扑灭。由于槽罐没有装满，里面混有大量的空气，如果甲醇被扑救后不能得到充分燃烧，就有可能发生爆炸，那样不仅会将附近的高速公路摧毁，附近村庄内的居民可能也会受到伤害。

为了将损失降到最小，消防指挥员会同有关部门决定，全力给罐体降温，防止爆炸发生。就这样，近20辆消防车接连供水，合力战斗了将近5h，到次日3时许，槽罐车内的甲醇基本燃烧殆尽，大火也被扑灭。事故没有造成人员伤亡和大的损失。槽罐车被交警部门拖离现场，被迫中断了近6h的合徐高速，也开始恢复通车。

(2) 事故原因分析与防止措施

据合徐高速滁州二大队队长介绍，当晚槽罐车由于持续行驶造成轮胎突然爆裂，强大的震击波将油罐车底部的备用胎钢圈震坏脱落，同时损坏的还有安装在槽罐车底部的阀门，随即槽罐里的甲醇发生泄漏。在行驶过程中，脱落的钢圈与地面摩擦产生火花，从而引发了一场持续近5h的大火。

长途运输甲醇是目前较为常见的情况，一旦发生事故危害性很大，以上两起事故都是甲醇在高速公路上运输时发生的，事故原因看似偶然，又很类似，希望有此业务的单位能严格遵照甲醇化学品安全技术说明书运输注意事项的规定执行运输任务，并从中总结出一些事前的预防措施和一旦发生事故时的现场急救与处理措施，避免类似事故的重复发生，一旦发生事故能尽快正确处理，不使事故扩大和恶化。

事故案例编后按

从以上案例来看，发生事故的直接原因是技术、操作、设备等，也有的事故是偶然发生的，但是我们应当认识到究其根源，还是管理问题。管理问题反映在生产装置的设计制造不规范，生产操作安全规范与制度不健全，贯彻执行不到位等。管理问题的根源是人的因素，即企业主和管理者对安全重视不够，对甲醇、甲醛的危险性重视不够，对人员的安全教育培训不够，操作人员自我保护意识淡薄；另外对甲醛生产及反应机理的内涵理解不够，有的对压力容器的制造和使用也重视不够。

甲醛生产看似简单，但反应机理复杂，安全隐患多，甲醛生产最忌讳的是超温、超压、超负荷，对于这三超，如果重视不够，很容易造成严重后果。

甲醛生产还涉及运输、储存、使用等多方面的安全问题。希望甲醛生产企业和相关单位的业主、生产管理者、操作者要从设备设计、设备制造、安装、生产操作、运输、储存、使用等多方面全面严格执行有关法规和各项安全制度，并从以上事故案例中吸取经验教训，以避免以上类似事故的重复发生和重大事故的发生。

1.3.3　甲醛生产重大安全问题与改进方向

1.3.3.1　甲醛生产行业存在的重大安全问题

近年来，我国甲醛生产企业数量逐年以较快速度增加，单套甲醛装置的生产能力不断扩大，原料甲醇、产品甲醛的储存量、运输流通数量相应增大，生产负荷增加带来的安全问题不容忽视，目前我国甲醛生产行业存在的重大安全问题主要有以下几方面。

① 一些企业负责人的安全环保和建设清洁工厂的意识淡薄，企业对安全管理不力，有关的规章制度不全，未能建立起可靠的、适宜的安全生产和环境保护及职业卫生体系。

② 部分甲醛生产、储运等从业人员的相关安全和技术素质偏低并且缺乏自我保护意识。

③ 生产装置在设计、基建、安装中存在的安全卫生、消防、环保等方面的遗留问题，尚未按规范的要求进行整改和解决。

④ 一些企业的技术装备水平较低，生产控制粗放，安全技术措施不到位，作坊式的操作方式依然存在。

⑤ 相当数量的现有甲醛生产装置的设备状态较差，设备维护水平不高，甲醇、甲醛的"跑、冒、滴、漏"现象还时有发生。

⑥ 有的企业甲醛尾气、废水和废液还有直接排放现象。作业场所的有害气体浓度和界区噪声仍然超标。

⑦ 生产装置的安全卫生、消防、环保设施不够完备，甚至缺乏必要的基础设施。

1.3.3.2　改进方向

① 甲醛生产企业要树立科学发展观和"以人为本"的思想，将安全卫生和环境保护工作放在企业工作的重要位置。要从改进技术和设备与加强管理两个方面入手，不断改善企业的安全卫生和环

境保护面貌，使企业成为文明工厂、清洁工厂和环境友好工厂，实现经济效益与环境效益的统一。

② 针对企业在设计、基建、安装中存在的安全卫生、消防、环保等方面的遗留问题，严格按规范的要求认真进行整改和落实。

③ 采取技术措施和加强管理，努力解决好甲醛生产过程中的设备密封问题，彻底消除"跑、冒、滴、漏"现象。

④ 改善操作控制方式，提高生产控制水平，实现生产过程的高效、稳定、长周期安全运行。

⑤ 建立、健全检测及监督机制，严格甲醛尾气、废水和废液的处理和排放管理。

⑥ 加强对职工的安全卫生与环境保护的教育和技术培训，提高安全、环保意识和操作技术水平。

⑦ 加强安全卫生和环境保护管理，严格执行国家有关安全生产、职业卫生、环境保护和消防方面的法律、法规。达到化工企业安全生产许可证申报、检查基本内容等有关取证的要求。

⑧ 建立企业的健康、安全、环保（HSE）管理体系，使企业的安全卫生和环境保护工作规范化。

2 甲醛生产过程特点
与安全生产管理

2.1 甲醛生产工艺过程

2.1.1 银法甲醛生产工艺过程简介

原料甲醇从甲醇储槽由甲醇输送泵经甲醇过滤器送向甲醇中间槽，计量后用甲醇输送泵送向甲醇高位槽，然后以一定流量进入甲醇蒸发器下部，其流量根据蒸发器内液位进行自动调节。同时，一定量的空气经空气过滤器过滤后由罗茨鼓风机压入甲醇蒸发器底部。蒸发器内甲醇经空气鼓泡和蒸汽加热被蒸发，在维持确定的蒸发温度下，保持一定的甲醇、空气混合气比例（氧醇比为 0.4 左右）自蒸发器顶部吹出，再混入一定量的来自蒸汽分气包的水蒸气。由甲醇、空气、水蒸气组成混合气，经混合气过热器加热到 100~140℃。由此得到的三元过热混合气进阻火过滤器过滤，以进一步清除其中夹带的杂质。

经过热、净化后的原料混合气进入氧化反应器，在 600~680℃温度下，在电解银催化剂的作用下，绝大部分甲醇转化为甲醛，转化后的气体经反应器下部的废热锅炉和冷却列管段被迅速冷到 100℃左右以抑制副反应的发生。

经过冷却后的转化气和反应后的冷凝液进入第一吸收塔的下部，气体与来自第二吸收塔的淡甲醛液和第一吸收塔自身循环的甲醛液逆流接触，大部分甲醛在第一吸收塔内被吸收下来，尚未被吸收的气体自塔顶排出进入第二吸收塔的下部，在塔内先与塔自身循环液逆流接触，被部分吸收后再升至上部泡罩层，被来自塔顶的稀甲醛和清水继续吸收。

为提高吸收效果，第二吸收塔的吸收液经二塔循环再经二塔冷却器冷却后送入第二吸收塔中部作喷淋液循环吸收。第一吸收塔的吸收液经一塔循环泵在经一塔冷却器冷却后送入第一吸收塔顶部作喷淋液循环吸收。然后由第一吸收塔底部经一塔循环泵采出成品——37%甲醛水溶液入甲醛中间罐，最后由输送泵将成品自中间罐打入甲醛储槽储存。商品甲醛由甲醛输送泵进行输送。

为保护环境和利用能源，未被吸收的气体称为尾气（含有 H_2、N_2 和微量的 CH_3OH、CH_2O、CO、CO_2、CH_4 等）自第二吸收塔顶部排出后，引入尾气锅炉作为燃料，制取蒸汽并入生产蒸汽管网，经燃烧后的尾气基本不存在有污染的气体再排入大气中。尾气也可以循环使用，它可以替代一部分水蒸气以生产高浓度甲醛。

来自厂区或车间自制的纯水进入补充水高位槽，再由补充水高位槽送入第二吸收塔顶部，此部分清水即用来吸收甲醛。

银法甲醛生产工艺流程如图 2-1 所示。

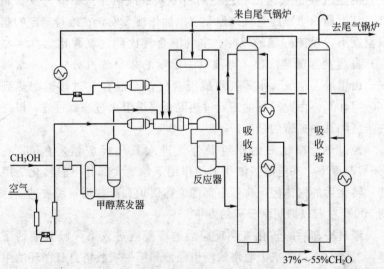

图 2-1 银法甲醛生产工艺流程

2.1.2 铁钼法甲醛生产工艺过程简介

甲醇从罐区用泵输送到循环气系统的预蒸发器中，其热源来自吸收塔的工艺循环液流。预热后的甲醇与空气的混合物通过进入主反应器。主反应器为管壳式换热器，管程装有催化剂，壳程为导热油，气体混合物通过反应器管程的催化剂层后，甲醇转化为甲醛。反应产生的热量使气体的温度上升，当绝大部分甲醇反应完毕，气体离开管程时，温度又趋下降，达到导热油的沸点温度。每根管子中达到的最大温度称为"热点"，它是甲醛生产过程中最重要的参数之一。

产生的热量通过导热油的蒸发移走；产生的气液混合物在导热油分离器中被分离，并且用于在导热油冷凝器中产生蒸汽。这两种功能，蒸汽发生和气液分离在一个设备中完成，导热油在主反应器和导热油分离器中虹吸循环。

反应器出来的气体经甲醇蒸发器冷却后进入吸收系统，与逆向流动的工艺水接触，达到吸收的目的。

产品甲醛溶液从吸收一塔的底部抽出至储槽，甲醛浓度由生产线上的质量流量计自动控制。贫气从吸收二塔的顶部离开吸收塔系统，并且循环回风机系统。风机系统由加压风机和循环风机组成，

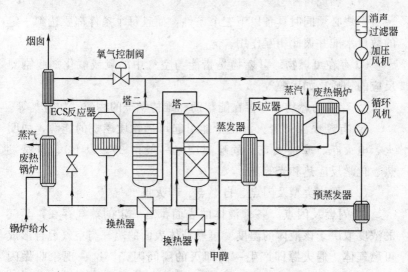

图 2-2　铁钼法甲醛生产工艺流程

由一个合适的系统控制通过风机的循环量，保证系统在爆炸范围以外操作。一部分气体通过排放控制系统后排入大气，其中污染物的浓度达到环保要求。在排放控制系统中，吸收塔后贫气在催化焚烧器中用贵重金属催化焚烧达标后排至烟囱，进入大气。产生的热量经回收产生蒸汽。

铁钼法甲醛生产工艺流程如图 2-2 所示。

2.2 甲醛安全生产特点

2.2.1 甲醛安全生产相关基本知识

防火防爆是甲醛安全生产中需要注意的重点问题。为此，有必要介绍一些相关的概念和知识。

2.2.1.1 燃烧

燃烧，一般是指可燃物质与氧化剂化合，同时放出热和光的现象，燃烧同时具有发光、放热与生成新物质三个特征。

（1）燃烧条件

燃烧必须同时具备以下三个条件，而且每个条件都要达到一定的数量水准并彼此相互作用。

① 存在可燃物　可燃物是指能与空气中的氧或氧化剂起剧烈反应的物质，如甲醇等。

② 存在助燃物　即存在能帮助和维持燃烧的物质，如空气等。

③ 有着火源　着火源是指能引起可燃物质燃烧的能源，如明火、电火花、摩擦火花、危险温度（一般指 80℃以上）、自燃发热、化学反应热和光等。

（2）燃烧类型及闪点、自燃点、着火点

① 闪燃及闪点　各种液体的表面都有一定的蒸气存在，蒸气的浓度取决于该液体的温度。可燃液体表面的蒸气与空气混合形成可燃气体，遇火源即产生一闪即灭的瞬间闪光，这一现象叫做闪燃。引起闪燃的最低温度叫做闪点。闪点是标志物质火灾危险性的

尺度，可燃液体的闪点越低，越易着火，火灾的危险性越大。当可燃液体温度高于其闪点时，随时都有被火源引燃的可能。

甲醇的闪点为 12℃（开口）或 16℃（闭口）；37.2％甲醛水溶液（醇含量为 0.5％）的闪点为 85℃。

② 着火和着火点　可燃物质在有足够助燃物存在的情况下，由于着火源的作用而引起持续燃烧的现象称为着火。使可燃物质发生持续燃烧（不低于 5s）的最低温度称为该可燃物的着火点（即燃点）。甲醇在空气中的自燃点为 473℃，甲醛在空气中的着火温度为 430℃。

闪点、着火点和自燃点的区别和相互关系在于闪点是闪光时的温度（一闪即灭时的温度），着火点是指点燃后足以持续燃烧的温度，而自燃点则是指液体的温度升高至超过着火点后，可达到不用火种即能着火的温度。但由于这些温度都是经过试验测得的，由于试验条件不同，往往不同资料来源的数据会有所不同。因此，本书所列数据亦仅供参考。

（3）燃烧速率

可燃物质的燃烧速率，以气体最快，液体次之，固体最慢。这是因为可燃气体燃烧不需要像可燃固体、可燃液体那样经过熔化、蒸发等过程。

可燃气体的燃烧速率常用火焰传播速率来衡量。管子的直径大小对火焰传播速率有明显的影响。一般，火焰传播速率随管子直径的减小而减小。当管径小到某种程度时，火焰在管中就不能传播了。甲醛生产中的阻火器就是根据这一原理制成的。

据资料介绍，甲醇的燃烧速率为 0.572m/s（直线速率）。

可燃液体的燃烧速率与液体的温度、储槽的直径、液位的高低和液体含水量多少等有关。甲醇溶液的初温越高、储槽直径越大、液位越低、含水量越小，则燃烧速率就越快。可燃液体的燃烧，实质上是可燃烧液体蒸发产生的蒸气在进行燃烧。

2.2.1.2　爆炸

（1）基本概念

爆炸是一种在极其短的时间内产生高温且通常放出大量气体的化学反应或状态变化的现象。爆炸具有以下特征：

① 爆炸过程进行得很快；

② 爆炸点附近的压力急剧升高；

③ 发出或大或小的响声；

④ 周围介质发生振动或邻近物质遭到破坏。

（2）爆炸性混合物和爆炸极限

① 爆炸性混合物　例如，将可燃性气体或蒸气预先按一定比例与空气混合均匀，点火后气体混合物发生全方位的剧烈燃烧而产生的爆炸现象。这种气体或蒸气与空气的混合物被称为"爆炸性混合物"。甲醇或甲醛蒸气与空气的混合物都属于爆炸性混合物。

② 爆炸极限　可燃性气体与空气或其他氧化剂的混合物也不是在任何混合比例下都是可燃或具有爆炸性的，而且，混合的比例不同，燃烧的速率也不相同，当可燃气体含量低于或高于某一极限值时，火焰便不再蔓延。可燃气体或蒸气在空气中达到刚好足以使火焰蔓延的最低浓度。叫做该气体或蒸气的爆炸下限。同样，达到刚刚能使火焰停止蔓延的最高浓度，叫做该气体或蒸气的爆炸上限。混合物中可燃物浓度低于爆炸下限时，因所含过量空气的冷却作用阻止了火焰的蔓延。当浓度高于爆炸上限时，由于氧气量不足，火焰也不能传播。所以当可燃物质浓度在爆炸范围以外时，混合物就不会爆炸。铁钼法和银法生产甲醛就是在甲醇的爆炸范围以外的下限以下和上限以上点火开车而实现安全生产的。

2.2.2　原料和产品的火灾、爆炸危险特性

2.2.2.1　原料和产品的特点

（1）易燃和可燃

化工原料和产品的燃烧特性主要是以闪点、燃点和自燃点来衡量的。闪点越低，着火的危险性越大。通常按其闪点不同分为易燃液体和可燃液体两大类：闪点小于45℃的属于易燃液体；闪点大于45℃的属可燃液体。

甲醇的闪点为 12℃，所以甲醇属于易燃液体。甲醛溶液的闪点随甲醛浓度和甲醇含量的不同而异，工业甲醛水溶液的闪点列于表 2-1 中。

表 2-1　工业甲醛水溶液的闪点

甲醛含量/%（质量分数）	甲醇含量/%（质量分数）	闪点/℃
37.2	0.5	85
37.2	4.1	75
37.1	8.0	67
37.2	10.1	64
37.1	11.9	56

由于一般甲醛溶液中甲醇含量≤12%，其闪点＞45℃，所以工业甲醛水溶液属于可燃性液体。

（2）易爆炸

甲醇、甲醛的蒸气都能与空气形成爆炸混合物。物质爆炸的危险性取决于该物质的爆炸下限和爆炸范围，爆炸下限越低或爆炸范围越宽，其爆炸危险性就越大。

甲醇的爆炸范围为 6%～36.5%，其下限为 6%；纯甲醛的爆炸范围为 7%～73%，其下限为 7%；一般甲醛尾气的爆炸范围为 7%～11%。

① 对于银法工艺　甲醇-空气-水蒸气系统爆炸极限范围如图 2-3 所示。

由图 2-3 可知，在没有水蒸气存在时（通常点火阶段就是这种情况），甲醇的爆炸范围较宽，图中示出为 6%～40%。随着三元气体中加入水蒸气，爆炸范围在逐渐缩小，当水蒸气含量达到 40% 时，三元气体的爆炸上、下限重合，这时的爆炸范围为零。因此，水蒸气的存在，对保证甲醛安全生产是极为重要的。

银法工艺在正常生产中，氧醇比一般控制在 0.38～0.43，此值已超过甲醇的爆炸上限的氧醇比。为此，操作中在扩大氧醇比的同时，必须加入水蒸气等来缩小甲醇的爆炸范围，使生产仍在远离爆炸极限的安全范围内进行操作。

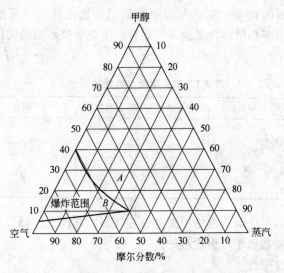

图 2-3　甲醇-空气-水蒸气系统爆炸极限范围

根据图 2-3 可以查出生产条件下的三元气体的位置，看是否已远离爆炸上限。

【例】　某厂甲醛生产条件为：空气量 1000m³/h，甲醇量为 750kg/h，配料蒸汽量为 500kg/h，通过以下计算与查图判断在此工艺条件下生产是否安全可靠。

解：先求出三元气中各组分的物质的量：

空气物质的量＝1000/22.4＝44.64mol/kg

甲醇物质的量＝750/32＝23.44mol/kg

蒸汽物质的量＝500/18＝27.78mol/kg

三元气体中各组分的摩尔比为：空气 46.57%；甲醇 24.45%；蒸汽 28.98%。

根据摩尔比标出三元气体在图 2-3 中的位置 A。再标出蒸汽含量为 28.98% 的爆炸上限 B 点，读出 B 点的三元气体摩尔比为：空气 55.41%；甲醇 15.61%；蒸汽 28.98%。从图 2-3 中可明显看出，A 点与爆炸上限 B 点相距甚远。

$$A\ 点氧醇比＝46.57×0.21÷24.45＝0.40$$

B 点氧醇比＝55.4×0.21÷15.61＝0.75

水蒸气含量为 28.98% 时，氧醇比最大允许值为 0.75（图中 B 点），而在该给定条件下的 A 点，氧醇比为 0.40，远远小于 B 点的氧醇比，因而在该给定条件下操作是安全的。

将图 2-3 中的爆炸上限各点参数整理列入表 2-2 中，能明显看出，加入不同水蒸气量时的爆炸范围和允许最大氧醇比、允许的最低配料甲醇浓度。甲醇-空气-水蒸气系统爆炸极限参数见表 2-2。

表 2-2   甲醇-空气-水蒸气系统爆炸极限参数

名　　　称	爆炸上限参数								
水蒸气/%（摩尔分数）	0	5	10	15	20	25	30	35	40
甲醇/%（摩尔分数）	40	34	29	25	21	18	15	12	9
空气/%（摩尔分数）	60	61	61	60	59	57	55	53	51
爆炸上限氧醇比（摩尔分数）	0.32	0.38	0.44	0.50	0.59	0.67	0.77	0.93	1.19
甲醇配料浓度/%（摩尔分数）	100	92.4	83.8	74.8	65.1	56.1	47.1	37.9	2/8.6
爆炸上限/%（摩尔分数）	40	35.8	32.2	29.4	26.3	24.0	21.4	18.5	15.0
爆炸下限/%（摩尔分数）	6	6.7	7.6	8.5	9.5	10.7	12.0	13.4	15.0

银法工艺生产甲醛时，三元气体中水蒸气含量一般在 30% 左右。这种条件下爆炸上限氧醇比（即安全允许的最大氧醇比）为 0.77，允许的最低配料甲醇浓度为 47.1%，但应考虑到实验测定数值和生产测试数据都有一定的偏差，必须留有充分的余量。实际生产条件下，氧醇比为 0.38～0.45 左右，配料甲醇浓度为 58%～65% 左右，距爆炸极限参数很远，显然是安全可靠的。

从爆炸理论来说，爆炸混合物中存在惰性物质亦可缩小爆炸范围。因此，除水蒸气以外的其他惰性气体的存在（例如空气中的 N_2），同样可以起到缩小爆炸范围的作用。例如，在用尾气循环法制取浓甲醛的流程中，由于掺入了尾气，甲醇的爆炸范围也相应缩小了。

图 2-4 所示为甲醇、空气、循环尾气三元气体的爆炸范围。很明显，循环气的作用没有水蒸气那么显著，加入循环气后爆炸下限有所扩大。

② 对于铁钼法   铁钼法甲醛生产工艺过程中由甲醇、氧气、

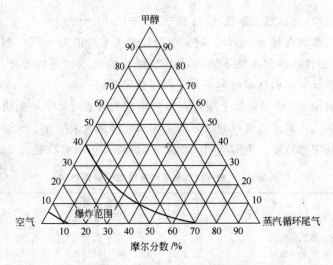

图 2-4 甲醇-空气-循环尾气系统爆炸极限范围

氮气等构成的反应原料气，它的典型组成（体积分数）为：甲醇 8.65，一氧化碳 0.7，氧气 10.89，氮气 78.14，水 1.71。从物质的燃烧、爆炸危险性角度划分，铁钼法甲醛生产工艺过程中的原料气体可视为三类：a. 燃烧、爆炸危险物质甲醇和一氧化碳；b. 助燃物质氧气；c. 惰性物质氮气和水。由于一氧化碳和水的含量很低，因此，在研究爆炸浓度范围时，为使物系得以简化，可以甲醇、氧气、氮气为代表组分构成的甲醇-氧气-氮气三元体系来表征反应原料气体。

在正三角形坐标系中，设定三角形的 3 个顶点的状态分别为甲醇、氧气和氮气。将甲醇的爆炸极限（上限、下限）和甲醇在空气中允许的最高氧含量数据所对应的状态点表示于该坐标系中，并用直线连接这些状态点（此系在缺乏更详尽数据情况下的一种简化处理），即可在正三角形坐标系中描绘出反应原料气体（甲醇-氧气-氮气）的爆炸浓度区域，如图 2-5 所示。

由图 2-5 可知，状态点 "C"、"D"、"E"、"F"、"O" 分别代表甲醇在空气中的爆炸上限、下限；在氧气中的爆炸上限、下限；以及在空气中允许的最高氧含量。由 "C"、"D"、"E"、"F"、"O" 所

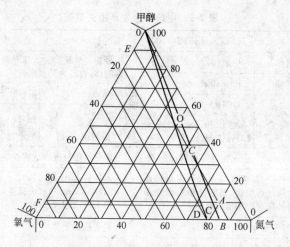

图 2-5 原料气（甲醇-氧气-氮气）的爆炸极限范围

构成的区域则为反应原料气（甲醇-氧气-氮气）的爆炸极限范围。因此，在铁钼法甲醛生产工艺装置的设计和操作中应当绝对避免反应原料气的组成状态位于该爆炸区域，以确保生产装置的安全运行。

（3）易挥发，易流动扩散

常温常压下纯甲醛为气体，它的沸点为 $-21℃$；甲醇是液体，其沸点为 $64.6℃$，远低于水。甲醛水溶液和甲醇均为易挥发性液体，常温下的蒸气压较高容易挥发形成蒸气。同时甲醇、甲醛的黏度较低，渗透流动扩散性好。

（4）产生静电

甲醇、甲醛在输送过程中与管壁摩擦或受震动、冲击，都会产生静电。当静电积累过多，电压增高时可能产生放电火花。

2.2.2.2　原料和产品的危险性

由于甲醇、甲醛（指气体）具有易燃、易爆、易挥发、易产生静电和易流动扩散等特点，因此有较大的火灾、爆炸危险性，其中甲醇属一级易燃液体。工业甲醛则属可燃液体，其蒸气具有较大的火灾危险性，其液体流散会使人和动物中毒。

甲醛安全生产相关数据见表 2-3，甲醇安全生产相关数据见表 2-4。

表 2-3 甲醛安全生产相关数据

CAS 50-00-0	RTECS 号:LP892500		UN 1198	危编号 83012
中文名称	甲醛(37%)水溶液	理化性质	外观及性状:无色,具有刺激性和窒息性气体,商品为其水溶液	
英文名称	formaldehyde		熔点:−92℃	相对分子质量:30.03
分子式	HCHO		沸点:−19.4℃	相对密度 空气:1.07
闪点:50℃	爆炸极限:7.0%～73%(体积分数)		溶解度:混溶	水:0.82
自燃点:430℃	火灾危险类别:乙B类		职业性接触毒物危害程度分级:Ⅱ级	
燃烧爆炸危险性	危险特性:其蒸气与空气可形成爆炸性混合物。遇明火、高热能引起燃烧爆炸。与氧化剂接触猛烈反应	毒害性及健康危害	毒性资料:中等毒性 LD_{50}:800mg/kg(大鼠经口) PLD:31g(人经口)	
	燃烧(分解)产物:CO、CO_2、H_2O		职业接触限值	
	稳定性:稳定　聚合危险:聚合		MAC: 0.5mg/m^3	
	禁忌物:强氧化剂、强酸、强碱		PC-TWA: mg/m^3	
	避免接触的条件:无		PC-STEL: mg/m^3	
	禁用灭火剂:无		侵入途径:吸入,食入,皮肤及眼接触	
急救措施	皮肤接触:立即用清水冲洗,至少15min;就医		健康危害:本品对黏膜、上呼吸道、眼睛和皮肤有强烈刺激性。接触其蒸气,引起结膜炎、角膜炎、鼻炎、支气管炎,重者发生喉痉挛、声门水肿和肺炎等。肺水肿较少见。对皮肤有原发性刺激和致敏作用,可致皮炎;浓溶液可引起皮肤凝固性坏死。口服灼伤口腔和消化道,可发生胃肠道穿孔,休克,肾和肝脏损害	
	眼睛接触:立即用清水或生理盐水彻底冲洗至少 15min;就医			
	吸入:将患者移至空气新鲜处,呼吸困难时输氧,必要时进行人工呼吸。就医			
	食入:给饮大量水;常规洗胃;就医			
防护措施	呼吸系统防护:可能接触其蒸气时,建议佩戴自吸过滤式防毒面具(全面罩)。紧急事态抢救或撤离时,佩戴隔离式呼吸器	泄漏处理	须穿戴防护用具进入现场;排除一切火情隐患;现场通风,不得将泄漏物排入下水道,以免爆炸;安全前提下尽量堵漏;喷水减少泄漏物挥发;严禁容器进水;少量泄漏,使用砂土或其他不燃吸附剂吸收至容器内待处理;大量泄漏,围堤处理	
	眼睛防护:戴防护眼镜和面罩			
	其他:工作场所禁止吸烟、进食和饮水。定期进行肺功能检查。进入罐、限制性空间或高浓度区,须有人监护	储存	存于阴凉、通风的库房。远离火种、热源。库温不宜超过 30℃,冬季应保持库温不低于10℃;包装要求密封,不可与空气接触。应与氧化类、酸类及碱类物质分开存放,切忌混储。使用防爆开关,现场禁止使用易产生火花的机械设备和工具	
	身体防护:穿橡胶防护服,戴橡胶手套	运输	运输无需贴标签,航空、铁路限量运输	

表 2-4 甲醇安全生产相关数据

CAS 67-56-1	RTECS 号：PC1400000		UN 1230	危编号 32058
中文名称	甲醇	理化性质	外观及性状：无色澄清、易挥发液体，有刺激性气味	
英文名称	methanol		熔点：−97.8℃	相对分子质量：32.04
分子式	CH₃OH		沸点：64.8℃	相对密度 空气：1.11
闪点：11℃	爆炸极限：6.0%～36.5%（体积分数）		溶解度：混溶	水：0.79

燃烧爆炸危险	自燃点：385℃	火灾危险类别：甲B类	毒害性及健康危害	职业性接触毒物危害程度分级：Ⅲ级
	危险特性：易燃，易爆，其蒸气能与空气形成爆炸性混合物，遇明火、高热能引起燃烧爆炸；与铬酸、高氯酸、高氯酸铅反应剧烈，有爆炸危险。其蒸气比空气重，易扩散。遇明火会引着回燃			毒性资料：人经口最低致死剂量（LDLO）：143mg/kg 人吸入最低中毒浓度（TDLO）：8600mg/m³ 人吸入最低中毒浓度（TDLO）：300×10⁻⁶ 大鼠经口半数致死剂量 LD₅₀5628mg/kg 大鼠吸入半数致死浓度 LC₅₀ 64000×10⁻⁶/4h
	燃烧（分解）产物：CO、CO₂、H₂O			职业接触限值
	稳定性：稳定	聚合危险：无		MAC：50mg/m³
	禁忌物：酸类、酸酐、强氧化剂、碱金属			PC-TWA：25mg/m³
	避免接触的条件：无			PC-STEL：50mg/m³
	灭火剂：干粉、二氧化碳、抗溶性泡沫			侵入途径及健康危害
	禁用灭火剂：无			侵入途径：吸入，食入，皮肤及眼接触
急救措施	皮肤接触：用肥皂水或大量清水彻底冲洗，就医			健康危害：低于 500×10⁻⁶，吸入会引起头痛、呕吐，刺激鼻、咽喉、瞳孔放大，有醉酒感、肌肉失调、多汗、支气管炎、惊厥；吸入过量则僵木、痛性痉挛、怕光，甚至失明，病情恢复往往十分缓慢且不彻底；接触会使皮肤干裂、红肿，并对眼睛有刺激性；食入甲醇除吸入产生的症状外还会损伤肝、肾、心脏、神经，甚至致死
	眼接触：用大量清水或生理盐水冲洗15min 以上，就医			
	吸入：将患者移至空气新鲜处，输氧，必要时进行人工呼吸			
	食入：饮 240～300mL 温水，用清水或1%硫代硫酸钠溶液洗胃；就医			
防护措施	呼吸系统防护：佩戴过滤式防毒面具（半面罩）		泄漏处理	须穿戴防护用具进入现场；排除一切火情隐患；保持现场通风；用干砂、泥土等收集泄漏液，置于封闭容器内；不得将泄漏物排入下水道，以免扩大污染及爆炸
	眼睛防护：戴防护眼镜和面罩			
	身体防护：穿戴清洁完好的用橡胶制作的防静电工作服，戴橡胶手套等		储存	存于密闭容器内，置于凉爽、通风、隔热处，远离氧化剂，严禁烟火，使用无火花工具开闭容器
	其他：当症状显露时，进行肝功能、眼睛、视力检查；工作场所禁止吸烟、进食和饮水		运输	灌装时应注意流速（不超过3m/s）,且有接地装置，防止静电积聚；运输时，需贴"易燃液体、毒品"标签，航空、铁路限量运输

2.2.3 甲醛生产工艺过程主要危险性分析

甲醛生产工艺过程的主要危险是可能发生的火灾、爆炸事故。

2.2.3.1 火灾

甲醛生产装置和甲醇储罐的火灾危险类别均为甲$_B$类；甲醛水溶液的储存火灾危险等级为丙$_A$类。原料甲醇从购进、储存、生产、输送等过程以及产品甲醛的储存、输送过程都存在由于泄漏并遇到明火产生火灾的可能。

2.2.3.2 爆炸

甲醛生产工艺过程的关键工序是控制开工点火和正常生产中原料气中的氧醇比在规定的工艺条件以内，使之保持在爆炸范围以外参与反应，生成甲醛。甲醛生产工艺过程的每一个环节发生故障造成工艺条件超出工艺条件规定的范围都有造成爆炸事故的可能。例如，甲醇计量仪表失灵、甲醇输送系统故障、鼓风机及空气输送系统故障等，都会导致物料配比失调，造成原料气形成爆炸性混合物而引发爆炸事故发生。

2.2.4 甲醛生产装置及设备的危险性分析

2.2.4.1 静设备

(1) 蒸发器、氧化器和吸收塔

蒸发器、氧化器、吸收塔等主要设备为生产过程中的核心设备，最高工作压力高达 0.6MPa，若使用的材质存在问题，材料的抗拉强度过高而塑性差，所选的钢材中的有害元素（如 S、P、O）的含量超过了标准的规定，将导致设备表面产生裂纹、结疤、折叠、分层、夹杂、光洁度差、麻点和凹坑等缺陷，在运行中产生腐蚀，造成设备不能满足压力条件的要求，使之爆裂，引起甲醛、甲醇泄漏，导致污染事故发生，如泄漏物与火源或高温部位接触可能导致火灾、爆炸事故。

(2) 换热设备

氧化器、蒸发器、吸收塔等需换热设备，换热设备有多种形式，如果换热设备选型、选材、制作或安装不当，由于膨胀作用，会导致设备变形、腐蚀、泄漏，甚至引起设备爆炸事故；还容易出现由高压部分向低压部分泄漏，导致污染事故，如泄漏的易燃物与火源或高温部位接触，可能引起火灾和爆炸事故。

甲醛生产主要静设备的危险及危害因素分析见表 2-5。

表 2-5 甲醛生产主要静设备的危险及危害因素分析

序号	设备名称	操 作 情 况		危险及危害因素
		温度/℃	压力/MPa	
1	甲醇储罐	常温	常压	中毒、火灾、爆炸
2	甲醛产品罐	常温	常压	中毒、火灾、爆炸
3	蒸发器	40~50	0.05MPa	中毒、火灾、爆炸
4	氧化反应器	630	0.05MPa	中毒、火灾、爆炸、高温烫伤
5	第一吸收塔	60	0.02MPa	中毒、火灾、爆炸
6	第二吸收塔	50	0.02MPa	中毒、火灾、爆炸
7	尾气焚烧炉		常压	火灾、爆炸、高温烫伤、灼伤

2.2.4.2 动设备

动设备主要为工艺泵、风机及空气压缩机。动设备的危险主要来自以下方面：设备选型不当或使用介质不当会造成火灾、爆炸、灼烫、中毒等事故的发生；设备的密封不良会导致物料泄漏，导致事故的发生；设备润滑不良，不但设备发热，输送易燃物料时导致火灾、爆炸事故的发生，而且会产生较强的噪声。

2.2.4.3 特种设备及压力管道

特种设备与管道主要指压力容器和压力管道。甲醛装置中有压力容器及压力管道，如过热器、反应器废热锅炉、水蒸气汽包、尾气锅炉及其管道等。若操作不当，如超温、超压，或由于压力容器及压力管道本身存在缺陷，可能引起泄漏而导致火灾、爆炸等事故。

引起压力容器、压力管道事故的原因主要包括：

① 压力容器及压力管道超压运行；

② 压力容器及压力管道因腐蚀而导致壁厚减薄，继续运行而

强度不足；

③ 安全附件不全或失灵；

④ 设计时材料选择不当，施工安装存在缺陷；

⑤ 日常维护不及时造成疲劳、震动等的累积性腐蚀。

2.2.4.4　电气设备

电气设备尤其是电机故障易引发火灾。电机发生火灾的原因：主要是选型、使用不当，或维修保养不良所造成的。有些电动机质量差，内部存在隐患，在运行中极易发生故障，引起电机火灾；电机的主要起火部位是绕组、引线、铁芯、电刷和轴承；电动机及其附属设备如开关、熔断器和配电装置也存在火灾危险。因此，根据工艺危险的特点，机泵必须选用防爆型。

电气设备安装不合格，在防火区内使用非防爆的开关、电气设备、灯具等，会产生电火花，成为燃烧和爆炸的火源；熔断器及避雷接地的失效，引起电线过载发热，甚至燃烧。在进入防火区未使用阻燃电缆，管件未采用防爆器件等，如遇到易燃物泄漏，均易引起火灾爆炸事故。

没有备用电源和应急事故照明，这样当电源中断时，消防泵、控制室等完全失控，一旦发生事故，将给事故的抢救带来很大的困难，同时也不利于操作人员及时撤离现场。

甲醛主装置和罐区火灾危险类别均为甲$_B$级，若未使用符合防爆等级的防爆电气设备，发生事故可引起二次事故或成为火灾爆炸事故的起因。

2.2.4.5　工艺管道、阀门

物料管、水管、空气管等的危险性是管道材质不符合使用要求，制造有缺陷，另外安装时不规范等，在使用过程中物料引起的腐蚀和长期经受振动，引起壁厚变薄或裂纹产生，造成甲醇和甲醛的泄漏。还有由于阀门的质量问题，当需要快速切断物料时，不能很快地切断，会导致事故的产生和扩大。

2.2.4.6　其他

设备腐蚀是导致物料泄漏、火灾、爆炸、中毒等事故发生的重

要原因之一。生产过程中可能发生的腐蚀包括化学腐蚀、氢损伤、电化学腐蚀、低温露点腐蚀等。

2.2.5 储运过程的危险、有害因素分析

2.2.5.1 储罐

储运过程包括：原料甲醇由专用槽罐车运送至原料罐区，通过泵输送至甲醇储罐储存；产品甲醛储存在产品储罐中，用泵打入槽车外运。

原料及产品储存过程中，若设备、管道出现泄漏，容易引起中毒及火灾爆炸事故。若储存装置的防雷、防静电装置失效，可能因雷击、静电聚集等引发火灾、爆炸事故。

2.2.5.2 物料输送设施

原料卸车和产品装车过程中，若管道与槽车连接不好，容易引起泄漏，可能引起中毒和火灾爆炸事故。若静电接地设施失效，装卸时易造成静电积聚，可能造成火灾或爆炸事故。

2.2.6 公用工程及辅助设施的危险、有害因素分析

2.2.6.1 供电

应急照明、消防用电应与生产用电和普通照明用电分开，并设置备用燃油发电机。如果发生火灾时无消防供电，无法救火或耽误救火时机，会酿成重大火灾。

2.2.6.2 供水

工业用水、生活用水由自来水管网提供，消防用水应单独设置，不与生产、生活用水共用管线。供水包括消防用水、工艺用水和生活用水，水源一定要充足，如果发生火灾时，无足量的消防供水，将会延误消防灭火，造成火灾事故的蔓延和扩大。

2.2.7 主要危险、有害因素分析

2.2.7.1 危险物质泄漏

甲醇、甲醛均属易燃、易爆、有毒物质，各种原因造成的泄

漏、流淌均可能引发火灾和中毒，必须立即进行紧急处置和收集，避免事故发生或扩大。

物料泄漏事故是与中毒、火灾爆炸事故紧密联系在一起的，是中毒、火灾爆炸事故的前提。反过来，火灾爆炸事故所产生的破坏力，在特定条件下，又会引发新的泄漏事故，形成恶性循环，导致事故升级。造成泄漏的因素有：

① 由于设备、管道设计本身的不合理、选材不当，如低压管道用作高压管道、低压设备用作高压设备，使管道、设备等不能承受高压而变形、破裂发生泄漏；

② 由于设备、管道等的阀门、法兰等密封不好，造成物料泄漏；

③ 设备、管道长期使用，因累积性腐蚀而使设备、管道出现穿孔而发生泄漏；

④ 风机、工艺泵等大功率设备，由于运行时机械振动，易使管件接头松动，发生泄漏；

⑤ 压力容器、压力管道等制造不良，不能承受工作压力，导致破损而发生泄漏；

⑥ 由于基础沉降、车辆撞击、地震及人为破坏等原因，造成设备、管道破裂而发生泄漏；

⑦ 由于操作人员误操作，或由于工艺控制失调，使高压物料进入低压设备或管道，低压设备或管道不能承受高压而造成破损发生泄漏；

⑧ 由于邻近设备、管道发生爆炸事故，波及生产设备或管道造成破损而发生泄漏；

⑨ 储存设备设计、制造不合理、腐蚀、基础发生不均匀沉降或由于地震原因，造成储罐破损发生泄漏；

⑩ 人为破坏使设备、储罐破损发生泄漏。

2.2.7.2 火灾和爆炸

甲醛生产从原料进厂开始，甲醇储存、甲醇计量、甲醇蒸发、甲醇氧化反应、甲醛吸收、尾气处理以及中间的物料输送等各个环节均存在火灾、爆炸的危险。

甲醇、甲醛蒸气在空气中发生火灾爆炸的要素有两个：可燃物甲醇、甲醛和点火源。

① 物料泄漏后产生可燃物甲醇、甲醛。

② 引发火灾爆炸的点火源有以下几种。

a. 明火和高温表面　现场动火、汽车、拖拉机、柴油机未配备阻火器进入现场，管道、氧化反应器的保温层脱落使高温表面裸露。

b. 摩擦与撞击　机器轴承、电机等摩擦发热起火。金属铁器与机件撞击起火。金属铁质工具撞击混凝土地面发生火花。吊车吊绳断裂，吊钩坠落冲击起火。带钉鞋与地面摩擦出火花。

c. 电气火花、静电和雷击　防爆区域内电气未采用防爆电气，产生电火花。电气设备未接地，静电堆积产生火花。操作人员穿戴化纤和丝质衣服、化纤手套产生和集聚静电。设备、物料管线未安装防雷防静电接地装置，物料流速过高产生静电积累不能接地，发生静电火花。防雷设施不良、雷击高大设备等。

d. 外来的恶意破坏、纵火。

除此之外，还有其他因素，如管理不善、操作失误、违章作业。在生产区域、易燃引爆区域内抽烟，违章焊接、动火，指挥失误，压力容器带压检修、敲击等均有可能造成火灾、爆炸事故。厂房和装置区域通风不良，泄漏的易燃易爆气体与空气形成爆炸性混合物。

以上综合因素可能导致火灾和爆炸。

2.2.7.3　窒息和中毒

根据甲醇和甲醛的安全特性分析，甲醛生产的原料及产品均具有毒性，在发生事故时，因过量吸入，以及进入密闭容器会导致窒息和中毒。

2.2.7.4　触电伤害

低压电器设备外露，导电部分未与 PE 线可靠连接，或电线绝缘老化失效，未设漏电保护装置，以及操作人员的误操作都存在触电伤害的危险。

电机电气控制柜接地不良或受损；电气设备维修违反操作规程等均会发生电击伤人。

2.2.7.5 灼烫伤害

① 高温伤害 甲醇蒸发器、氧化反应器、尾气处理器等有一部分是在高温条件下运行的，操作人员在接触高温部位时易发生高温烫伤等伤害。

② 化学品伤害 由于原料甲醇、产品甲醛均有毒，对人员均可造成慢性影响，人员长期接触、吸入低浓度的液体、气体，可引起职业伤害。

2.2.7.6 高处坠落

为满足生产工艺的要求，需使用高大的设备、建构筑物，在日常作业、维修保养过程中，如果防护设施不全、劳动保护不周，存在高处坠落、坠物危险。

2.2.7.7 机械伤害

由于需使用大量机械设备，部分机械设备结构复杂，如机械传动设备防护罩或隔板不完善；检修后未安装还原，或安装质量不符合要求，均有可能造成潜在的运转设备的机械伤害。

2.2.7.8 起重伤害

在设备安装和检修维护时，会使用起重设备，可能发生起重工具异常，安全装置失灵，捆绑不牢、不稳，指挥信号不明确等危害因素，导致发生起重伤害。

2.2.7.9 噪声危害

鼓风机、工艺泵等运行时噪声很大，超过卫生标准。噪声能引起职业性噪声聋和神经衰弱、心血管疾病及消化系统等疾病。如果劳动防护不周，人员长期在高噪声环境作业，对人员听力有不良影响，可引起职业伤害。

2.2.7.10 车辆伤害

进出生产区域的车辆不配备阻火器，驾驶人员与装卸人员配合不好发生误操作，驾驶人员长途疲劳驾驶，可能发生车辆伤害情况。

2.2.8 自然灾害种类及其危险性分析

自然灾害对甲醛生产装置的危害主要指洪涝灾害、地震灾害和雷击危险。

2.2.8.1 洪涝灾害

建设在低洼地带的甲醛生产装置容易受到洪涝灾害的影响，对甲醛生产装置的选址定点至关重要，没有良好的预防洪涝灾害的排水管网，可能使甲醛、甲醇与雨水混合，造成环境污染。

2.2.8.2 地震灾害

地震危害巨大，高震级地震是一种毁灭性打击。对地震的预防应当严格按照建设规范和当地的地质状况进行设计建设。

2.2.8.3 雷击危险

甲醛生产装置有各种管道、电气设施、设备等。防雷保护接地至关重要，接地不良会导致雷电对人员和设备的伤害。

2.3 甲醛生产企业安全管理

2.3.1 甲醛生产装置安全生产基本要求

2.3.1.1 防火防爆

甲醇和甲醛气体具有毒性和易燃、易爆性，生产过程的主要危险性为燃烧、爆炸、中毒和窒息，且工艺条件要求在高温和一定压力下进行。为了有效防止这些物质的危害，从防止火灾、爆炸环境的形成入手，采取防范措施至关重要。防火防爆是甲醛生产装置（企业）建设和安全生产中必须关注的重点问题。

（1）甲醛生产装置建设防火防爆措施

① 甲醛生产厂区内道路成环状布置；安全通道出入口不应少于两个，做到人、物分流，通道和出口应保持畅通。

② 甲醛生产工艺过程具有易燃、易爆的危险特点，工艺装置、

设备、管道在满足生产要求的条件下，应按生产特点，集中联合布置，采用露天、敞开式半敞开的建构筑物；装置内的门窗应向外开启。

③ 主装置、储罐区为火灾、爆炸危险区域范围，在防爆区域内选用防爆型电气设备、仪表及照明灯具；设置明显的警示标志，注明物料危险特性。

④ 有可燃气体泄漏的作业场所，必须设计良好的通风系统，保证作业场所的危险物质浓度不得超过有关规定，并设置可燃气体浓度报警仪器。

⑤ 具有火灾爆炸危险的生产设备和管道设置安全阀、爆破板、阻火器等防爆防泄压系统，对于输送可燃物料的并有可能产生火焰蔓延的放空管和管道之间应设置阻火器、水封等阻火设施。

⑥ 明火设备应集中布置在装置的边缘，应远离主装置内的生产设备及储槽（罐），并应布置在这类设备的下风侧。

⑦ 露天设备、设施及建（构）筑物均应有可靠的防雷电保护措施，防雷电保护系统的设计应符合有关标准规范要求；对输送可燃物料的管道、设备采取可靠的静电接地措施，并控制流速。

⑧ 工艺装置内承重的钢框架、支架、裙座、钢管架以及建筑物的钢柱、钢梁等按规范要求采取覆盖耐火层等耐火保护措施，使涂有耐火层的钢结构的耐火极限满足规范要求。对火灾爆炸危险区域内可能受到火灾威胁的关键阀门、控制关键设备的仪表、电气电缆均采取有效的耐火保护措施。

⑨ 甲醇、甲醛罐区设置围堤，以防止因各种可燃物料泄漏而引起的流淌火灾及二次危害。由于甲醇沸点低，应设计喷淋降温设施。

⑩ 甲醛工艺过程控制采用计算机控制，并考虑控制系统、计算机备用系统及计算机安全系统，确保发生事故时能正常操作。计算机控制室不得设置在主装置内，其设计应考虑其结构及设施，不致受到破坏或倒塌，并能实施紧急停车，减少事故的蔓延和扩大。

⑪ 甲醛生产工艺过程中有危险的反应过程，应设置必要的报

警、自动控制及自动连锁停车的控制设施。在生产装置出现紧急情况或发生火灾爆炸事故时，设置必要的自动紧急停车措施。

（2）防火防爆生产管理

在生产过程中极易由于物料泄漏引发火灾、爆炸事故。发生火灾、爆炸有两个因素，即物料和激发能源，只要在生产过程中防止物料泄漏和激发能源，就可有效地防止火灾、爆炸事故的发生。为防止发生火灾、爆炸，建议采取下列措施。

① 建立无泄漏管理制度。

a. 统计各种设备动静密封点，建立密封材料档案。

b. 静密封点的泄漏率在 0.05％以下，动密封点泄漏率在 0.5％以下，设备完好率在 95％以上。

c. 定期对各密封点检修、检测，保持设备状态良好。

② 各生产单元、输送单元、储存单元运行时，不准敲击，不准带压修理和紧固，不得超压。

③ 设备、管道和阀门等连接点泄漏检查时，可采用肥皂水或携带式可燃气体防爆检测仪，禁止使用明火。

④ 当物料发生大量泄漏或聚集时，应立即切断泄漏源，进行通风，停止可能产生火花的一切操作。

⑤ 新装或大修后的系统必须做耐压试验、清洗和气密试验，符合有关的检验要求后，才能投入使用。

⑥ 点火源管理。

a. 应尽量避免在生产区域内动火，如果必须动火，应按动火规定办理动火许可证，并保持有效的安全间距；在输送、储存易燃物料的管道、设备上动火时，必须办理特殊动火许可证，达到符合动火的条件。

b. 工程机动车、运输机动车、电瓶车等无阻火设施不允许进入生产区。

c. 各种动机械均能因各种原因产生摩擦与撞击导致火花产生，必须加强各种转动机械的润滑管理、清垢管理。

d. 加强现场管理，禁止穿带钉子的鞋进入易燃易爆场所；不能随意在易燃易爆场所抛掷金属物件，撞击设备、管线。

e. 加强流动火源的管理，生产区严禁吸烟，防止明火和其他激发能源。禁止使用电炉、电钻、火炉、喷灯等一切产生明火、高温的工具与热物体，不得携带火种进入危险区域。

（3）甲醛工艺参数的严格控制

在甲醛生产中，正确控制各种工艺参数，防止超温和溢料、跑料等是防止火灾、爆炸事故发生的重要措施。

① 严格控制反应温度。

生产中必须严格控制反应温度。为此，必须严密注视影响反应温度的各种因素的变化情况并及时进行调节，切忌超温。在开车阶段，要控制升温速度，防止升温过快、过度。停车以后恢复开车，同样要注意这些问题。对运行中的设备，则要控制在规定的温升范围内，防止接近危险温度。

② 严格控制压力。

甲醛生产虽在常压下进行，但系统压力的变化将引起流量的变化，从而引起反应温度的变化，特别当这种变化较大时，影响就更大了。

③ 严格控制空气流量。

在甲醛生产装置开车和生产过程中，空气流量的变化对反应温度的影响甚为敏感。因此，开车和生产中应严格控制空气流量，防止因空气流量提升太快、太猛而发生"超温事故"。同样，生产中还应控制配料蒸汽和甲醇的流量，防止因配料蒸汽和甲醇的大幅度减少而引起"超温现象"。为控制空气、配料蒸汽和甲醇的流量，要严密注意影响空气、配料蒸汽和甲醇的各种因素变化。当发生变化时，应随时予以调整，以保持流量的稳定。

2.3.1.2　电气安全

触电是指人体触及带电体，由于人体也是导电体，人体触及带电体后，电流就会对人体造成伤害。其伤害主要表现为对人体的热作用而引起的灼伤；对人体的化学作用使体内的液体被电解破坏；对人体的生理作用引起肌肉痉挛、疼痛乃至血压升高、心律不齐、心室颤动。最后会导致心脏停止跳动。因此，触电对人体的危害极大。

甲醛生产装置中有不少电气设备和设施，如电动机、点火器、电解设备、电炉及各种开关等，这些设备和设施的设计、安装和操作不当，会影响生产安全，造成人员触电等危害，也必须引起相关人员的高度重视，在各环节把好电气安全关。

(1) 安全供电和供电保证

① 变配电系统的设计、安装应符合工艺和特定场所的要求，易燃易爆场所应选用防爆电气等。

② 主装置区和储罐区域为防爆危险区，火灾等级为甲类，选用的电气、仪表严格按照《爆炸和火灾危险环境电力装置设计规范》GB 50058—92 执行，防爆区内电气设备应选用防爆型，防爆材料应选择防腐型和防爆型。

③ 供电系统的设计应满足国家规范《供配电系统设计规范》GB 50052—95 和《高压配电装置设计技术规范》的要求。

④ 电气设备必须由具有国家指定机构的安全认证标志的厂商供应。

⑤ 停电造成重大危险后果的场所其供电电源应为一级负荷，必须按规定配备自动切换的双路供电电源；一级负荷中特别重要的负荷还应增设专门的应急电源。

(2) 防触电对策措施

① 采用可靠的保护接零（TN-S、TN-C-S、TN-C）或保护接地系统（TT、IT）。

② 根据《漏电保护器安装和运行》GB 13955—92 的规定要求，在发生漏电断电时，会造成事故和重大经济损失的装置和场所（如控制室、配电室等处），要安装报警式漏电保护器，实现漏电保护器的分级保护。

③ 当电气设备采用的电压超过 24V 安全电压时应有防止直接接触带电体的保护措施。

④ 设置必要的屏护设施（如开关盒、母线护网、高压设备围

栏、变配电设备遮拦等），将带电体与外界隔离，防止人体误入带电间隔。金属屏护装置必须接零或接地，屏护的设置应满足《防护屏安全要求》GB 8197—87 的规定。

⑤ 带电体或带电部位与地面、建筑物、人体、其他设备、其他带电体、管道间的安全距离应满足规范要求。

⑥ 照明电缆采用 36V 电压供电，检修照明为 12V 手提灯。

（3）电气安全管理

误操作或操作不慎都会发生触电事故。因此，在生产过程中，坚持安全用电的原则，做好触电的预防工作。生产中应做到以下几点。

① 非电工不准拆卸、修理电气设备和用具。

② 采取绝缘方法来防止触及带电体。

③ 在检修现场和临时作业点采用 24V、36V 等安全电压来照明。

④ 在电动机发生异常震动、声响、焦味等情况时，应立即切断电源。

⑤ 不准用水冲洗电气设备。

⑥ 不准使用绝缘损害的电气设备。

⑦ 不准乱动电气设备及其开关。

2.3.1.3　自动化安全控制

甲醛生产的原料、产品易燃、易爆，人员易中毒，设备易腐蚀，且生产过程具有连续性，生产过程控制应采用安全可靠的自动控制方案，最好选用 DCS 计算机控制系统。并配有信号报警和连锁控制等措施，确保装置能够正常运行和安全生产。有以下几点注意事项。

① 温度、压力、流量、液位及调节阀等控制仪表的选型应按《爆炸和火灾危险环境电力装置设计规范》GB 50058—92 选型。

② 恰当地选择设备的信号、报警点，设备的运行监视应灵敏可靠。

③ 控制仪表的电源及保持气源供应相对稳定，需设有备用

电源。

④ 电动仪表选型应采用本质安全型，接地必须符合有关防火、防爆规定要求。

⑤ 所选用的控制仪表，控制回路必须可靠，设备应定期检验，三证齐全。

⑥ 生产装置的控制室不得兼值班和休息室。

2.3.1.4 防雷、防静电

(1) 防雷

雷电极具破坏性，它可毁坏电气设备甚至导致火灾、爆炸、触电等重大事故。应按《建筑物防雷设计规范》GB 50057—94 (2000版) 配置防雷设施。一般采用经济有效的避雷针，其原理就是利用高出被保护物的凸出地位，把雷引向自身，然后通过引下线和接地装置，把雷电流泄入大地，以保护人身和建（构）筑物及生产设备免受雷击。

① 防雷措施

a. 建（构）筑物、露天装置、储罐应设置防雷设施。

b. 厂区建（构）筑物高度在15m 及以上的均设防雷接地保护，采用避雷网局部避雷针保护方式，防雷接地电阻均小于10Ω。

② 防雷设施管理　对防雷装置应定期检查，并做好防腐蚀工作，以防接地引下线腐蚀中断。防雷重点部位是甲醇、甲醛储罐和主装置。

(2) 防静电

当导电体与绝缘体之间相互摩擦时，就会产生静电。甲醇、甲醛和尾气在管道内流动摩擦等也能产生静电。静电是一种常见的带电现象。静电虽然电量不大，但电压很高，会因放电而产生火花。因此，应按《石油化工企业静电接地设计规范》SH 3097—2000 设法防止静电的危害。

① 防静电措施

a. 电气设备和管道的设计中，对易燃易爆的工艺设备、管道和储存设施均应作防静电接地处理。

b. 根据工艺操作和设备的具体特点，视情况分别采取控制流速（或搅拌速度）、防静电接地、静电消除器、设置静电消散区（如在缓冲容器内静置一定时间）、屏蔽、采用导电性涂料等消除静电产生或积聚的措施。

c. 防雷接地线与防静电接地线应分别设置，单独接地。防静电接地电阻值不大于 100Ω。

d. 保证设备和管道内、外表面光滑平整、无棱角，容器内避免有细长导电凸出物，防止管道内径的突变。

e. 在爆炸危险区的传动设备若必须使用皮带传动，应采用防静电皮带。

f. 工艺生产装置的防静电设施的设计，应满足《防止静电事故通用导则》GB 12158—90 的要求。

g. 改变灌注降低流速。为了减少从储罐顶部液体的冲击而产生静电，通常甲醇、甲醛回流管延伸至靠近罐底或有利于减少罐底部沉淀物搅动的部位。

② 防静电管理

a. 在爆炸危险场所的工作人员禁止穿戴化纤、丝绸衣物和带铁钉鞋掌的鞋，应穿戴防静电的工作服、鞋、手套。

b. 产生静电的数量与物料的流动速度有关，流动的速度越快，产生的静电荷越多，所以要控制甲醇和甲醛的流速，以限制静电的产生。

根据德国 P.T.B 经验得出安全流速计算公式：

$$v = 0.8\sqrt{\frac{1}{d}}$$

式中　v——平均流速，m/s；

　　　d——管道直径，m。

不同管径中允许的最大流速见表 2-6。

c. 延长静置时间。甲醇等液体注入储罐时会产生一定量的静电荷，随着时间的推移，液体内的电荷向器壁和液面集中，并慢慢泄漏消散。因此可用延长静置时间的办法来消除静电。

表 2-6　不同管径中允许的最大流速

管径/mm	最大流速/(m/s)
25	5.1
50	3.6
100	2.5
200	1.8
400	1.3

注：甲醇、甲醛的流速一般控制在 3 m/s 以内。

2.3.1.5　重大危险源管理

（1）重大危险源辨识

根据《重大危险源辨识》GB 18218—2000 的规定，若单元内存在的物质为单一品种，则该物质的数量即为危险物质总量，若等于或超过相应的临界量，则为重大危险源。

甲醇属于低闪点易燃物质，由于生产过程中甲醛均以溶液的形态存在，甲醛溶液未列入重大危险源的目录，甲醇构成重大危险源的临界量见表 2-7。

表 2-7　危险物质的临界量

物 质 名 称	类　　别	临界量/t	
		生产场所	储存区
甲醇	闪点<28℃的液体	2	20

甲醛生产装置储罐区和生产场所甲醇储存量均超过重大危险源临界量，所以甲醛装置属于重大危险源，企业应按照相关规定重点管理。

（2）重大危险源管理

① 根据装置特点，确定生产厂区为重大危险源，向有关机构申报、登记备案，并采取相应的监控、评估和安全措施。告知从业人员和相关人员在紧急情况下应当采取的应急措施。

② 根据甲醛、甲醇的种类、危害特性，在作业场所设置相应的监测、防雷、防静电、防腐、防渗漏、防护围堤或者隔离操作等安全设施、设备。

③ 按照国家标准和国家有关规定对安全设施进行维护、保养，保证符合安全运行要求。

④ 设置必要的安全设施，如安装可燃气体探测报警器、液位计、流量计等，并保证在任何情况下处于正常适用状态。

⑤ 生产、储存设施符合国家标准对安全、消防的要求。

⑥ 设置"重大危险源"、"严禁烟火"等醒目的安全标志。

⑦ 建立、健全危险化学品使用的安全管理规章制度。

⑧ 根据甲醛、甲醇的危害特性，编制事故应急救援预案，并定期组织演练。

⑨ 配备应急救援人员，必要的应急救援器材、设备，如泡沫灭火器、急救药箱、自吸式防毒面具等。

⑩ 设置专人管理，并 24h 值班；作业人员应为培训考核合格的员工。

⑪ 储罐、生产装置、输送管道等设施应设置防雷、防静电装置，并按有关规定定期检测。甲醇卸车台设置防静电导地设施。

2.3.1.6 压力容器管理

(1) 压力容器

按照我国《压力容器安全监察规程》和《压力容器安全技术监察规程》的规定，凡同时具备下列三个条件的容器属于压力容器。

① 最高工作压力大于等于 0.1MPa（不含液体静压力，下同）。

② 内直径（非圆形截面指断面最大尺寸）≥0.15m，且容积≥0.025m³。

③ 介质为气体、液化气或最高工作温度高于等于标准沸点的液体。

甲醛生产装置中的过热器、氧化器急冷段、蒸汽包、尾气锅炉属于压力容器。为防止压力容器发生意外的危害，除在设计、制造、安装中必须遵守压力容器的有关规定外，在使用时还应做好以下工作。

① 操作者应严格遵守操作规程，定时进行巡回检查，检查压力、温度、液位等是否在规定范围内，发现不正常的应及时处理。

② 压力容器的安全附件（压力表、温度计、安全阀等）完好，灵敏可靠并实行定期检查校验。

③ 消除跑、冒、滴、漏，搞好维护保养，保持完好状态。

（2）锅炉

甲醛生产中的尾气锅炉是以吸收塔尾气作燃料，把水变成蒸汽用于生产或生活的；反应器蒸汽包也属锅炉类设备。锅炉操作、管理不当，容易发生事故，甚至爆炸，锅炉爆炸的破坏性很大。因此，必须重视尾气锅炉的安全管理。

根据甲醛生产的实际经验，应重点做好如下工作。

① 严格执行安全操作规程，定期对尾气锅炉进行检验，及时查清缺陷和隐患并给予纠正。

② 确保安全阀、压力表、温度计、水位表和水位报警器等安全附件的完好与灵敏，并定时、定期查验。

③ 保证水质符合锅炉给水的要求，并定期监控。

④ 定时进行排污。

⑤ 严格防止尾气锅炉出现"缺水"、"满水"等不安全现象，必须有两个独立的液位显示系统和报警装置（包括氧化器急冷段和蒸汽包都应采取此项措施）。

⑥ 尾气锅炉点火时，应坚持先点火后送气的原则。

2.3.1.7　防止职业危害和中毒

（1）防止甲醇、甲醛中毒的措施

① 加强生产过程中设备与管道系统的管理维护，设备管道的各密封点进行经常的安全检查，发现泄漏及时消除，储罐和吸收塔均应设置在露天。主装置区、储罐区应设置有毒有害蒸汽浓度检测仪，专人定时巡回检测，保证毒物浓度在国家相关标准以下。

② 加强自然通风和机械排风，生产区应安装全面通风设施，及时输入新鲜空气。在有挥发甲醛、甲醇的部位，应安装排风设施。

③ 加强工人安全教育，严格按照安全操作规程进行操作；建立并落实安全检查制度，加强巡回安全检查。

④ 生产人员工作时，正确穿戴劳动防护用品；针对不同情况，使用各式防毒面具。

a. 当毒物浓度低、操作时间短时，使用过滤式活性炭防毒面具。在使用过程中如发现头晕、呼吸困难或感到有气体味道时，应离开现场或更换新面具。

b. 当空气中氧气不足，有毒气体浓度较高时，应使用长管式防毒面具。软管一般以 15m 左右为宜，管口要有过滤装置，除去空气中的灰尘，使用时空气进口一定要放在无毒的地方，要有专人看管，防止管口被堵或软管打折，气路被堵塞。长管式防毒面具适合检修设备时进入内部的情况下使用。

c. 使用隔离式氧呼吸器，人呼吸的氧气来自呼吸器中的钢瓶，不受时间和毒物浓度的限制。使用者必须身体健康，经过学习，使用时要有人监护。呼吸器的氧气瓶不得接触油类，防止氧气与油类发生化学变化产生燃烧，同时避免撞击钢瓶。

d. 作业人员应进行岗前体检，每年还应进行一次职业危害体检，体检结果记入"职工健康监护卡片"，不符合要求者，不得上岗。

e. 定期测定甲醛气体防护、甲醇防护、治理装置的技术效果，发现不符合国家卫生标准或排放标准时，要查明原因，及时解决。

f. 应有专人监督检查各防护装置的运行操作及备品备件的情况，发现问题应及时解决。

⑤ 定期检测生产区域的大气质量。

⑥ 甲醇、甲醛中毒的急救措施有以下几项。

a. 发现急性中毒情况时，应迅速将中毒者转移至新鲜空气处，并注射强心剂和给予输氧。

b. 对口服中毒者应立即以 3% 碳酸氢钠溶液或 1% 硫代硫酸钠溶液洗胃，并静脉注射 3% 碳酸氢钠溶液及高渗葡萄糖和大量维生素 C。

c. 神经系统症状严重者或有颅压升高表现者，需限制输液，可给予脱水疗法。

　　d. 将中毒者送职业病医院就诊。

　　e. 定期检查，加强病理监护。

　　（2）高温伤害对策

　　① 高温设备、管道应设置保温层。

　　② 尽量减少不必要的在高温场所的出现时间和次数。

　　③ 现场人员必须穿戴好劳动保护用品。

　　④ 在高温设备和管道旁设置高温警示标志，以防烧伤和烫伤。

　　（3）噪声伤害对策

　　① 采取隔声、吸声、消声等降噪措施；操作控制室隔离设置在主装置外。

　　② 设置减震装置。

　　③ 佩戴适宜的护耳器。

　　④ 实行时间防护，即事先作好充分准备，尽量减少在噪声场所不必要的停留时间。

2.3.1.8　常规防护措施

　　① 对高速旋转或往复运动的机械零部件应设计可靠的防护设施、挡板或安全围栏。

　　② 传动运输设备、皮带运输应按规定设计带有栏杆的安全走道和跨越走道，皮带轮、飞轮等传动件均应设防护罩。

　　③ 为保障安全生产，在易发生机械伤害处及开关、按钮箱等位置设安全标志。

　　④ 对高温设备和管道，在人体高度范围内加厚保温隔热层或设安全标志，以防烧伤和烫伤。

　　⑤ 埋设于建（构）筑物上的安装检修设备或运送物料用吊钩、吊梁等，设计时应考虑必要的安全系数，并在醒目处标出允许起吊的极限载荷量。

　　⑥ 在机械吊装作业时，应防止高空散落、碰撞而发生危险。

　　⑦ 具有坠落危险的场所、高度超过坠落基准面 2m 的操作平台要设供站立的平台和防坠落栏杆、安全盖板、防护板等。

⑧ 梯子、平台和易滑倒的操作通道地面应有防滑措施，梯子、平台和栏杆的设计，应按《固定式直梯》、《固定式钢斜梯》、《固定式工业防护栏杆》和《固定式工业钢平台》等有关标准执行。

⑨ 每层平台的直梯口应有防止操作人员坠落的措施，并设安全警示标志，相邻两层的直梯宜错开设置。

⑩ 为了防止高处作业事故的发生，应严格执行下列规定：

a. 高处作业人员必须符合身体要求，同时必须正确穿戴个体防护用品（如安全带、安全鞋、安全帽、安全手套等）；

b. 设置安全网、安全距离、安全信号和标志；

c. 遇 6 级以上（含 6 级）强风、大雪、雷雹等恶劣气候，露天场所不能进行高处作业；

d. 夜间进行高处作业时，必须有足够照明；

e. 作业前，应严格检查登高用具的安全可靠性。

⑪ 在进行动火作业、高处作业、起重作业等危险性作业时应规范作业手续和操作规程。

⑫ 生产厂房、配电室应设防火门，并向外开。

2.3.1.9 安全色和安全标志

① 厂内交通道路应设置路牌、安全警告标志牌等设施，并定期进行维修保养，保持清晰。

② 生产场所作业地点的紧急通道和紧急出口均应设置明显的标志和指示箭头。

③ 在危险作业地点应在醒目处设置安全警示标志。

④ 阀门布置比较集中，易因误操作而引发事故时，应在阀门附近标明输送物质名称、符号或设明显标志。

⑤ 消防系统按规定要求涂红色或绿色。

⑥ 各类管道按《工业管路的基本识别色和识别符号》GB 7231—87、《安全色》GB 2893—96 要求涂刷相应的色标和明显的流向标志。

⑦ 母线护网、高压设备围栏、变配电设备遮拦等屏护设施上根据各自屏护对象特征设置相应警示标志。

⑧ 在高处作业时设置安全信号和标志。

⑨ 在有毒、缺氧、窒息、存在高空坠落等危险的作业地点应在醒目处设置安全警示标志。

2.3.1.10 个人劳动防护

个人防护除做好防毒工作外，还要注意个人的身体防护。

① 头部防护　当存在有物件下落或因碰撞而引起危险的可能和高空作业时，应戴好安全帽（如检修、施工安装时）。

② 眼睛和面部防护　在灌装甲醛或有甲醇、甲醛等溅出危险的场合，应戴上防护眼镜或防毒面具，以保护眼睛和面部。

③ 手部保护　在进行可能导致手部伤害的各种作业时，必须戴上合适的防护手套。处理（接触）甲醇、甲醛时，必须戴上塑胶类防渗水的手套；从事甲醇、甲醛分析者应使用皮肤防护油膏。

④ 脚部保护　在处理甲醇、甲醛储罐或事故现场时或因碰撞、挤压会使脚部受伤时，必须穿防护胶鞋。

个人劳动防护用品必须选用取得国家指定机构颁发的特种劳动防护用品生产许可证的企业生产的产品，产品应具有安全鉴定证；还应定期检测、检验劳保用品，保持其安全可靠性。

2.3.1.11 检修安全

甲醛装置的检修安全是甲醛生产中的又一项重要工作，包括以下几方面的内容。

（1）安全动火

动火前必须办理安全动火证，并采取相关安全措施。

① 进行有效的隔离，在防爆区内动火前，需将动火设备和运行设备（或有甲醇、甲醛的系统）进行有效隔离，通常将原连接的管道脱开，并加盲板。

② 坚持清洗和置换，对有甲醇、甲醛的设备、管道在动火前必须进行彻底地清除，并予以清洗和置换。

③ 必须进行动火分析，经清洗和置换后的设备、管道在动火前应进行检查和分析，其甲醇或甲醛的浓度<0.5％且在取样时间与动火作业开始之间的时间不得大于半小时。取样必须有代表性，

分析数据准确可靠。连续作业已满两小时的宜再次进行分析。凡不符合要求的都应重新分析或置换至达到标准。

④ 敞开、通风，实行监护，凡有条件打开的设备人孔等必须打开。在室内动火时，必须加强自然通风。防爆区内动火时，现场必须有专人监护，并准备好足够的灭火器材。

(2) 安全入罐作业

凡进入甲醇、甲醛储罐和吸收塔内工作前，必须采取以下措施。

① 隔离　对与甲醇、甲醛相通的管道都应进行隔离，以防止意外。

② 清洗　在进入与甲醇、甲醛相通的管道及设备中作业前，对这些设备应进行清洗，且清洗后罐体内含氧量应达到 $18\% \sim 21\%$，甲醇的浓度应小于 $3mg/m^3$，甲醛的浓度应小于 $0.05mg/m^3$。

③ 通风　为保持罐内有足够的氧气，需将设备的人孔等全部打开，加强自然通风，必要时可采用机械通风。

④ 监护　作业时应有专人进行监护，加强监测，发现异常时，立即停止作业。

⑤ 佩戴防护用品　当遇特殊情况，罐内没有达到清洗要求时，则进入前采取相应的个人防护措施，如佩戴氧气面具等。

(3) 安全起重

① 根据起重物件的形状，找出重心部位和脆弱部位，确定捆绑、挂钩方法和正确的起吊方法，起重中应加强检查和保护。

② 仔细检查和准备好起重工具，发现异常应予以修理或更换。

③ 执行起重作业"十不吊"：超负荷不吊；斜拉不吊；捆绑不牢、不稳不吊；指挥信号不明不吊；重物边缘锋利，无防护措施不吊；吊物上站人不吊；埋在地下的构件不吊；安全装置失灵不吊；光线阴暗看不清吊物不吊；重物超过人头不吊。

2.3.1.12　消防对策与措施

① 罐区小于 $500m^3$ 的固定顶式甲醇储罐设置半固定式泡沫灭火系统，大于 $500m^3$ 的则应设置固定式泡沫灭火系统。

② 设置一套火灾自动报警系统，设置室外消防栓和配备移动式灭火器若干。

③ 加强对工厂内消火栓、灭火器等消防设施的定期检查工作，保证以上设施完好。

④ 每月应对消防泵、备用柴油发电机进行一次启动，以保证消防泵、发电机能随时启动。水池一个，应随时保证有充足的消防用水，并保持消防用水的清洁。

⑤ 设置消防水池一个，应随时保证充足的消防用水，并保持消防用水的清洁。

⑥ 随时保持消防通道的畅通。

⑦ 操作人员必须了解消防知识，定期进行消防演习，做到能准确及时处理一般火灾事故。

⑧ 正确使用消防器材。甲醇、甲醛着火时，用泡沫灭火机、二氧化碳灭火机进行扑灭；当电气设备着火时，则只能用二氧化碳和四氯化碳灭火，因水导电，故不能用水灭火；使用四氯化碳灭火时要注意通风，防止救火人员中毒；电线着火时，应首先切断电源，再用砂土灭火。

2.3.2 甲醛生产装置建设的安全要求

安全生产的前提条件就是在装置建设时，必须按照《中华人民共和国安全生产法》和《关于建设项目安全设施"三同时"的通知》精神，即"生产经营单位新建、扩建工程项目的安全设施，必须与主体工程同时设计，同时施工，同时投入生产和使用"。因此，甲醛生产装置从项目设计、施工到生产也必须坚持"三同时"原则，执行国家安全、环保、消防等法律法规的规定，配备安全、消防、环保设施，加强安全、环保意识，提高安全管理水平，做到安全、环保生产。

2.3.2.1 甲醛生产装置建设的基本原则

(1) 树立"生产必须安全，安全促进生产"、"安全生产，人人有责"、"安全生产，重在预防"和"以人为本"的思想

① 生产必须安全，安全促进生产。

"生产必须安全，安全促进生产"这一生产与安全的辩证关系，也是甲醛生产装置（企业）首先要遵循的基本方针。生产必须安全，就必须树立"安全第一"的思想，要做到安全生产，就必须在建设甲醛生产装置时，严格按照国家有关危险化学品安全生产的法律法规进行设计，并在项目实施中落实设计中提出的各项安全措施，在硬件设施上提供安全保证，从源头起保护人员和设备的安全，还必须坚持不懈地进行下去；"安全第一"的思想也是指生产与安全发生矛盾时，生产必须服从安全；"安全第一"的思想也要求当事人严格遵守而自觉地遵守安全生产的各项规章制度。

安全不是指单纯地为安全而安全，更不应该片面追求绝对安全而妨碍生产建设的发展，而是采取必要的安全保护措施和制度，使它成为安全生产的保证和动力，促进生产的发展。

② 安全生产，人人有责。

甲醛生产是一种连续作业的系统工程，各个环节和各个岗位之间有着紧密联系和相互影响。各级指挥决策的失误，操作者在工作中的疏忽，以及检修和监督人员在工作中的不慎都可能造成事故，甚至发生灾祸。因此，甲醛安全生产建设绝不是部分人的事，而是从事与甲醛有关工作的全体人员的事。

必须建立安全生产的各项规章管理制度和岗位责任制，每位员工必须从本岗位的安全工作做起；加强安全意识，做到人人重视安全，自觉执行各级安全生产责任制，个个自觉遵守国家各级政府部门有关安全、环保、消防等的法规，互相监督、检查，发现不安全隐患时，必须及时整改或消除。

③ 安全生产，重在预防。

"防患于未然"是对安全生产很好的诠释，将被动变为主动，变事后处理为事前预防，是甲醛装置（企业）安全生产建设的又一重要基本原则。

"安全生产，重在预防"既体现了认真贯彻"三同时"的安全原则，也体现了设计、施工时要提高甲醛生产装置安全可靠性和必须抓好生产过程中安全管理基础工作，有利于企业不断提高识别、判断、预防和处理事故的能力。

④ 以人为本。

员工是社会和企业的财富资源。企业有保护好员工人身安全的义务。因此，建设甲醛生产装置时必须充分配备安全设施保护员工的人身安全，员工自身也必须加强安全意识，作好自我保护。

（2）甲醛项目设计、施工必须符合国家相关规范

甲醛生产装置设计应由有设计资质的单位承担工程设计。甲醛生产装置建设采用的国家相关规范主要有以下内容。

① 《关于加强建设项目安全设施"三同时"工作的通知》国家发展改革委员会、国家安全生产监督管理局发改投资［2003］1346 号。

② 《危险化学品安全管理条例》国务院第 344 号。

③ 《重大危险源辨识》GB 18218—2000。

④ 《工业企业总平面设计规范》GB 50187—1993。

⑤ 《石油化工企业设计防火规范》GB 50160—92。

⑥ 《建筑设计防火规范》GBJ 16—87。

⑦ 《工业企业设计卫生标准》GBZ 1—2002。

⑧ 《建筑物防雷设计规范 GB 50057—94》（2000 年版）。

⑨ 《化工企业静电安全检查规范》HG/T 23003—92。

⑩ 《爆炸和火灾危险环境电力装置设计规范》GB 50058—92 以及《建筑灭火器配置设计规范》GBJ 140—90（97 年版）、《生产设备安全卫生设计总则》GB 5083—85、《爆炸和火灾危险环境电力装置设计规范》GB 50058—92 等。

⑪ 《安全标志》GB 2894—1994。

（3）配套建设安全、消防、环保设施并达到相应要求

甲醛作为化工产品和危险化学品，其生产装置建设由业主必须委托有资质的评价机构进行安全定点与安全预评价，竣工后进行安全验收评价；同时，委托有资质的评价机构进行环境影响评价。设计单位按照评价报告书提出的措施和相关部门的批复设计安全、环

保设施，由施工单位根据设计进行施工并投入运行。安全、环保设施的投入应达到国家有关规定比例的要求。

（4）建立一套与之配套且完善的管理体系

设置相关组织机构和建立健全相关规章制度，做到机构健全，责任明确，制度完善，岗位清楚，措施可行，实施到位。

2.3.2.2 甲醛生产装置总平面布置与安全消防间距

甲醛生产装置（企业）总平面布置按照《石油化工企业设计防火规范》GB 50160—92、《工业企业总平面设计规范》GB 50187—93、《建筑设计防火规范》GBJ 16—87（2001 年版）等的要求，应按下列基本原则布置。

① 在符合生产流程、操作要求和使用功能的前提下，建筑物、构筑物等设施，应联合多层布置。

② 按功能分区，合理地确定通道宽度。

③ 厂区、功能分区及建筑物、构筑物的外形宜规整。

④ 功能分区内各项设施的布置应紧凑、合理。

⑤ 应合理地组织货流和人流，并进行人货分流。

甲醛生产装置相关各主要工序建（构）筑物之间的规范要求防火间距见表 2-8。

表 2-8　各主要工序建（构）筑物之间的规范要求防火间距

序号	装置名称	装置名称	规范要求防火间距/m	备　　注
1	主装置	罐区	25.00	成品输送可按 15.00m
2	主装置	办公楼等	35.00	
3	主装置	尾气处理装置	30.00	选用内燃式可按 15.00m
4	主装置	变配电室	15.00	
5	主装置	空压站	9.00	
6	主装置	操作室	15.00	
7	主装置	周边道路	10.00	
8	罐区	操作室	15.00	
9	罐区	发配电室	15.00	
10	罐区	办公楼等	35.00	
11	罐区	周边道路	15.00	
12	罐区	厂区道路	10.00	
13	罐区	尾气处理装置	30.00	
14	空压站	变配电室	9.00	

2.3.2.3 甲醛生产装置工程施工和项目竣工验收

(1) 甲醛生产装置工程施工

甲醛生产装置的原料和产品具有易燃、易爆、有毒的特性,在施工建设中,若因材料和设备的缺陷,安装、施工不规范,有可能埋下重大事故隐患。因此,在工程建设中,必须严格执行2001年3月30日国务院第279号令《建设工程质量管理条例》的规定,在工程设计、材料和设备的质量要求,土建的施工、电气、管道和设备设施的安装方面,必须符合国家现行标准和规范,使建设工程达到本质安全化,确保项目投产后的安全运营和为生产创造基本条件。

① 一般规定

a. 承建建筑工程施工单位应具有建筑企业相应的资质。

b. 承建安装工程的施工单位应具有相应级别的压力管道安装许可证和相应级别的压力容器安装许可证。

c. 承建防爆电气设备安全的施工单位应具有相应项目的资格证书。

d. 焊接压力管道的焊工和无损检测人员应取得相应的资格,持证上岗。

e. 施工单位应编制施工方案,施工时应作好施工记录,其中隐蔽工程施工记录应有建设或监理单位代表确认签字。

f. 施工中的安全技术和劳动保护应按国家现行标准《石油化工施工安全技术规程》SH 3505 的有关规定执行。

② 材料和设备

a. 材料和设备的规格、型号、材质、质量应符合设计及有关产品标准的规定。

b. 材料和设备(包括工艺设备和电气仪表)必须是有相应生产许可证的专业制造厂生产的,应具有有效的质量证明文件,其质量不得低于国家现行有关标准的规定,不合格的产品不得使用。

c. 计量仪器应在计量鉴定合格有效期内。

d. 非标设备与现场制作设备应按设计和国家有关标准进行检

验，并提交有签证的检验记录。

e. 管道及组成件应有产品标识，并按国家现行标准 SH 3501 的规定进行检验。

f. 设计文件及其他有关规定要求复验的材料，应进行复验。

g. 阀门在安装前应按国家现行标准 SH 3064 要求逐个进行强度试验和严密性试验，并按要求进行检查、验收。

h. 当材料和设备有下列情况时，不得使用：质量证明文件不符合规范或对数据有异议；实物标识与质量证明文件不符；要求复验的材料未进行复验或复验不合格。

③ 土建工程

a. 工程测量应按现行国家标准《工程测量规范》GB 50026 的规定进行。

b. 混凝土设备基础模板、钢筋和混凝土工程施工执行国家现行标准《石油化工设备混凝土基础工程施工及验收规范》SH 3510 的规定。

c. 厂房及其他附属建筑的基础、构造柱、模板、钢筋、混凝土等施工应符合现行国家标准《建筑地基基础工程施工质量验收规范》GB 50202 和《混凝土结构工程施工质量验收规范》GB 50204 的规定。

d. 防渗混凝土的施工应符合现行国家标准《地下工程防水技术规范》GB 50108 的规定。

e. 站、房及其他附属建筑物基础、物体、屋面、地面、装饰装修、防渗等的工程施工应符合现行国家标准 GB 50203、GB 50207、GB 50209、GB 50210。

f. 钢结构和网架结构的制作、安装应符合现行国家标准 GB 50205 和 JGJ 7 的规定。

g. 罐区地面、道路工程施工应执行国家现行标准 SH 3529 的规定。

④ 管道工程

管道工程的施工应符合国家现行标准《石油化工剧毒、可燃介质管道工程施工验收规范》SH 3501 的规定。

⑤ 电气仪表

a. 盘、柜及两项回路电线安装应执行 GB 50171 标准和 GB 50156—2002 的第 12.6.1 条的补充规定。

b. 电缆施工应执行 GB 50168 标准和 GB 50156—2002 第 12.6.2 条的补充规定。

c. 照明施工应执行 GB 50295 标准和 GB 50156—2002 第 12.6.4 条的补充规定。

d. 接地装置的施工应执行 GB 50195 和 GB 50156—2002 第 12.6.4 条的补充规定。

e. 设备、管道的静电接地应按设计文件的规定执行。

f. 电气装置的施工应执行 GB 50257 标准和 GB 50156—2002 第 12.6.6 条的补充规定。

g. 仪表的安装调试应执行 SH 3521 标准和 GB 50156—2002 的补充规定。

(2) 甲醛生产装置试车运行

甲醛装置的化工试车是工程建设中较重要的阶段。为了使甲醛装置能顺利试车，并能稳定、连续地运转，需重视化工试车程序和注意事项，仅供建设单位参考。

① 试车前的准备

a. 建立试车组织机构及制定试车责任制度和管理制度。由公司负责生产的总经理、总工程师、负责人共同成立试车领导小组；制定试车期间各级人员责任制和试车安全管理制度；由试车领导小组组织生产部门、设计及施工单位并以生产部门为主编制试车总体方案和试车计划，经上级主管部门批准后执行。

b. 人员配备和全员培训遵循"按岗定质，按质进人，按岗培训，严格考试"的原则，生产指挥人员、工艺技术骨干、生产单位班长及组长、主要岗位操作人员必须经过"工艺原理、生产流程、生产控制操作、集散控制系统、设备维护和使用、开停车、事故处理"等的培训，预试车和化工投料试车人员必须经过试车方案和模拟操作考试，合格后持证上岗。

c. 技术准备　编制技术培训教材；编制各种技术规程和岗位操作法；编制试车总体方案和化工投料试车方案；化工投料试车和正常生产所需报表、台账记录、技术档案、图表等应准备齐全。

d. 物资及外部条件准备　企业根据试车进度计划，确保水、电、汽、工艺用气、仪表用气等稳定供应；试车所需的原料、试剂、备品、备料、工具、包装材料、维修材料，均按规格数量配齐，并能保证连续稳定供应。

e. 安全准备工作　安全准备工作必须贯彻"安全第一，预防为主"的工作方针；试车前建立安全、消防管理机构，各种安全规章制度必须齐全；对参加试车的全体人员都应进行安全、消防教育，生产指挥、管理人员、操作人员经主管部门考试合格，已取得安全操作证后上岗；试车期间设置救护站，人员应经过培训，装备齐全，救生器材、急救箱、担架等应能及时启用；必须在规定地点按规格、数量配置过滤式防毒面具、氧气呼吸器、长管式面具等防毒用品。有关人员应经过训练，会正确使用。个别岗位，设置冲洗、洗眼等设施随时可以使用；个人劳动防护用品和工具、器具必须按岗位工种配备齐全，防爆区使用的工具必须符合防爆要求；高压消防泵房、水池、消防通信、灭火器等消防设施，必须按设计文件规定配置齐全，并经公安消防部门验收合格；必须严格执行动火制度，醒目标出"严禁吸烟"、"严禁烟火"等安全标志；防雷击、防静电设施、设备、管架的接地装置必须完善，并经测试合格；楼梯、护栏、机械安全罩必须配置齐全、牢固可靠；场地走道处的杂物必须清理干净；从预试车开始，必须设置门卫，建立安全保卫制度。参加试车的人员必须佩戴试车证，无证人员不得进入试车区。

② 预试车

a. 设备和管道系统　按设计文件要求进行耐压试验，按压力等级分段进行，若与设备同时试压时，以设备的试验压力为准；循环水系统预处理前必须进行人工清理或水冲洗，预膜处理后的管道系统应保持连续运行。停运或排放不得超过时限；工艺管道系统和蒸汽管道吹扫时，必须安装盲板，使管道系统与无关系统隔离。管道上的孔板、测温元件、仪表和调节阀应予以拆除。吹扫排出口周围，必须划定禁区，并设置危险警示标志。吹扫是否合格应以靶片为准；设备内充装各种填充物及设备和管道的钝化处理，必须按设计文件的规定执行；设备及管道系统的严密性试验，依照试车顺序分段进行；各种换热器必须经现场泄漏量和严密性测试试验合格。

b. 电气系统　变、配电系统在受电及空载前必须按设计文件规定内容及施工和验收规范规定的质量标准，完成电源进线、输电线路及站、所的全部建筑和安装工作，并检验合格；变配电人员必须按建制上岗；严格按规章制度进行操作，执行操作票制度；对继电器保护装置、备用电源自动投入装置、自动重合闸装置、报警及预报警系统必须进行模拟试验。对于内藏计算机可编程逻辑控制器和保护装置，在对软件进行检查及测试后，应逐项模拟连锁及报警参数验证逻辑的正确性和连锁及报警值的准确性；电气机械的试车应按设计文件的内容和施工及验收规范规定的质量标准检验合格；变、配电系统正常运行，工作照明、事故照明和局部照明投入使用。

c. 检测、控制、连锁、报警系统　检测、自动控制（含程序控制系统）、连锁、报警等系统须按设计文件的内容和施工验收规范的质量规定检查合格，按设计文件规定的功能和精度等级进行调校并记录。

d. 单机试车　驱动装置、机器或机组，安装后必须进行单机试车；设置盲板，使试车系统与其他系统隔离；单机试车必须包括保护性连锁和报警等自控装置；必须按机械说明书及试车方案指挥和操作。

e. 联动试车　电气、仪表、检测、控制、连锁、报警等系统已按设计文件规定调试合格；设备和管道的耐压试验和严密性试验已全部合格；单机试车已全部合格后，方可进行联动试车；试车人员必须建制上岗，服从统一指挥；必须按照试车方案及操作法精心指挥和操作；在规定的期限内，试车系统应首尾衔接稳定运行；不受工艺条件影响的仪表、保护性连锁、报警皆同时试车，并应逐步投用自动控制系统；参加试车的有关人员应掌握开车、停车、事故处理和调整工艺条件的技术；联动试车应按试车方案的规定认真作好记录。

f. 投料试车　设备和管道系统的耐压试验、严密性试验合格；电气、检测、控制、连锁、报警等系统调校合格；单机试车和联动试车完成并经消除缺陷后，可进行投料试车；以岗位责任制为中心的各项规章制度、工艺规程、安全规程、机电和仪表维修规程、分析规程及岗位操作法和试车方案等全部到位；自动分析仪表已调试合格，常规化学分析的试剂、标准溶液、分析仪器均已配齐。分析人员上岗就位，现场取样点皆已编号；机械、管道的绝热和防腐工作已完成；机器、设备、主要阀门、仪表、电气设备已标明位号和名称，并标名介质和流向；机、电、仪维修管理系统已建立，并已值班就位；各计量仪器已标定合格；必须按投料试车方案和操作法进行操作，在试车期间必须实行监护操作制度；投料试车必须循序渐进，当上一道工序不稳定或下一道工序不具备条件时，不得继续进行下一道工序试车；必须按照化工投料试车方案的规定测定数据，作好记录；投料试车方案由建设单位组织生产部门和设计、施工单位共同编制，由生产部门负责指挥和操作；与试车相关的各生产装置必须统筹兼顾，首尾衔接，同步试车；在规定的试车期限内，打通生产流程，生产出合格产品；投料试车合格后，应及时消除试车中暴露的缺陷，并逐步达到满负荷试车，为生产考核创造条件。

③ 试车考核

a. 产品质量。

b. 产品日产能力。

c. 单位产品的能耗和原料消耗定额。

d. 产品成本。

e. 主要工艺指标。

f. 自动控制仪表，连锁投用率。

g. "三废"处理及噪声。

h. 试车考核应满负荷运行72h或72h以上。

（3）甲醛生产装置的项目工程验收

施工单位完成规定范围内的全部工程后，应及时进行工程交工验收。

① 建设项目的竣工验收应由主管部门会同劳动安全、环保、消防、技术监督部门组织验收。

② 项目的竣工验收应具备下列文件

a. 项目的建设文件应包括项目的立项、项目安全评价和环境评价的批复、初步设计审查文件。

b. 设计施工图和设计变更等有关资料。

c. 购进设备、材料等产品质量证明和安装、使用说明书。

③ 施工安装资料

a. 设备检验、检测报告和调试记录。

b. 管道、阀门、管件的检验、检测报告和调试记录。

c. 设备、管道的防腐绝缘、防静电等测试记录。

d. 电气设备、仪表和燃气检漏装置的检验、检测报告和调试记录。

e. 建（构）筑物的施工和竣工记录。

f. 基础沉降观察记录，隐蔽工程施工检查记录。

g. 设备和管道的吹洗、压力试验记录。

h. 试运行记录。

i. 安全、环保和消防设施的建设、试验资料和验收报告。

j. 质量事故处理记录。

④ 工程竣工图和竣工报告。

⑤ 验收小组根据需要进行抽检和测试部分装置的性能。

⑥ 验收和整改不合格的项目，严禁投入运行。

⑦ 工程竣工经验收后，填写验收报告。

2.3.3 甲醛生产企业安全生产与基础管理

2.3.3.1 甲醛安全生产基础管理

甲醛生产企业安全生产基础管理工作的基本要点，就是设置相关组织机构和建立健全相关规章制度，制定相关规程、预案，培训员工，检查督促实施，总结完善提高。做到机构健全，责任明确，制度完善，岗位清楚，措施可行，实施到位。

（1）组织机构设置

根据安监要求和企业特点，应设置多层次的安全管理机构（人员），配置专职和兼职安全管理人员，特种设备应设置相应的特种设备技术管理人员，并成立义务消防队和紧急救援预备队。

（2）建立总经理安全责任制

建立以总经理安全责任制为首的各职能部门、生产车间、安全人员及各岗位的安全责任制，明确各级主要负责人为各级安全生产第一责任人。

（3）建立完善的安全管理制度

如危险化学品管理制度、设备管理制度、检查制度、议事制度、教育制度、劳动保护用品发放制度和标准、动火制度等符合国家安全生产监督管理要求和企业需要的安全生产管理制度，并在生产过程中严格执行。

（4）建立各岗位和设备安全操作规程

建立生产操作、岗位、设备、罐区和装卸站等一系列安全操作规程，规范实施生产活动过程中人的行为。

（5）编制应急救援预案和演练计划

编制应急救援预案，建立应急救援体系，将甲醇、甲醛特性，灭火常识，急救、抢救措施和灭火器材的使用方法纳入培训演练范围，提高员工事故发生时的自救、互救能力。

（6）保证安全生产的投入

按要求安排一定比例的安全生产专项资金，对安全生产方面的安全设施进行更新、增添、技术改造和进行个体防护用品的配置。

（7）安全管理人员须经过相关部门的安全管理培训，并考核合格

项目竣工后的试车阶段，应选用相同装置的熟练工人试车。对新进人员必须经过严格的三级安全教育和专业培训，并经考试合格方可上岗。对职工每年至少进行两次安全技能培训和考核。特种作业人员必须按照国家有关规定进行专门的安全作业培训，取得特种操作资格证书。

（8）建立日常安全检查制度

日常安全检查，做到日、周、月结合，点与面结合，普通与特殊结合，检查总结安全规章制度执行情况，设备、设施的完好状态，发现存在问题并提出改进措施。通过每月进行多次安全检查，并建立季节性安全检查、专业性安全检查和节假日安全检查制度以保障生产安全进行。

（9）做好安全工作记录和日常工作记录

记录工整、清晰、完整、真实，严禁作虚假记录，记录应保存一年以上，为历史追溯和工艺改进提供依据。

（10）坚持安全管理工作登记存档

由安全员记录事故台账及教育培训台账。对发生的安全事故建立事故台账，坚持"四不放过"的原则。

（11）厂区内根据功能特点划分区域并标识明显

如重大危险源、生产、禁火等区域。必须加强明火管理，严禁吸烟，严禁携带易燃、易爆物品进入作业场所，不准任意动用火和进行产生火花、高温的作业，严格按《化学工业部安全生产禁令》的规定执行。严禁"三违"（违反工艺纪律、违反劳动纪律、违反安全纪律）现象发生。

2.3.3.2　安全生产许可准入制

根据《中华人民共和国安全生产法》、国务院 344 号令《危险化学品安全管理条例》，国家发展改革委员会、国家安全生产监督管理局发改投资［2003］1346《关于加强建设项目安全设施"三同时"工作的通知》等安全生产与建设有关规定，按照中华人民共和

国国务院令第 397 号《安全生产许可证条例》的要求，化学危险品生产企业必须向授权的安全监督管理部门申领安全生产许可证。甲醛与其原料甲醇属于易燃、易爆、有毒的化学危险品，甲醛生产企业也须申领安全生产许可证。申领安全生产许可证必须具备下列要件。

① 安全生产许可证办理申请书，填报安全生产许可证申请表

② 制定企业安全管理制度。

包括以下主要制度：

a. 安全生产责任制；

b. 岗位责任制和岗位练兵制；

c. 罐区防火安全规定和岗位防火责任制；

d. 罐区物品存放管理制度；

e. 个人岗位防火责任制；

f. 设备使用维护保养制度；

g. 巡回检查制度；

h. 交接班制度；

i. 安全警示；

j. 环境保护和环保装置管理制度。

③ 企业机构设置与职能划分框图。

④ 企业操作规程。

包括以下内容：

a. 甲醛生产操作规程；

b. 甲醛生产安全规程；

c. 甲醛设备操作维护规程；

d. 甲醛生产分析规程；

e. 原料、成品储存操作规程；

f. 发电机组操作规程；

g. 电气设备操作规程。

⑤ 建立安全生产管理档案。

包括以下内容：

a. 安全生产检查记录；

b. 设备、管道、动密封及静密封管理台账；

c. 生产巡检记录；

d. 安全巡检记录；

e. 生产交接班记录；

f. 门岗进出登记记录。

⑥ 危险化学品和压力容器及其他特种从业人员资格证。

⑦ 消防教育培训证。

⑧ 职工工伤保险证明材料。

⑨ 建筑工程和作业场所一览表。

⑩ 电气设备消防安全检验、检测报告及验收意见。

⑪ 主要生产设备、设施一览表。

⑫ 压力容器检验和使用证。

⑬ 检测、显示、安全仪器仪表检验报告。

⑭ 职业危害防护用品配备一览表。

⑮ 重大危险源监控管理措施和应急救援预案。

⑯ 应急救援器材和设备一览表。

⑰ 甲醛装置的项目竣工验收报告。

⑱ 企业营业执照。

新建、扩建、改建及已建甲醛装置（企业）根据不同的项目性质，按要求建立健全安全生产管理制度，做好日常安全管理工作，接受当地安全监督管理部门的指导和监督，准备齐全相关资料，经试运行，现场验收合格，获得授权的安全监督管理部门颁发的安全生产许可证后，才具备了合法生产危险化学品的安全资质。

2.3.3.3　危险化学品有机类产品生产许可准入制

国务院授权国家质量监督检验检疫总局管理工业产品生产许可证工作。依据国务院国发〔1984〕54号《工业产品生产许可证试行条例》、《中华人民共和国工业产品生产许可证管理条例》办法、国家质量监督检验检疫总局第19号令《工业产品生产许可证管理办法》以及国务院第344号令《危险化学品安全管理条例》等有关规定，在中华人民共和国境内从事生产、销售或者在经营活动中使用实行生产许可证制度管理的产品的单位，应当遵守本办法。

国质检监函［2004］273 号关于"公布第三批实施生产许可证管理的危险化学品名单及工作进度的通知"中明确甲醛为第三批实施工业生产许可证管理的危险化学品（见表 2-9）。

表 2-9　第三批实施生产许可证管理的危险化学品名单

序　　号	GB 12268	品　　名	国家或行业标准号
52	83012	甲醛溶液	GB/T 9009—1998　工业甲醛溶液

根据名单，从事甲醛生产的企业应按程序将有关资料报送省级质量技术监督局、全国工业产品生产许可证办公室审查部及审查中心，经审查合格后，由全国工业产品生产许可证办公室颁发危险化学品有机类产品生产许可证。

（1）申领危险化学品有机类产品生产许可证的基本条件

① 取得工商行政管理部门核发的有效营业执照，经营范围应当覆盖申请取证产品。

② 产品质量符合现行的国家标准或者行业标准。

③ 具有正确、完整的技术文件和工艺要求。

④ 具有保证该产品质量的生产设备、工艺装备、计量和检验手段。

⑤ 具有保证正常生产和保证产品质量的专业技术人员、熟练技术工人以及计量、检测人员。

⑥ 具有健全有效的质量管理制度。

⑦ 新建甲醛生产企业应取得负责危险化学品安全生产监督管理综合工作部门颁发的批准书。

⑧ 符合法律、行政法规及国家有关政策规定的相关要求。

（2）企业需提交的申请材料

①《全国工业产品生产许可证申请书》（含电子文本）一式三份。

②《危险化学品销售渠道和产品流向明细表》（含电子文本）

一式三份。

③《经济联合体生产许可证申请书附页》一式三份（仅经济联合体企业提交）。

④ 营业执照复印件三份（企业申请时需携带原件）。

⑤ 危险化学品安全生产监督管理综合工作部门颁发的批准书复印件三份。

以上材料送省级质量技术监督局、全国工业产品生产许可证办公室审查部及审查中心各一份。

（3）危险化学品有机类产品生产许可证申请和受理程序

① 将齐备的申报材料送当地省级质量技术监督局审查，该局发放《生产许可证受理通知书》。

② 省级质量技术监督局组织审查组对企业生产条件进行现场审查。向合格企业产品样品封样，由企业送检。产品质量检验报告送省级质量技术监督局。

③ 由省级质量技术监督局负责报送相关资料到全国工业产品生产许可证办公室审查部有机产品审查分部进行汇总和审核；并将符合发证条件的企业的资料报全国工业产品生产许可证办公室审查中心审查。

④ 经全国工业产品生产许可证办公室审定后，以国家质量监督检验检疫总局的名义颁发危险化学品有机类产品生产许可证，并公告。

甲醛生产装置（企业）不但要获得安全生产资质（安全生产许可证），还须向全国工业产品生产许可证办公室申领危险化学品有机类产品生产许可证。甲醛生产装置（企业）只有具备了上述两证后，才正式获得了合法进入甲醛生产行列的通行证。

2.3.3.4　甲醛安全生产教育管理

我国安全生产法第二十一条规定：生产经营单位应当对从业人员进行安全生产教育和培训，保证从业人员具备必要的安全生产知识，熟悉有关的安全生产规章制度和安全操作规程，掌握本岗位的安全操作技能。未经安全生产教育和培训合格的从业人员，不得上岗作业。

第二十二条规定：生产经营单位采用新工艺、新技术、新材料或者使用新设备，必须了解、掌握其安全技术特性，采取有效的安全防护措施，并对从业人员进行专门的安全生产教育和培训。第二十三条规定：生产经营单位的特种作业人员必须按照国家有关规定经专门的安全作业培训，取得特种作业操作资格证书后，方可上岗作业。

甲醛生产企业必须遵守以上法规，建立健全和认真执行安全教育制度，对从业职工进行生产经营各个环节的安全教育工作，这是甲醛生产基础管理的重要内容之一，也是企业避免发生生产事故的有效措施。下面介绍一些我国生产企业行之有效的安全教育管理方法，供甲醛生产企业参考。

（1）三级安全教育

三级安全教育制度是企业必须坚持的基本安全教育制度和主要形式。它包括对新工人、参加生产实习的人员、参加生产劳动的学生和新调到本厂工作的工人集中一段时间，连续进行入厂教育、车间教育和岗位教育三个级别的教育。并且经过考试合格后，才能准许进入操作岗位。

① 入厂教育　对新入厂的或调动工作的工人（包括到工厂参加生产实习的人员和学生），在没有分配到车间或工作地点之前，必须进行初步的安全生产教育，此称入厂教育。入厂教育的主要内容包括：a. 本企业安全生产的形势，介绍企业安全生产方面的一般情况，学习有关文件，讲解安全生产的重大意义；b. 介绍企业内特殊危险地点；c. 一般的电气设备和机械安全知识教育；d. 一般的安全技术知识和伤亡事故发生的主要原因和事故教训，从正反两方面来讲解安全生产的重要性，使工人受到安全生产的初步教育。

② 车间教育　新入厂的工人或其他人员，经过入厂教育合格分配到车间后，还须经过本车间的安全教育才能分配到班组。车间安全教育由车间主任或副主任负责，车间专职或兼职安全员协助。

车间教育的主要内容是：a. 本车间的概况、生产性质、生产任务、生产工艺流程、主要设备的特点、安全生产管理组织形式、安全生产规程；b. 本车间的危险区域、有毒有害作业的情况，以及必须遵守的安全事项；c. 本车间的安全生产情况、问题，以及好、坏典型事例等。

③ 岗位教育　岗位教育是新工人或其他人员到了固定工作岗位后开始工作以前的安全教育。它的内容包括：a. 本班组的生产性质、任务，将要从事的生产岗位性质、生产责任；b. 将要使用的机器设备、工具的性质、特点及安全装置、防护设施性能、作用和维护方法；c. 本工种安全操作规程和应遵守的纪律、制度；d. 保持工作场地整洁的重要性、必要性及应注意的事项；e. 个人劳动防护用品的正确使用和保管；f. 本班组的安全生产情况，预防事故的措施及发生事故后应采取的紧急措施、事故案例及教训。

（2）特种作业安全教育

《特种作业人员安全技术考核管理规则》（国家标准 GB 5306—85）对特种作业的基本定义是："对操作者本人，尤其对他人和周围设施的安全有重大危害因素的作业，称为特种作业。直接从事特种作业者，称为特种作业人员。"

特种作业包括电气设备、起重、锅炉、压力容器、焊接、车辆驾驶等诸多项目以及符合该特种作业基本定义的其他作业。从事特种作业必须进行专门的安全操作技术训练，经过考试合格后，才能准许操作；甲醛生产的操作包括甲醛生产、锅炉、压力容器操作，这三项操作均属于特种作业，甲醛生产及相关作业人员，要根据其所在岗位对其所从事的作业内容进行相关的安全技术和操作知识的教育和训练，经过国家有关部门考核合格后，发给"特种作业人员操作证"，才能从事相关作业。特种作业人员在进行作业时，必须随身携带"特种作业人员操作证"。

① 培训方法

a. 企事业单位自行培训。

b. 企事业单位的主管部门组织培训。

c. 考核、发证部门或指定的单位培训。

培训的时间和内容，根据国家（或部）颁发的特种作业《安全技术考核标准》和有关规定而确定。

② 考核和发证 特种作业人员经安全技术培训后，必须进行考核。经考核合格取得操作证者，方准独立作业。考核的内容，由发证部门根据国家（或部）颁发的特种作业《安全技术考核标准》和有关规定确定。考核分为安全技术理论和实际操作两部分。理论考核和实际操作都必须达到合格要求。考核不合格者，可进行补考，补考仍不合格者，须重新培训。

锅炉司炉、压力容器操作、电工、起重机械、金属焊接（气割）、建筑登高架设和厂矿企业内的机动车辆驾驶等作业人员，由地、市劳动部门或其指定的单位考核发证。其他特种作业人员，由各主管部或省、市企事业主管部门指定单位考核发证。

其他有关规定详见本书附件《特种作业人员安全技术考核管理规则》。

（3）日常安全教育

安全教育不能一劳永逸，必须经常不断地进行。企业里的经常性安全教育可按下列形式进行。

① 在每天的班前班后会上说明安全注意事项，讲评安全生产情况。

② 开展安全活动日，进行安全教育、安全检查、安全装置的维护。

③ 召开安全生产会议，专题计划、布置、检查、总结、评比安全生产工作。

④ 召开事故现场会，分析造成事故的原因及教训，确认事故的责任者，制定防止事故重复发生的措施。

⑤ 总结发生事故的规律，有针对性地进行安全教育。

⑥ 组织工人参加安全技术交流，观看安全生产展览与劳动安全卫生电影、电视等，张贴安全生产宣传画、宣传标语及安全标志等，时刻提醒人们注意安全。

（4）针对新设备、新工艺、新岗位的安全教育

在采用新的生产方法、添设新的技术设备、制造新的产品或调换工人工作的时候，必须对工人进行新操作方法和新工作岗位的安全教育。

（5）培养和配备专职安全管理干部

培养和配备专职安全管理干部对于现代企业安全保障有重要意义。学校教育是培养安全专业人才的重要途径。它通过系统的基础理论知识和现代安全专业知识学习，造就出适应实际工作需要的不同层次的专业人才。目前，我国已经有几十所院校培养安全工程本科生、大专生、中专生和研究生。许多在职的安全技术干部通过函授、进修、专业证书班学习，提高了专业知识水平。一些院校的非安全工程专业开设了有关的安全工程课程，企业可以通过这些途径培养专职安全管理干部，以保证企业各项安全工作任务的完成。

2.3.4 甲醛生产与环境保护

环境是指影响人类生存和发展的各种天然的和经过人工改造的自然因素的总体，包括大气、水、海洋、土地、矿藏、森林、草原、自然保护区、城市和乡村等。生物和环境是一个相互依存的整体。由于人类在生活和生产活动中，将大量的有毒物质不断地排入环境中，超出了环境的自净化能力，使环境中的物质不断地发生不良变化，不利于人类的健康，影响了人类对环境资源的利用，这就是常说的环境污染。在工业生产中所排放的废物并非完全都有害。对人体而言，有害是指那些达到一定浓度的物质进入人体后，能与机体组织发生化学或物理作用，破坏正常的生理功能，引起机体暂时或永久病理状态的致变作用。甲醛工业环境保护的任务，就是要消除甲醛生产中对环境的危害因素，实现变废为宝，化害为利的文明生产。

甲醛生产中可能造成环境污染的因素有甲醛尾气、无组织排放的甲醛及甲醇气体等；设备管道泄漏、清洗，地面冲洗废水、分析残液以及生活污水等；废渣为少量多聚甲醛和废包装物；以及噪声

对环境的污染。

甲醛生产企业应按照《中华人民共和国环境保护法》以及《污水综合排放标准》(GB 8978—1996)、《大气污染物综合排放标准》(GB 16297—1996)、《环境空气质量标准》(GB 3095—1996)、《工业企业厂界噪声标准》(GB 12348—90)等规定，并结合当地环保部门批准的具体等级达标排放和控制，可回收利用的应尽量回收，实现甲醛工业的可持续发展。

2.3.4.1 甲醛生产的污染源和污染途径

甲醛工业生产中，产生污染环境的主要污染源有废气、废水和噪声。

(1) 废气

主要为吸收塔尾气，为集中排放的废气，其次是无组织排放的甲醇和甲醛气体。

① 吸收塔尾气　银法甲醛生产过程中产生的尾气，从末吸收塔顶部放空，含有 20% 左右的氢气、3% 左右的二氧化碳、0.2% 左右的一氧化碳和氮气，以及极少量的甲醛、甲醇、甲烷；铁钼法甲醛生产过程中产生的尾气主要含有 2%～2.5% 的一氧化碳、0.05%～0.1% 的二氧化碳和氮气。甲醛尾气中，不仅甲醛、甲醇是有毒性的，其他物质同样具有一定危害性。

a. 氢气（裂解产物、电解产物）　氢气是无色、无味气体，较空气轻。氢气极易燃，与空气混合可形成爆炸性气体，爆炸极限为 4%～74.2%。

b. 二氧化碳　为无色、无臭气体，不燃，为惰性气体。在低浓度时对呼吸中枢呈兴奋作用，高浓度时产生抑制甚至麻痹作用。人进入高浓度二氧化碳环境时，可在短时间内迅速昏迷，严重者出现呼吸停止及休克，其固体和液态可致皮肤和眼睛严重冻伤。

c. 一氧化碳　为无色、无臭气体，易燃易爆，自燃点为 610℃，相对密度为 0.97，在空气中的爆炸极限为 12.5%～74.2%。它能在血中与血红蛋白结合而造成组织缺氧，对人体危害很大。在空气中的最高允许浓度为 $30mg/m^3$。灭火时应先用水冷却周围物体，切断气源后才能实施灭火。

d. 甲烷（天然气的主要组分）　为无色、无味气体，比空气轻，极易着火，与空气混合易爆炸，爆炸极限为 5%～15%；为窒息性气体，空气中甲烷浓度高时，人可因缺氧而出现头疼、呼吸困难，甚至昏迷、窒息而死。

甲醛生产过程中产生的尾气应处理后达标排放，若不经过处理就排入大气，会形成一定程度的环境污染。

② 甲醇蒸气　由于产品甲醛和原料甲醇的沸点均较低，分别为−19.5℃和 64.8℃，挥发性较强，易挥发成气体。在气温较高的情况下，尤其是在太阳直接曝晒下，甲醛和甲醇储槽内的液体有少部分蒸发成蒸气排入大气，会造成对大气的污染。

③ 甲醛生产、装卸过程中的跑、冒、滴、漏　在甲醛生产过程中，由于设备机泵缺乏维护保养、装置陈旧和安装缺陷等都会产生跑、冒、滴、漏现象；原料的卸货、产品的装载都极易导致泄漏在设备外的甲醛、甲醇挥发变成蒸气，导致大气中污染空气；或者洗入水中流入地下管道形成废水。

（2）废水

① 清洗设备、地面的废水　为了减轻催化剂中毒，保持催化剂的活性和保证甲醛产品的质量，在甲醛生产停车期间需对甲醛的生产设备进行清洗，经常清洗的设备包括氧化器、三元过滤器、阻火器、甲醇蒸发器和吸收塔等，用淡酸、碱液和清水对它们进行清洗。甲醇、甲醛泄漏到地面，以及为保持清洁的生产环境卫生，也必须对地面进行清洗。洗液中含有一定量的甲醛、甲醇和酸碱等有机物，变形成了含有有机物的有害废水。

② 分析残液　为了更好地控制工艺条件，降低甲醇原料消耗和保证产品质量，必须对吸收塔内的甲醛溶液、原料甲醇及出厂的甲醛产品进行分析。对吸收塔内的甲醛溶液每 1～2h 分析一次，有利于及时根据分析结果调整工艺操作参数。分析后的残液中含有甲醛、甲醇等有毒物质，遗弃后也会形成含有有机物的废水。

③ 甲醇蒸发器内的残液　甲醇蒸发器经过长时间使用后，在

底部会形成含有较多杂质的黏稠残液。其中含有部分甲醇，已经不能直接用于生产甲醛，必须在停车时将残液从蒸发器底部排除。若直接倒入排污管网中，将造成水质污染。

由于水质的影响，换热器和尾气锅炉在使用一段时间后，必须定期进行除垢，以保证传热设备有较好的传热效果，保持尾气锅炉及换热器有较高的传热效率，延长它们的使用寿命。一般设备除水垢采用酸和缓蚀剂混合液清洗，除垢后产生一定量的含有有机物的有害废水。

④ 催化剂制造过程中产生的"三废" 在催化剂（特别是浮石银催化剂）制造过程中，会有硝酸盐热分解生产的 NO_x 气体和含无机酸盐的废水、废渣产生，这些"三废"会污染大气和水系。

（3）噪声

主要是由风机、泵组、备用发电机、空压机等转动设备产生的噪声。

2.3.4.2 甲醛生产企业的环境保护措施

环境保护的目的就是运用环境保护科学的理论和方法，在更好地利用自然资源的同时，深入认识和了解污染和破坏环境的根源及危害，有计划地保护环境，预防环境的恶化，控制环境污染，不断提高人类生存环境的质量，造福人类。

甲醛生产中，工业"三废"的治理方法如下。

（1）废气处理

一般工业废气的治理方法有五种：冷凝法、燃烧法、催化转化法、吸收法和吸附法。

在银法甲醛生产中所产生的尾气，各厂基本上采用燃烧法处理。因为甲醛尾气中含有大量的可燃气体，将尾气燃烧后既消除了尾气对大气的污染，又可产生蒸汽，但尾气燃烧后的排气筒一般不得低于15m。由于氧化器废热段产生的蒸汽已可满足甲醛装置系统的能源需求，故燃烧甲醛尾气产生的蒸汽可全部供外界使用；有条件的企业，可以将甲醛尾气直接输送给周边的企业作干燥能源；也可以利用变压吸附技术提取甲醛尾气中的氢气，加压灌装后出售，其余气体再燃烧。从而达到节约能源，化害为利的目的。

在铁钼法甲醛生产中所产生的尾气，各厂基本上都采用催化转化法将其转化成二氧化碳排入大气。

对于甲醇储存中蒸发量的控制，一般都采用冷凝法，即用冷却水喷洒甲醇储罐，使储罐内的甲醇温度下降，减少蒸发量。另外，在甲醇储罐顶部加呼吸阀，亦可减少甲醇蒸发量。制造浮石银催化剂过程中产生的 NO_x 气体，可用碱液中和法处理，然后排入大气。

甲醛生产装置废气排放与环境空气中有害物质的最高允许浓度见表 2-10。

表 2-10　甲醇、甲醛排放与在空气中的最高允许浓度

单位：mg/m³

物质名称	排放标准（GB 16297—1996）	环境空气质量标准（GB 3095—1996，二级）
甲醇	190	3.00
甲醛	25	0.05

（2）废水处理

废水中通常含有多种有毒、有害和有用的物质，如果不经过处理就直接排入污水管网或江河，不仅会污染水源，而且还会造成浪费。

在工业废水处理中，常用生化需氧量（BOD）和化学耗氧量（COD）来表示水的污染程度或净化程度。BOD 是指在规定条件下，水中有机物和无机物在生物氧化作用下所消耗的溶解氧的质量，一般规定条件是 5 天时间，故用 BOD_5 表示；COD 是指在规定条件下，用氧化剂处理水样时，在水样中溶解性或悬浮性物质所消耗的该氧化剂的量，计算时折合为氧的质量。

甲醛生产工业废水处理方法如下。

① 在甲醛生产中尽量减少跑、冒、滴、漏。甲醛吸收塔的循环泵容易泄漏甲醛水溶液，一般采用内冷式机械密封泵，以减少泄

漏。冲洗装置地面后的废水送入收集池。

② 甲醛生产中形成的中控分析残液和成品分析残液集中起来送入收集池。

③ 设备清洗应首先用水进行循环清洗，洗液可用作甲醛的吸收液。不能用作吸收液的废液，应将其送入收集池，以免直接排污造成污染。

④ 甲醇蒸发器底部的残液放出后集中进行蒸馏，回收其甲醇。这种回收甲醇既可作为甲醛生产的原料，也可作为配制甲醛阻聚剂的溶剂，还可作为甲醛生产装置开车时的燃料。

⑤ 对于一般设备除垢所产生的残液，可先用碱中和，然后排入收集池。

有条件的企业可将收集池中的废水经简单生化处理并达到三级排放标准后送入当地排污管网，由当地的污水处理系统完成后续处理工作；否则，必须自建污水处理站，达到一级排放标准后方可排入当地水系。

地埋式污水处理工艺流程如图 2-6 所示。

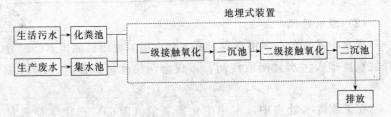

图 2-6　地埋式污水处理工艺流程

工业废水排入污水管网时，除应符合表 2-11 所列的排放指标外，还应符合下列要求：

① 水温≤40℃；

② 不阻塞管道；

③ 不产生易燃、易爆和有毒的气体；

④ 不伤害养护工作人员。

污水综合排放标准见表 2-11。

表 2-11　污水综合排放标准（GB 8978—1996）

污　染　物	pH 值	COD_{Cr}	BOD_5	悬浮物	甲醛	Ag
一级标准/(mg/L)	6-9	100	30	70	1.0	0.5
二级标准/(mg/L)	6-9	150	60	200	2.0	0.5
三级标准/(mg/L)	6-9	500	300	400	5.0	0.5

注：Ag 为车间排口。

（3）噪声防治

人们在日常生活中不需要的由不同频率和不同强度无规律组合在一起的声音称为噪声。噪声对环境的污染与工业"三废"一样是一种危害人类的公害。当人们长期在强噪声环境中工作时，内耳器官会发生器质性病变，不仅会导致耳聋，而且还可能引起多种疾病，例如引起头痛、脑胀、昏晕、耳鸣、多梦、失眠、心慌和全身疲乏无力等神经系统紊乱疾病。不仅如此，噪声还可能对消化系统和心血管系统产生不利影响。

① 噪声标准　工业企业厂界噪声标准见表 2-12。

表 2-12　工业企业厂界噪声标准（GB 12348—90）

单位：Leq［dB（A）］

类　别	昼　间	夜　间	类　别	昼　间	夜　间
I	55	45	III	65	55
II	60	50	IV	70	55

注：甲醛企业采用 II 标准。Leq 昼间＜60dB(A)，夜间＜50dB(A)。

② 工业噪声的一般控制方法　凡是有噪声的工厂都要采取有效的噪声控制措施，使之达到所在区域的环保标准。

对于甲醛生产系统来说，噪声的主要来源是鼓风机、泵组、备用发电机、空压机等转动设备。减少噪声采取的一般方法包括选择低噪声低转速设备；单独设立一个隔声房间；在鼓风机的进出口管道上加消声器；正确安装鼓风机，例如与轴承间的连轴节要对准；在噪声较大的房间墙壁上加吸声器材和隔声门窗等。

这些措施可有效减少噪声，达到降低环境噪声污染，保护环境的目的。

（4）废电解液的回收利用

为防止污染和浪费，废电解液不能随便废弃，应回收利用。

（5）多聚甲醛沉渣的处理

由于甲醛在低温下容易聚合，所以在甲醛储罐的底部会有一定量的多聚甲醛沉渣。这些聚合甲醛如不及时清除，会影响储罐的储存量和甲醛的质量。一般是在停车时将甲醛储罐的人孔或顶盖打开，将多聚甲醛取出。取出的多聚甲醛进行加热处理，能够溶解出一部分甲醛溶液。热水不能溶解的聚甲醛可加氨水溶解，使其转变成乌洛托品等产品加以利用。

2.3.4.3　甲醛生产企业的环境监测与绿化

经济的高速发展，使资源的浪费和环境的污染愈来愈严重，这些引起了国家相关部门的高度重视，要求树立和提高全民的环保意识，将环保工作一直深入下去，企业定期自查并接受环保部门的监督，发现问题及时处理，严禁不达标的污染物外排。建议甲醛生产企业加强环境监测，并做好绿化厂区的工作。

（1）对企业环境进行定期监测

① 按照环境监测技术规范要求，在排气筒上设置有机废气监测孔，定期对废气排放口和厂界无组织排放监控点进行监测，以确保外排废气达到规定的排放标准要求。监测项目为甲醇、甲醛。

监测时段为上、下半年各一次。

② 对厂界噪声进行监测，每年一次。

③ 对废水总排口进行监测，每年一次，监测项目为 SS、pH 值、COD_{Cr}、甲醛等。

（2）管理人员的培训

从事企业环境保护的工作人员（环保机构人员）应在相关部门和单位进行专业培训。培训单位和内容大体如下。

① 在给排水设计部门或相关设计部门学习污水处理工艺和废气、烟尘处理工艺基础理论，使环保管理人员对企业的设备、工艺流程、处理技术等有一定理论知识的了解。

② 在环境监测专业部门学习水质、大气监测规范和分析技术。

③ 上岗职工必须进行职业道德、环境保护、劳动卫生、安全生产等法规教育，以增强操作人员和管理人员的职业精神和业务水平。

（3）绿化

绿化在保护和改善环境、防止污染方面有其特殊的作用。绿化具有较好的调温、调湿、吸灰、除尘、改善小气候、净化空气、减弱噪声等功能。

新建装置应增加绿化面积以改善工厂的环境，并达到国家规定的绿化面积要求。装置区绿化以草坪为主，其间种少量灌木，以形成良好的生产、工作环境。

（4）甲醛与环境

甲醛的生产和使用只是甲醛环保问题的一部分，大气中产生的甲醛主要来自烃的光化学氧化作用和不完全燃烧。但因涉及工厂和家里的大气，甲醛成为影响人们健康的焦点。大气中甲醛含量来源见表 2-13，人体承受甲醛刺激性限制值见表 2-14。

表 2-13　大气中甲醛含量来源　　　单位：%

来　源	所 占 比 例
汽车和航空器排放	53～63
光化学反应（大量来自废气中的烃类）	19～32
燃烧装置（如焚烧炉）	13～15
石油炼油厂	1～2
甲醛生产厂	1

表 2-14　人体承受甲醛刺激性限制值　　单位：μL/L

不同承受程度	限 制 值
气味界限	0.05～1
刺激性界限，眼、鼻、喉	0.2～1.6
呼吸道刺激上限、咳嗽、流泪、恶心	3～6
即刻呼吸困难，鼻喉灼痛、严重咳嗽、流泪	10～20
黏膜坏死、喉肿、肺水肿	>50

考虑到对健康的影响，大多数国家把甲醛归为有毒化合物类，要求标明产品且管理非常严格。许多国家已经强制性限制工厂和家庭环境中的甲醛浓度和产品标准，如刨花板。该产品标准可以理解为是对甲醛浓度或者产品最大释放值的直接限制。世界各国对甲醛产品的醛含量限值列于表 2-15 中，国外空气中甲醛含量控制限值见表 2-16。

表 2-15　世界各国对甲醛产品的醛含量限值

国　　家	限　　值
澳大利亚	8mg/100g 刨花板
加拿大	禁用脲醛树脂(UF)绝缘材料
丹麦	10mg/100g 刨花板——标准,化妆品条例
芬兰	50mg/100g 刨花板
法国	40mg/100g 刨花板
意大利	化妆品条例
日本	食品、食品包装袋、油漆禁用、纺织品、墙纸、标准刨花板
荷兰	10mg/100g 刨花板
西班牙	甲醛树脂、绝缘材料 30 天后 0.4mg/kg 等
瑞典	35mg/100g 刨花板
瑞士	10mg/100g 刨花板
英国	50mg/100g 刨花板
美国	各州不同:限制使用脲醛树脂(UF)绝缘材料、刨花板 0.3mg/kg 任意
德国	排放 0.1mg/kg,相当于 60mg/100g 刨花板
中国	纤维板、刨花板≤9mg/100g 家具≤1.5mg/L

表 2-16 国外空气中甲醛含量控制限值

单位：mg/kg

国　家	家　庭	工　厂	国　家	家　庭	工　厂
澳大利亚		2	日本		2
奥地利	0.10	1	荷兰	0.10	2
比利时		2	挪威		1
巴西		1.6	瑞典	0.20	0.50
加拿大	0.10	2	瑞士	0.20	1
丹麦	0.12	1	英国		2
芬兰	0.12	1	美国		0.75
法国		2	德国	0.10	0.50
意大利	0.10	1	中国	0.05	3

3 应急管理与应急体系建设

3.1 应急管理的基本概念及过程

应急管理是在应对突发事件的阶段中，为降低突发事件的危害，达到优化决策的目的，对突发事件的原因、过程、后果进行分析，有效集成社会各方面的相关资料，对突发事件进行有效预警、控制和处理的过程。应急管理是对重大事故的全过程管理，贯穿于事故发生前、中、后的各个阶段，充分体现了"预防为主，常备不懈"的应急思想。应急管理是一个动态的过程，包括预防、准备、响应和恢复四个阶段。尽管在实际情况下，这些阶段往往是交叉的，但每个阶段都有自己明确的目标，而且每个阶段又是构筑在前一阶段的基础之上的，因此，预防、准备、响应和恢复的相互关联，构成了重大事故应急管理的循环过程。

3.1.1 预防

应急预防有两层含义：①事故的预防工作，即通过安全管理和安全技术等手段，来尽可能地防止事故的发生，实现本质安全；②在假定事故必然发生的前提下，通过预先采取的预防措施，来达到降低或减缓事故的影响或后果严重程度的目的。从长远观点来看，低成本高效率的预防措施是减少事故损失的关键。

3.1.2 准备

应急准备是应急管理中一个非常关键的过程。它是针对可能发生的事故，为迅速有效地开展应急行动而预先所做的各种准备，包括应急机构的设立和职责的落实、预案的编制、应急队伍的建设、应急设施和物资的准备和维护、预案的演练、与外部应急力量的衔接等，其目标是保持重大事故应急救援所需的应急能力。

3.1.3 响应

应急响应是在事故发生后立即采取的应急与救援行动，包括事故的报警与通报、人员的紧急疏散、急救与治疗、消防和工程抢险措施、信息收集与应急决策和外部求援等，其目标是尽可能地抢救受害人员，保护可能受威胁的人群，并尽可能地控制和消除事故。

3.1.4 恢复

应急恢复应在事故发生后立即进行，首先使事故影响区域恢复到相对安全的基本状态，然后逐步恢复到正常状态。要求立即进行的恢复工作包括事故损失评估、原因调查、清理废墟等。在短期恢复中应注意的是避免出现新的紧急情况；长期恢复包括厂区重建和受影响区域的重新规划和发展。在长期恢复过程中，应汲取事故和应急救援的经验教训，开展进一步的预防工作和减灾行动。

3.2 应急救援系统的组成

3.2.1 应急救援系统的组织机构

重大事故应急救援行动往往涉及多个部门，因此应预先明确在应急救援中承担相应任务的组织机构及其职责。典型的事故应急救援系统由以下 10 个机构组成。

（1）应急救援中心

应急救援中心是整个应急救援系统的中心，注意负责协调应急救援期间的各个机构的运作，统筹安排整个应急救援行动，为现场应急救援提供信息支持。

（2）应急救援专家组

应急救援专家组在应急准备和应急救援中起着重要的参谋作用。其工作包括对潜在重大危险的评估、应急资源的配备、事态和发展趋势的预测、应急力量的重新调整和部署、个人防护、公众疏散、抢险、监测、清消、现场恢复等行动提出决策性的建议。

（3）医疗救治机构

医疗救治机构主要负责设立现场医疗急救站，对伤员进行现场分类和急救处理，并及时合理地转送到医院进行救治，同时对现场救援人员进行医学监护。

（4）消防与抢险机构

消防与抢险机构的重要职责是尽可能、尽快地控制并消除事故，营救受害人员。

（5）监测组织

监测组织主要负责迅速测定事故的危害区域范围和危害性质，监测空气、水、食品、设施的污染情况以及进行气象监测等。

（6）公众疏散组织

公众疏散组织主要负责现场指挥部发布的警报和防护措施，组织人群的疏散和安置工作；引导受污染的人员前往洗消去污点；维护安全区和安置区内的秩序和治安。

（7）警戒与治安组织

警戒与治安组织主要负责阻止事故危害区外的公众进入；指挥调度人员和车辆的通畅撤离；对重要目标实施保护，维护社会治安。

（8）洗消去污组织

洗消去污组织主要负责开设洗消点，对受污染的人员、设备和器材进行消毒，实施地面、通道和建筑物表面的消毒，采取措施降低空气中有毒有害物资的浓度，减小扩散范围。

（9）后勤保障组织

后勤保障组织主要负责应急救援所需的各种设施、物资以及生活、医药等后勤保障。

（10）信息发布中心

信息发布中心主要负责事故和救援信息的统一发布，及时准确地向公众发布有关保护措施的紧急公告等。

3.2.2 应急救援体系的支持保障系统

（1）法律法规保障体系

应急救援体系的建立和应急救援工作的开展必须有相应的法律法规作为支撑和保障，以明确应急救援的方针和原则，规定有关部门在应急救援工作中的职责，划分响应级别，明确有关法律责任等。

（2）通信系统

应急救援体系必须有可靠的通信保障系统，保证整个应急救援过程中救援组织内部以及内部与外部之间通畅的通信网络，并设立备用通信系统。

（3）警报系统

建立和维护可靠的警报系统，及时向受事故影响的人群发出警报和紧急公告，准确传达事故信息和防护措施。

（4）技术和信息支持系统

应急救援工作离不开技术和信息的支持，应建立应急救援信息平台，开发应急救援信息数据库群和决策支持系统，建立应急救援专家组，为现场应急救援决策提供所需的各类信息和技术支持。

（5）宣传、教育和培训体系

在充分利用已有资源的基础上，建立起应急救援的宣传、教育和培训体系，一是通过各种形式的活动，加强对公众应急知识的教育；二是为全面提高应急队伍的作战能力和专业水平，设立应急救援培训基地，对各级应急指挥人员、技术人员、监测人员和应急队员进行强化培训和训练。

3.3 甲醛生产企业应急预案的编制

建立事故应急救援体系，制定应急救援预案，是保证安全生产的一项重大举措。甲醛生产经营单位要预防和正确应对安全生产事故或灾害，最有效的措施就是针对各危险源、危险目标制定应急措施，制定事故应急救援预案，使之成为政府安全生产应急救援体系的有效组成部分。

应急预案又称应急计划，是针对可能发生的重大事故（件）或灾害，为保证迅速、有序、有效地开展应急与救援行动，降低事故损失而预先制定的有关计划或方案。它是在辨识和评估潜在的重大危险、事故类型、发生的可能性及发生过程、事故后果及影响严重程度的基础上，对应急机构职责、人员、技术、装备、设施、物资、救援行动及其指挥与协调等方面预先作出的具体安排。应急预案明确了在突发事故发生之前、发生过程中以及刚刚结束之后，谁负责做什么，何时做，以及相应的策略和资源准备等。

3.3.1 应急预案编制结构及基本内容

2004 年 4 月 8 日，国家安全生产监督管理局颁布了《危险化学品事故应急救援预案编制导则》（单位版），规定了危险化学品事故应急救援预案编制的基本要求。导则适用于中华人民共和国境内危险化学品的生产、储存、经营、使用、运输和处置废弃危险化学品的单位。甲醛生产企业应急预案可参照该导则的要求进行编制。

设计应急预案编制结构时应考虑以下几方面内容。

① 合理组织　应合理组织预案的章节，以便使不同读者能快速地找到各自所需要的信息，避免从一堆不相关的信息中查找所需要的信息。

② 连续性　保证应急预案各个章节及其组成部分，在内容上相互衔接，避免内容出现明显的位置不当。

③ 一致性　保证应急预案的每个部分都采用相似的逻辑结构来组织内容。

④ 兼容性　应急预案的格式应尽量采取与上级机构一致的格式，以便各级应急预案能更好地协调和对应。

应急预案的基本内容应包括：

① 对紧急情况或事故灾害及其后果的预测、辨识、评价；

② 规定应急救援各方组织的详细职责；

③ 应急救援行动的指挥与协调；

④ 应急救援中可用的人员、设备、设施、物资、经费保障和其他资源，包括社会资源和外部援助资源等；

⑤ 在紧急情况或事故灾害发生时保护生命和财产，以及环境安全的措施；

⑥ 现场恢复；

⑦ 其他，如应急培训和演练、法律法规的要求等。

3.3.2 应急预案编制过程

3.3.2.1 成立预案编制小组

重大事故的应急救援行动涉及来自不同部门、不同专业领域的应急各方，需要应急各方在相互信任、相互了解的基础上进行密切配合和相互协调。成立预案编制小组是将企业各职能部门、各类专业技术有效结合起来的最佳方式，可有效地保证应急预案的准确性和完整性。预案编制小组的成员确定后，必须确定小组领导，明确编制计划，保证整个预案编制工作的组织实施。

3.3.2.2 危险分析和应急能力评估

（1）危险分析

危险分析是应急预案编制的基础和关键过程。危险分析的结果不仅有助于确定重点考虑的危险，提供划分预案编制优先级别的依据，而且也为应急预案的编制、应急准备和应急响应提供必要的信息和资料。危险分析包括危险识别、脆弱性分析和风险分析。

（2）应急能力评估

依据危险分析的结果，对已有的应急资源和应急能力进行评估，明确应急资源的需求和不足。应急资源包括应急人员、应急设施、应急装备和物资等；应急能力包括人员的技术、经验和接受的培训等。应急资源和能力将直接影响应急行动的快速有效性。预案制定时应当在评价与潜在危险相适应的应急资源和能力的基础上，选择最现实、最有效的应急策略。

（3）编制应急预案

应急预案的编制必须基于重大事故风险的分析结果、应急资源的需求和现状以及有关的法律法规的要求。此外，预案编制时应充分收集和参阅已有的应急预案，以最大可能减少工作量和避免应急预案的交叉和重复，并确保与其他相关应急预案的协调一致。

（4）应急预案的评审与发布

为保证应急预案的科学性、合理性以及与实际情况相符合，应急预案必须经过评审，包括组织内部的评审和专家评审，必要时请上级应急机构进行评审。应急预案经评审通过和批准后，按有关程序进行正式发布和备案。

（5）应急预案的实施

应急预案的实施包括：开展预案的宣传贯彻，进行预案的培训，落实和检查各个部门的职责、程序和资源的准备，组织预案的演练，定期评审和更新预案，使应急预案有机地融入到企业的安全管理工作之中，真正将应急预案所规定的要求落到实处。

3.3.3 现场应急预案的编制

按照应急预案适用范围可将应急预案文件体系分为综合预案、专项预案和现场预案三个层次的预案以及单项预案，以保证预案文件体系的层次清晰和可操作性。

现场预案是针对特定的具体场所，以现场为目标，通常是对于某类型事故风险较大的场所或重要防护区域等所制定的应急预案。例如，在甲醛生产企业，甲醛罐区、甲醇罐区属重大危险源，应编制相对应的现场应急预案。甲醛生产企业现场预案的编制步骤应包括：

① 成立预案编制小组；

② 收集资料并进行初始评估；

③ 辨识危险源并评价风险；

④ 评价能力与资源；

⑤ 建立应急反应组织；

⑥ 选择合适类型的应急计划方案；

⑦ 编制各级应急计划。

下面以甲醇储槽泄漏为例，简要地介绍现场预案的编制过程。

预案编制小组由安环部牵头，有生产部、技术部、工程部的相关工程师参加，安环部经理为编制小组组长。小组成立后，主要需收集甲醇储槽和罐区的设计资料以及相关的事故案例，并对其进行初始评估。

（1）对甲醇储槽进行危险分析

甲醇具有剧毒、易燃烧性，其蒸气与空气在一定浓度范围内可形成爆炸性混合物，如果发生泄漏，将极有可能引发火灾、爆炸和中毒等重大安全事故。泄漏的甲醇若流入城市公用管道系统将可能引发灾难性的后果。

（2）甲醇储槽泄漏的原因　甲醇储槽的泄漏可能由如下原因造成。

① 故障泄漏。

a. 储罐、管线阀门、法兰等破损、泄漏。

b. 罐、管、阀、表等连接处泄漏，泵破裂或转动设备密封处泄漏。

c. 罐、塔、器、管、阀等因加工、材质、焊接等质量不好或安装不当而泄漏。

d. 撞击或人为损坏造成容器、管道泄漏，以及储罐、塔等超装溢出。

e. 由自然灾害（雷击、台风、地震）造成设备破裂泄漏。

② 运行泄漏。

a. 超温、超压造成破裂、泄漏。

b. 安全阀等安全附件失灵、损坏或操作不当。

c. 进出料配比、料量、速度不当造成反应失控导致容器、管道等破裂、泄漏。

d. 物料在容器、管道内造成堵塞而造成破裂、泄漏。

e. 热交换不充分而造成能量过量积聚，导致罐、塔、器等破裂、泄漏。

f. 垫片撕裂造成泄漏，以及骤冷、急热造成罐、塔、器等破裂、泄漏。

g. 承压容器未按有关规定及操作规程操作。

h. 转动部件不清洁而摩擦产生高温及高温物件遇易燃物品。

③ 工艺操作失误。

（3）经危险分析确认，甲醇储槽的底部出口阀一旦泄漏，将极易造成难以控制的危险后果，因此，在预案中应予以重点关注。

应急能力评估应至少涵盖以下内容。

① 应急资源　包括消防灭火器材、消防水幕、带压堵漏设备、有毒气体检测设备、可燃气体检测设备、静电电压测试设备、防爆工具、个人安全防护设备（过滤式防毒面具、自动苏生器、车式长管空气呼吸器、正压式全封闭人体防护服等）。

② 应急能力　应急人员的知识、经验背景、心理素质和所接受过的培训是否能满足应急响应的要求。

建立应急反应组织应考虑到生产班次的情况，分为早、中、夜三个组。每个应急反应组织由指挥官、消防控制组、堵漏抢险组、警戒救护组、通信联络组等组成，指挥官一般由值班经理担任。

应急计划方案的内容应包括险情描述、险情通报、初期自救、堵漏抢险、现场警戒、伤员救护、现场洗消、现场恢复、应急终止条件等。

3.3.4　应急预案的管理与评审改进

应急预案是应急救援工作的指导文件，同时又具有权威性，所以应当对预案的制定、修改、更新、批准和发布作出明确的管理规定，并保证定期或在应急演练、应急救援后对应急救援预案进行评审，评审可包括内部评审和外部评审，针对实际情况的变化以及预案中所暴露的缺陷，不断更新、完善和改进应急预案。

3.3.5　应急预案的演练

应急演练是检验、评价和保持应急能力的一个重要手段。其重要作用突出地体现在：可在事故真正发生前暴露预案和程序的缺陷；发现应急资源的不足；改善应急部门、人员之间的协调性；增加公众应对突发重大事故救援的信心和应急意识；提高应急人员的熟练程度和技术水平；进一步明确各自的岗位和职责；提高各级预案之间的协调性；提高整体应急反应能力。

对应急预案的完整性和周密性进行评估，可采用多种应急演练方法，如桌面演练、功能演练和全面演练等。

3.3.5.1 桌面演习

桌面演习是指由应急组织的代表或关键岗位人员参加的，按照应急预案及其标准运作程序讨论紧急情况时应采取行动的演习活动。桌面演习的主要特点是对演习情景进行口头演习，一般是在会议室内举行非正式的活动，主要作用是在没有时间压力的情况下，演习人员检查和解决应急预案中问题的同时，获得一些建设性的讨论结果。主要目的是在友好、较小压力的情况下，锻炼演习人员解决问题的能力，以及解决应急组织相互协作和职责划分的问题。

桌面演习只需展示有限的应急响应和内部协调活动内容，应急响应人员主要来自本地应急组织，事后一般采取口头评论形式收集演习人员的建议，并提交一份简短的书面报告，总结演习活动和提出有关改进应急响应工作的建议。桌面演习方法成本较低，主要用于为功能演习和全面演习作准备。

3.3.5.2 功能演习

功能演习是指针对某项应急响应功能或其中某些应急响应活动举行的演习活动。功能演习一般在应急指挥中心举行，并可同时开展现场演习，调用有限的应急设备，主要目的是针对应急响应功能，检验应急响应人员以及应急管理体系的策划和响应能力。例如，指挥和控制功能的演习，其目的是检测、评价多个政府部门在一定压力情况下集权式的应急运行和及时响应能力，又如针对交通运输活动的演习，目的是检验地方应急响应官员建立现场指挥所，协调现场应急响应人员、交通运载工具的能力。

功能演习比桌面演习规模要大，需动员更多的应急响应人员和组织，必要时，还可要求应急响应机构参与演习过程，为演习方案设计、协调和评估工作提供技术支持，因而协调工作的难度也随着更多应急组织的参与而增大。

3.3.5.3 全面演习

全面演习指针对应急预案中全部或大部分应急响应功能，检验、评价应急组织应急运行能力的演习活动。全面演习一般要求持续几个小时，采取交互式进行，演习过程要求尽量真实，调用更多的应急响应人员和资源，并开展人员、设备及其他资源的实战性演习，以展示相互协调的应急响应能力。

与功能演习类似，全面演习也要有负责应急运行、协调和政策拟订人员的参与，以及应急组织人员在演习方案设计、协调和评估工作中提供的技术支持，但全面演习过程中，这些人员或组织的演示范围要比功能演习更广。

三种演习类型的最大差别在于演习的复杂程度和规模、所需评价人员的数量，这些与实际演习、演习规模、资源等状况有关。无论选择何种应急演习方法，应急演习方案都必须适应重大事故应急管理的需求和资源条件。

3.4 甲醛生产企业应急救援预案示例

以下是某甲醛生产企业的应急救援预案示例，仅供参考。

蓝海甲醛有限公司

2006 年 8 月 8 日

颁 布 通 告

《甲醛生产安全事故应急预案》（第一版）经公司安全会议审议通过，现予以颁布，自 2006 年 10 月 1 日起生效。公司所属各单位（部门）应按本预案的要求，认真做好甲醛生产重特大安全事故的应急准备工作。

总经理：（略）

2006 年 8 月 10 日

为确保本企业安全生产及公司职工和公司周边社区人员的生命和财产安全，防止突发性重大事故的发生，并能在危险化学品事故发生后迅速、准确、有条不紊地处理和控制事故，把损失和危害减少到最低程度，结合本公司的实际情况，本着立足"自救为主，外援为辅、统一指挥、当机立断"的原则，特制定本危险化学品事故应急救援预案。

3.4.1　公司基本情况

3.4.1.1　公司概况

蓝海甲醛有限公司位于化工区威海路 28 号。经济性质为国有股份有限责任公司。企业占地面积为 23100m²，建筑面积约为10130m²，企业固定资产为 6440 万元。厂内化工生产的公用辅助设施齐全，现有职工 50 人，其中工程技术人员 24 人。目前建有60000t/年的甲醛生产装置。生产过程中生产使用和储存大量易燃、易爆、有毒、有腐蚀性的危险化学品，存在着火灾、爆炸、中毒等事故的潜在危险。（附总平面图——略）

3.4.1.2　周边社区概况

蓝海甲醛有限公司东边为新成公司征用土地，西边为中吉热电有限公司，南边为天林有限公司，北边为空旷农田（附周边情况图——略）。

3.4.1.3　危险化学品运输

蓝海甲醛有限公司的危险化学品运输委托具有危险化学品运输资质的单位进行运输，全年运输、储存、使用的危险化学品见表3-1。

表 3-1　主要危险化学品

序　号	危险化学品	年运输量/t	运输方式	储存方式
1	甲醇	15000	槽车	储罐
2	甲醛	60000	槽车	储罐

3.4.2 危险目标

3.4.2.1 危险目标的确定

本公司主要危险目标见表 3-2。

表 3-2 主要危险目标

目标号	目标名称	主要危险物质及危险工艺设施
一号目标	罐区	危险物质：甲醇、甲醛
二号目标	甲醛车间	危险物质：甲醇、甲醛

3.4.2.2 危险目标的危险性及对周边的影响

本公司主要危险目标的危险性及对周边的影响见表 3-3。

表 3-3 主要危险目标的危险性及对周边的影响

目标号	目标名称	危 险 性	对周边的影响
一号目标	罐区	毒物泄漏、火灾、爆炸	罐区发生火灾、爆炸波及范围半径约20m，甲醛泄漏对周边有一定影响。
二号目标	甲醛车间	火灾、爆炸	车间发生火灾、爆炸波及范围半径约18m，对厂外周边基本无影响，但是发生火灾、爆炸后毒物散发对周边环境有一定的影响

3.4.3 危险目标周围可利用的安全、消防、个体防护设备、器材及其分布

3.4.3.1 消防设施

（1）厂内

公司东大门北侧有一消防水池，两台消防泵，公司罐区和车间均配有消防水栓与适量的干粉灭火器，仓库与控制楼也均装有消防水栓，配有适量的灭火器。

（2）厂外

化工区消防特种大队可在 5min 内到达现场。

3.4.3.2 个体防护设施

公司配有防毒面具、防化手套、防护服等应急处置防护用品。

126

3.4.3.3 医疗救援

化工区医院救护车 5min 内可以到达，可得到有效的初期救援。

3.4.4 应急救援组织机构、组成人员和职责划分

3.4.4.1 应急救援组织机构

本公司应急救援组织机构设置如图 3-1 所示。

图 3-1 应急救援组织机构设置

3.4.4.2 组成人员

（1）指挥部

① 总指挥 总经理×××电话：×××××××××。

② 副总指挥 环境健康安全经理×××电话：××××××××。

③ 成员 各部门经理、主管和工程师。

（2）消防抢修组

组长：维修经理。成员：维修保全工、车间操作员。

（3）医疗救护组

组长：行政经理。成员：行政人员、财务人员。

（4）安全保护组

组长：安全主管。成员：安全员、保安人员。

3.4.4.3 主要职责

（1）指挥部职责

① 组织制定危险化学品事故应急救援预案，批准本预评的启动与终止。

② 负责人员、资源配置、应急队人员调动，确定现场指挥人员。

③ 负责组织各救援组的组建、训练、演习，督促检查各救援组做好各项应急救援的准备工作。

④ 负责发布和解除公司化学品事故警报，组织指挥公司应急行动，必要时，请示上级专业应急救援分队的支援。

⑤ 制定事故状态下各级人员的职责。

⑥ 负责危险化学品事故信息的上报工作。

⑦ 负责保护事故现场及相关数据。

（2）消防抢修组的职责

熟悉公司重点目标情况和应急救援方案，在发生火情、火灾时迅速控制火势和扑灭火灾。同时负责对染毒人员和厂房、道路进行清洗，消除事故后果。同时熟悉公司重点目标的设备、工艺流程等情况和应急救援方案，发生化学事故时，制止化学物质的泄漏，防止事故扩大，负责抢修设备，切断电源，转移易燃危险化学品。

（3）医疗救援组的职责

① 熟悉公司各种毒物的物化性质、人员中毒的症状和急救措施。

② 积极参加应急救援的训练和演习。

③ 做好防护器材和应急药品的准备工作，在化学事故发生时，抢救中毒和受伤人员，对轻伤者进行治疗，重伤者及时抢救送至医院治疗。

（4）安全保护组的职责

① 熟悉公司危险化学品事故应急救援预案和应急计划。

② 危险化学品事故发生时负责监测，查明事故源和有毒有害气体的浓度、扩散范围，及时抢救中毒人员。

③ 指挥职工防护和疏散，担任事故应急救援时的治安主要目标的保护和要害部门的警戒，封锁进入污染区的道路，维护公司内的秩序，打击现行犯罪。

3.4.5 报警、通信联络方式

① 各车间、仓库均设 24h 有效的报警装置。

② 各车间、仓库均有固定电话和防爆对讲机等通信联络手段，24h 能有效地进行内、外部联络。

③ 危险品运输驾驶员、押运员均配有手机，能 24h 有效地与生产厂家、本单位承运方进行联络沟通。

3.4.6 事故发生后应采取的处理措施

3.4.6.1 危险化学品泄漏事故发生后应采取的处理措施

本公司罐区储存大量的易燃易爆化学品甲醇、甲醛等有毒有害及腐蚀品。

（1）罐区泄漏事故发生后采取的处理措施

① 甲醛泄漏后迅速撤离罐区人员至安全区，并进行隔离，严格限制出入。切断火源，应急处理人员戴自给式空气呼吸器，穿防护工作服，从上风处进入现场。尽可能切断泄漏源。防止进入下水道等限制性空间，小量泄漏用砂土或其他不燃材料吸收。也可用大量水冲洗，洗水稀释后放入废水系统。用大量泄漏用泡沫覆盖，降低蒸气灾害，用喷雾状水冷却和稀释蒸气，保护现场人员，把泄漏物稀释成不燃物，回收处理。

② 甲醇泄漏后迅速撤离污染区人员至安全区，并进行隔离，严格限制出入。切断火源，应急处置人员戴自给正压式呼吸器，穿防毒服，从上风处进入现场，尽可能切断泄漏源，防止进入下水道、排洪沟等限制性空间。小量泄漏用砂土、吸收棉吸附或吸收；也可以用水冲洗，洗水稀释后放入废水系统。大量泄漏构筑围堤或挖坑收容；用泡沫覆盖，降低蒸气灾害；用防爆泵转移至槽车或专用收集器内，回收或运至废物处理场所处置。

（2）甲醛罐区发生火灾、爆炸事故后的应急措施

罐区储存的大量甲醇、甲醛其蒸气形成爆炸性混合物遇点火源发生火灾、爆炸事故。上述场所发生火灾、爆炸事故后应采取以下应急处理措施。

① 消防抢修组接到仓库火灾报警后立即根据危险化学品的性质进行灭火扑救，并对相邻仓间、罐的危险点进行监控和保护。

② 消防抢修组立即保护和转移相邻仓间的危险化学品，对相邻罐进行冷却，防止事故扩大。

③ 医疗救护组和消防抢修组营救、救护、保护火灾受伤的人员。

④ 安全保护组通过信号、广播组织引导人员进行疏散。

⑤ 安全保护组控制事故区域的边界和人员及车辆进出。

密切注意火灾事故发展和蔓延情况，如继续扩大，向总指挥报告，请求地方及友邻单位支援。

3.4.6.2　生产装置发生事故后的应急措施

甲醛生产过程中可能因操作失误、反应温度升高、监控报警仪器失效而造成火灾、爆炸、有毒物料喷出，引起人员中毒、伤亡，如不及时处理，还会引起周围装置或物料发生燃烧、爆炸，事故恶化危及全厂及周边社区。应采取以下应急措施。

（1）现场操作人员应急措施

① 报警　通知应急救援指挥部启动相关预案，火警可直接拨 119。

② 紧急停车　对生产装置发生火灾、爆炸、冲料事故时，采取紧急停车方法，必要时全线停车。

③ 控制事故扩大

a. 启动使事故局限化的安全装置。

b. 车间负责人/班组长组织力量利用现场设施采取相应手段进行初期灭火堵漏，防止事态扩大。

④ 人员疏散　开展自救与互救，紧急疏散作业人员，疏散时注意人数的清点，有组织地撤离危险区域，在事故波及范围外指定安全地点集合，接受治疗和提供所了解的现场情况。

（2）应急救援系统应急措施

① 报警和通信　指挥部接到报警后，按预案命令使相关工段停电，进行事故现场灯火管制，夜间发生事故应通知电力部门为疏散通道和事故现场提供备用电源和照明，并通知各专业队各司其职，火速赶到现场。

指挥成员通知自己所在科室按专业对口迅速向主管部门公安、安监、消防、卫生等上级领导机关报告。

报告的内容包括：事故发生地点、事故类型、造成事故的物质量、人员的伤害情况及需要提供的救援。

② 泄漏事故采取的应急措施

a. 消防抢修组迅速到现场进行堵漏，排除二次事故。

b. 营救、寻找、保护、转移事故中心人员。

c. 指挥部通过信号、广播等通信系统和安全保护组组织指导人员进行疏散和自救。

d. 安全保护组控制事故区域的人员及车辆进出通道。

e. 密切注视事故发展和蔓延情况，如继续扩大，向总指挥报告请求地方和友邻单位支援。

③ 火灾、爆炸事故采取的应急措施

a. 消防抢修组根据危险品的性质确定灭火介质进行扑救，并对其他具有火灾、爆炸性质的危险点进行监控和保护。

b. 消防抢修组迅速消除二次事故发生的可能，保护和转移危险化学品。

c. 营救、寻找、保护、转移中心区受伤人员，医疗救护组和消防抢修组人员混合编组，分片履行救护任务。

d. 指挥部通过信号、广播等通信系统和安全保护组组织、引导厂内人员或周边社区人员进行疏散。

e. 控制事故区域的边界和人员及车辆进出。

f. 密切注视事故发展和蔓延情况，如继续扩大，向总指挥报告请求地方和友邻单位支援。

④ 生产装置区发生火灾、爆炸事故应急处理方案

a. 生产车间当班人员在车间办公室负责人指挥下切断电源，占具有利地形使用灭火器迅速扑救。

b. 车间负责人通过公司内电话迅速向应急救援指挥部报告。

c. 应急救援指挥部接到报告后，迅速向消防队报警救援，请求迅速赶赴事故现场。

d. 应急救援指挥部命令公司消防抢修组立即到事故现场灭火，消防队消防车赶到后配合消防抢修组一起进行灭火作战。

e. 命令消防抢修组组织附近生产车间人员在紧急情况下疏散并将车间内及车间附近未着火的易燃品迅速移至安全地带，抢救出事故中的遇险人员。

f. 命令医疗救护组迅速赶赴现场，对受伤人员进行现场紧急救治，并迅速将伤员送至医院医治。

g. 命令安全保卫组迅速赶赴现场，做好现场警戒工作，控制事故区域边界人员车辆的进出。

h. 应急救援人员必须佩戴好防毒面具。

i. 及时向主管部门和上级有关部门报告。

3.4.7 人员紧急疏散、撤离

3.4.7.1 事故现场人员清点、撤离的方式和方法

事故现场人员由各车间负责人进行清点，撤离方式和方法依据公司各危险场所人员疏散指示进行。

3.4.7.2 非事故现场人员紧急疏散的方式和方法

非事故现场人员在接到疏散指令后按照人员疏散指示进行，到指定集合地点进行集合，清点人数。

3.4.7.3 抢救人员在撤离前和撤离后的报告

当事故扩大或事故抢救结束后需报告，接到撤离指令后立即撤离事故现场，撤离后应报告抢救人员是否全部撤离。

3.4.7.4 周边区域的单位、社区人员的疏散方式和方法

当本公司发生火灾、爆炸及毒物大量泄漏事故后，影响周边单位、社区人员的生产、生活时应由指挥部立即通知周边单位和社区人员紧急疏散，紧急疏散人员向上风向和侧风向疏散。

3.4.8 危险区的隔离

仓库、罐区发生火灾、爆炸、物料泄漏的危险区域为其周围半径20m内；生产装置区发生火灾、爆炸、物料泄漏的危险区域为

车间周围半径 20m 内。

① 事故现场隔离由安全保护组采用彩旗隔离带围栏。

② 事故现场周边区域的道路需隔离时应对道路进行隔离并标出交通疏导路线。

3.4.9 检测、抢险、救援及控制措施

3.4.9.1 检测的方式、方法及检测人员的防护和监护措施

① 公司配置便携式有毒气体检测报警仪和可燃气体检测报警仪对事故发生后的有毒气体浓度及可燃气体浓度进行检测。

② 检测人员应穿防毒衣或消防服，佩戴正压式空气呼吸器。

3.4.9.2 抢险、救援方式、方法及人员的防护和监护措施

① 事故发生后抢救人员应查明事故发生源点，泄漏部位和原因，凡能切断的物料要切断并堵漏，处置泄漏物。

② 发生火灾、爆炸、毒物泄漏事故时救援人员首先应查明现场有无人员中毒、受伤，以最快的速度将中毒、受伤人员移离现场，严重者尽快送医院抢救。

③ 抢救、救援人员应穿防毒衣或消防服，佩戴正压式空气呼吸器，并对手、足进行合理防护。

3.4.9.3 现场实时监测及异常情况下抢险人员的撤离条件、方法

① 事故发生后采用便携式可燃气体检测报警仪或便携式有毒气体检测报警仪对现场进行实时监测。

② 当事故场所可燃气体达到爆炸极限，有可能引起火灾、爆炸时，抢修人员应立即撤离事故现场。

3.4.9.4 应急救援队伍的调度

应急救援队伍的调度由现场总指挥进行。

3.4.9.5 控制事故扩大的措施

① 危险化学品发生泄漏后尽快查明泄漏源，切断物料，并迅速对泄漏物进行处置。防止危险化学品挥发扩散导致火灾、爆炸事故的发生。

② 当发生火灾、爆炸事故后切断扩散途径，对火场周边的生产装置进行冷却，转移危险物料，防止火灾事故进行扩大，同时迅速组织灭火施救。

3.4.9.6　事故可能扩大后的应急措施

当毒物泄漏不能控制或火灾、爆炸无法控制有事故扩大的可能时应采取以下应急措施。

① 迅速通知事故场所周围人员进行紧急撤离，对周边单位和周边社区有影响时应通知周边单位和周边社区人员进行疏散。

② 当发生火灾、爆炸无法进行灭火扑救时，应组织事故场所人员撤离，同时对火灾场所周围的危险物料进行转移，切断扩散途径。

3.4.10　受伤人员现场救护、救治与医院救治

① 事故发生后由医疗救护队对受伤人员进行伤害情况分类。

② 对轻伤人员进行包扎等医疗处理，对轻度中毒人员安排至空气新鲜处进行休息。

③ 对重伤员在医治现场处理后送医院救治。

3.4.11　现场保护与现场洗消

3.4.11.1　事故现场的保护措施

事故处理结束后对事故现场进行保护，对事故现场周围设置保护围栏，并由安全保护组看管，以便进行事故原因调查。

3.4.11.2　现场清洗工作负责人和专业队伍

事故控制住后由指挥部总指挥宣布应急结束，恢复正常状态，由消防抢修组对现场进行清洗、复位，对受影响区域进行连续检测，并由有关部门组织事故调查专家进行事故调查与后果评价。

3.4.12　应急救援保障

3.4.12.1　内部保障

① 建立应急队伍、应急救援指挥部、消防抢修组、医疗救护

组、安全保护组。

② 公司绘制消防设施配套图、工艺流程图、现场平面布置图和周围地区图，气象资料、危险化学品安全技术说明书、互救信息等。

③ 公司指挥队各成员、各救援组组长均配有手机或小灵通保障24h畅通，同时公司各车间、科室、控制室均设有固定电话或对讲机，并在各控制室公布应急救援人员的电话号码。

④ 公司应急电源、照明由公司电仪部门负责。

⑤ 应急救援装备、物资、药品等公司配备的应急救援装备如下。

a. 消防器材：消防水带、水枪、手提式干粉灭火器、推车式干粉灭火器、手提式二氧化碳灭火器、推车式二氧化碳灭火器等。

b. 通信器材：移动电话、内外部电话、防爆对讲机、喊话器等。

c. 防护器材：防毒面具、防护服、防化手套、安全带、空气呼吸器、复苏仪等；

d. 救援器材：担架、绷带、汽车等。

⑥ 危险化学品运输车辆的安全、消防设备、器材及人员防护装备。危险化学品运输车辆的消防设备有手提式干粉灭火器、防毒面具、防酸衣、防爆工具等。

⑦ 保障制度目录有：各救援组织的责任制、值班制度、培训制度、危险化学品运输单位检查运输车辆实际运行制度（包括行驶时间、路线、停车地点等）、应急救援装备、资质、药品等检查、维护制度（包括危险化学品运输车辆的安全、消防设备、器材及人员防护装备的检查维护）、安全运输制度（运输危险化学品的性质、危害性、应急措施、注意事项及本单位、生产厂家、托运方应急联系电话等内容，危险运输车辆有驾驶员、押运员各1位）等制度。

3.4.12.2 外部救援

(1) 单位互助方式

本公司一旦发生火灾、爆炸、毒物泄漏等事故可与友邻单位联络请求支援。

（2）请求政府协调应急救援力量

本公司发生火灾、爆炸事故后，本公司不能实施扑救时拨打119请求化工区消防大队支援。当人员中毒严重时，拨打120或送至化工区医院进行救治。

（3）应急救援信息咨询

当公司发生危险化学品泄漏后，本公司无法处置时向化工区安全生产监督管理局、市安全生产监督管理局进行信息咨询。

（4）专家信息

当公司发生危险化学品泄漏事故后，本公司无法处置时可向市安全生产委员会化工专家组进行咨询或请专家到现场进行指导。

3.4.13　预案分级响应条件

根据本公司化工产品生产的实际情况，当发生物质大量泄漏、火灾及爆炸时启动本应急救援预案，启动应急程序如通知应急指挥部有关人员到位，开通信息与通信网络，通知调配救援所需的应急资源（包括应急队伍和物资、装备），成立现场指挥部等。

当事态超出响应级别，无法得到有效控制时，指挥部请求实施更高级别的应急响应。

3.4.14　事故应急救援终止程序

① 确定事故应急救援工作结束。救援行动结束后，进行现场清理、人员清点、撤离、警戒解除，执行应急关闭程序，由事故总指挥宣布应急救援结束。

② 事故解除。

3.4.15　应急培训计划

（1）对应急救援人员的培训内容

① 各种器材、工具的使用，应急救援的技能。

② 应急救援的任务、目的和如何完成应急救援任务。

③ 与上、下级联系的方法和各种信号的含义。

（2）对员工应急响应的培训

① 鉴别异常情况并及时上报的能力和常识。

② 对待各种事故如何处理的方法。

③ 自救和相互救护的能力。

（3）对社区及周边人员应急响应知识的宣传

① 对社区及周边人员培训，了解本公司发生事故后存在哪些危险有害、毒性物质。

② 介绍各种信号的含义。

③ 防护用品的使用及事故状态下自制简单防护用具。

④ 紧急状态下如何紧急疏散。

3.4.16　演练计划

3.4.16.1　演练准备

预案演练准备如下：

① 确定演练日期；

② 编写演练方案；

③ 确定演练现场规则；

④ 指定评价人员；

⑤ 安排后助工作；

⑥ 准备和分发评价人员工作文件；

⑦ 培训评价人员；

⑧ 讲解演练方案与演练活动。

3.4.16.2　演练范围和频次

（1）演练范围

对应急预案中全部或大部分应急响应功能，演练过程要求尽量真实，调用更多的应急人员和资源，并开展人员、设备及其他资源的实践性演练，以检验相互协调的应急响应能力。

（2）应急演练频次

每年对危险化学品事故应急救援预案进行一次演练。

3.4.16.3 演练组织

① 演练由演练总指挥确定演练类别，对事故应急救援预案分别采用桌面演练、功能演练、全面演练。

② 演练时的参演人员由参演人员、控制人员、模拟人员、评价人员和观摩人员组成。

③ 演练结束后对演练的效果作出评价，提交演练报告，并详细记录演练过程中发现的问题，按对应急救援工作及时有效性的影响程序，将演练过程中发现的问题划分为不适项、整改项和改进项，分别进行纠正、整改、改进。

3.4.17 附件

3.4.17.1 危险化学品危险危害识别表（略）

3.4.17.2 附图（略）

① 本单位平面布置图。

② 消防设施配置图。

③ 周边区域道路交通示意图。

④ 周边区域的单位、社区、重要基础设施分布图。

3.4.17.3 联系电话（略）

值班联系电话，总指挥、副总指挥、指挥部各个成员、消防抢修组组长、医疗救护组组长、安全保护组组长联系电话，危险化学品生产单位应急咨询服务电话，外部救援单位联系电话，政府有关部门联系电话，周边区域的单位、社区、重要基础设施的联系电话，供水、供电单位的联系电话等。

4 甲醛生产装置安全评价

4.1 安全预评价、安全验收评价、安全现状评价和安全专项评价

目前国内通常将安全评价根据工程、系统生命周期和评价的目的分为安全预评价、安全验收评价、安全现状评价和安全专项评价四类。安全专项评价应属安全现状评价的一种，属于政府在特定的时期内进行专项整治时开展的评价。

4.1.1 安全预评价

安全预评价的目的是贯彻"安全第一、预防为主"的方针，为建设项目提供科学依据，以提高建设项目的本质安全程度。

安全预评价可概括为以下几点。

① 安全预评价是一种有目的的行为，它是在研究事故和危害为什么会发生、是怎样发生的和如何防止发生等问题的基础上，回答建设项目依据设计方案建成后的安全性如何、是否能达到安全标准的要求以及如何达到安全标准、安全保障体系的可靠性如何等至关重要的问题。

② 安全预评价的核心是对系统存在的危险、有害因素进行定性、定量分析，即针对特定的系统范围，对发生事故、危害的可能性及其危险、危害的严重程度进行评价。

③ 安全预评价用有关标准（安全评价标准）对系统进行衡量，分析、说明系统的安全性。

④ 安全预评价的最终目的是确定采取哪些优化的技术、管理措施，使各子系统及建设项目整体达到安全标准的要求。

经过安全预评价形成的安全预评价报告，将作为项目报批的文

件之一，同时也是项目最终设计的重要依据文件之一。具体地说，安全预评价报告主要提供给建设单位、设计单位、业主、政府管理部门。在设计阶段，必须落实安全预评价所提出的各项措施，切实做到建设项目在设计中的"三同时"。

安全预评价报告的主要内容应包括：概述，生产工艺简介和主要危险、有害因素分析，评价方法的选择和简介，定性、定量安全评价，安全对策措施，评价结论和建议。

4.1.2 安全验收评价

安全验收评价是在建设项目竣工验收之前、试生产运行正常之后，通过对建设项目的设施、设备、装置实际运行状况及管理状况的安全评价，查找该建设项目投产后存在的危险、有害因素，确定其程度，提出合理可行的安全对策措施及建议。

安全验收评价通过对系统存在的危险和有害因素进行定性和定量的评价，判断系统在安全上的符合性和配套安全设施的有效性，从而作出评价结论并提出补救或补偿措施，以促进项目实现系统安全。

安全验收评价是为安全验收进行的技术准备，最终形成的安全验收评价报告将作为建设单位向政府安全生产监督管理机构申请建设项目安全验收审批的依据。另外，通过安全验收，还可检查生产经营单位的安全生产保障，确认《安全生产法》的落实。

在安全验收评价中，要查看安全预评价在初步设计中的落实，初步设计中的各项安全措施落实的情况，施工过程中的安全监理记录，安全设施调试、运行和检测情况等，以及隐蔽工程等的安全落实情况，同时落实各项安全管理制度措施等。

4.1.3 安全现状评价

安全现状评价是针对系统、工程的（某一个生产经营单位总体或局部的生产经营活动的）安全现状进行的安全评价，通过评价查找其存在的危险、有害因素，确定其程度，提出合理可行的安全对策措施及建议。

这种对在用生产装置、设备、设施、储存、运输及安全管理状况进行的全面综合安全评价，是根据政府有关法规的规定或是根据生产经营单位职业安全、健康、环境保护的管理要求进行的，主要包括以下内容。

① 全面收集评价所需的信息资料，采用合适的安全评价方法进行危险识别，给出量化的安全状态参数值。

② 对于可能造成重大后果的事故隐患，采用相应的数学模型，进行事故模拟，预测极端情况下的影响范围，分析事故的最大损失，以及发生事故的概率。

③ 对发现的隐患，根据量化的安全状态参数值、整改的优先度进行排序。

④ 提出整改措施与建议。

评价形成的现状综合评价报告的内容应纳入生产经营单位安全隐患整改和安全管理计划，并按计划加以实施和检查。

4.1.4 安全专项评价

安全专项评价是根据政府有关管理部门的要求进行的，是对安全专项问题进行的专题安全分析评价，如危险化学品安全专项评价，非煤矿山安全专项评价等。

安全专项评价一般是针对某一项活动或场所，如一个特定的行业、产品、生产方式、生产工艺或生产装置等，存在的危险、有害因素进行的安全评价，目的是查找其存在的危险、有害因素，确定其程度，提出合理可行的安全对策措施及建议。

如果生产经营单位是生产或储存、销售剧毒化学品的企业，通过评价所获得的安全专项评价报告则是上级主管部门批准其获得或保持生产经营营业执照所必需的文件之一。

安全现状评价报告的内容，要求比预评价报告更详尽、更具体，特别是对危险分析要求较高。因此，安全检查表的编制，要由工艺和操作方面的专家参与完成。评价组成员的专业能力应涵盖评价范围所涉及的专业内容。

4.2　安全评价方法的应用

安全评价方法是进行定性定量安全评价的工具，目前已开发出数十种不同特点适用范围和应用条件的评价方法。按评价结果的量化程度分类，可分为定性安全评价和定量安全评价。

定性安全评价方法：主要是根据经验和直观判断能力对生产系统的工艺、设备、设施、环境人员和管理等方面进行定性的分析，安全评价结果是一些定性的指标，运用这类方法找出系统中存在的危险有害因素，再根据这些因素从技术管理上、教育上提出对策措施，加以控制，达到使系统安全的目的。

定量安全评价方法：是运用基于大量的实验结果和广泛的事故资料统计分析获得的指标或规律（数学模型）对生产系统的工艺、设备、设施、环境、人员和管理等方面进行定量计算。安全评价的结果是一些定量的指标。如事故发生的概率、事故的伤害（破坏）范围、定量的危险性事故致因因素的事故关联度或重要度等。按照安全评价给出的定量结果的类别不同，定量安全评价方法还可以分为概率风险评价法、伤害（破坏）范围评价法和危险指数评价法。

以下以安全检查表、预先危险性分析、危险和可操作性研究（HAZOP）（定性方法）和道化学火灾、爆炸指数评价法（定量方法）为例，介绍安全评价方法在甲醛企业安全评价中的应用。

4.2.1　安全检查表

甲醛生产企业的安全检查评价按照化工企业安全生产许可证申报、检查基本内容及依据进行。检查内容及依据见表 4-1～表4-14。

142

表 4-1 区域规划、平面布置及周边关系安全检查表

序号	检 查 内 容	依 据
1	危险化学品生产、储存是否符合国家和省、自治区、直辖市的规划和布局	《危险化学品安全管理条例》第 7 条
2	危险化学品生产、储存是否在社区内市规划的专门用于危险化学品生产、储存的区域内	《危险化学品安全管理条例》第 7 条
3	危险化学品的生产装置和储存数量构成重大危险源的储存设施，与下列场所、区域的距离必须符合国家标准或国家有关规定：①居民区、商业中心、公园等人口密集区域；②学校、医院、影剧院、体育场（馆）等公共设施；③供水水源、水厂及水源保护区；④车站、码头（按照国家规定，经批准，专门从事危险化学品装卸作业的除外）、机场以及公路、铁路、水路交通干线、地铁风亭及出入口；⑤基本农田保护区、畜牧区、渔业水域和种子、种畜、水产苗种生产基地；⑥河流、湖泊、风景名胜区和自然保护区；⑦军事禁区、军事管理区；⑧法律、行政法规规定予以保护的其他区域	《危险化学品安全管理条例》第 10 条
4	企业的生产区宜位于邻近城镇或居住区全年最小频率风向的上风侧	《石油化工企业设计防火规范》GB 50160—92（1999 年版）第 3.1.2 条
5	厂区内火灾危险较高，散发烟尘、水雾和噪声的生产部分应布置在全年最小频率风向的上风侧，厂前、机、电、仪表和总变配电等部分应位于全年最小频率风向的下风侧，厂前宜面向城镇和工厂居住区一侧	《工业企业总平面设计规范》GB 50187—93 第 4.3.1 条
6	厂房之间、厂房与民用建筑之间的防火间距应符合 GBJ 16—87（2000 年版）的规定	《建筑设计防火规范》GB 50016—2006
7	总平面布置应在总体规划的基础上，根据本企业的性质、规模、生产流程、交通运输、环境保护，以及防火、安全、卫生、施工及检修等要求，结合场地自然条件，择优确定。功能明确、合理分区地布置，分区内部和相互之间保持一定的通道和间距	《工业企业总平面设计规范》GB 50187—93 第 4.1.1、4.1.2 条
8	总平面布置应使建筑物具有良好的朝向、采光和自然通风条件。高温、热加工、有特殊要求和人员较多的建筑物，应避免西晒	《工业企业总平面设计规范》GB 50187—93 第 4.1.6 条
9	总平面布置应合理地组织货流和人流	《工业企业总平面设计规范》GB 50187—93 第 4.1.8 条

序号	检 查 内 容	依 据
10	总降压变电所的布置应靠近厂区边缘地势较高地段；便于高压线的进线和出线；避免设在有强烈震动的设施附近；避免布置在多尘、有腐蚀性气体和有水雾的场所，应位于多尘、有腐蚀性气体场所全年最小频率风向的下风侧和有水雾场所冬季盛行风向的上风侧	《工业企业总平面设计规范》GB 50187—93 第4.3.2 条
11	可能散发可燃气体的工艺装置、罐组、装卸区或全厂性污水处理场等设施，宜布置在人员集中场所，及明火或散发火花地点的全年最小频率风向的上风侧；在山区或丘陵地区，并应避免布置在窝风地带	《石油化工企业设计防火规范》GB 50160—92（1999 年版）第3.2.2 条
12	易燃、易爆危险品生产设施的布置，应保证生产人员的安全操作及疏散方便，并应符合国家现行的有关标准的规定	《工业企业总平面设计规范》GB 50187—93 第4.2.7 条
13	装置的控制室不得与设有甲、乙 A 类设备的房间布置在同一建筑物内；若必须布置在同一建筑物内时，控制室应用防火墙与上述房间隔开，防火墙的耐火等级应为一级。其他可能产生火花的房间与上述房间相邻时，其门窗之间的距离应按现行国家标准《爆炸和火灾危险环境电力装置设计规范》的有关规定执行	《石油化工企业设计防火规范》GB 50160—92（1999 年版）第4.2.19 条
14	装置的控制室、变配电室、化验室、办公室和生活间等，应布置在装置的一侧，并位于爆炸危险区范围以外，并宜位于甲类设备全年最小频率风向的下风侧	《石油化工企业设计防火规范》GB 50160—92（1999 年版）第4.2.20 条
15	设备的框架或平台的安全通道，应符合：①可燃气体、液化烃、可燃液体的塔区平台或其他设备的框架平台，应设置不少于两个通往地面的梯子，作为安全疏散通道，但长度不大于 8m 的甲类气体或甲、乙 A 类液体设备的平台或长度不大于 15m 的乙 B、丙类液体设备的平台，可只设一个梯子；②相邻的框架、平台宜用走桥连通，与相邻平台连通的走桥可作为一个安全疏散通道；③相邻安全疏散通道之间的距离，不应大于 50m	《石油化工企业设计防火规范》GB 50160—92（1999 年版）第4.2.32 条
16	厂内建筑与厂区围墙的距离不宜小于 5m，围墙两侧建筑物之间应满足防火间距要求	《建筑设计防火规范》GB 50016—2006
17	散发可燃气体，可燃蒸气的甲类厂房与厂内主要道路的防火间距不应小于 10m	《建筑设计防火规范》GB 50016—2006
18	散发可燃气体，可燃蒸气的甲类厂房与厂内将要道路的防火间距不应小于 5m	《建筑设计防火规范》GB 50016—2006

序号	检 查 内 容	依 据
19	甲类多层厂房(如氢气压缩机厂房)内最远工作地点外部出口或楼梯的安全疏散距离不应超过 25m	《建筑设计防火规范》GBJ 16—87(2001 年版)第 3.5.3 条
20	管道内的介质具有毒性、可燃、易燃、易爆性质时,严禁穿越与其无关的建筑物、构筑物、生产装置及储罐区等	《工业企业总平面设计规范》GB 50187—93 第 7.1.7 条
21	工厂主要出入口不应少于两个,并宜位于不同方位	《石油化工企业设计防火规范》GB 50160—92(1999 年版)第 3.3.1 条
22	工艺装置区、罐区、可燃物料装卸区应设环形消防车道;当受条件限制时,可设有回车场的尽头式消防车道	《石油化工企业设计防火规范》GB 50160—92(1999 年版)第 3.3.5 条
23	路面平整、路基稳固、边坡整齐、排水良好。有完好的照明设施	《工业企业厂内铁路、道路运输安全规定》GB 4387—1994 第 5.1.1 条
24	厂内道路应按交通量设交通标志	《工业企业厂内铁路、道路运输安全规定》GB 4387—1994 第 5.1.3 条
25	易燃易爆生产区、仓库区,将道路划分为限制车辆通行或禁止车辆通行的路段,并设标志	《工业企业厂内铁路、道路运输安全规定》GB 4387—1994 第 5.1.4 条
26	大、中型企业厂内道路应采取交通分流,人流较大的主干道两侧应修筑人行道,人流较大的次干道两侧宜设人行道	《工业企业厂内铁路、道路运输安全规定》GB 4387—1994 第 5.1.8 条
27	职工上下班时间内人流密集的出入口和路段,应停止行驶货运机动车辆	《工业企业厂内铁路、道路运输安全规定》GB 4387—1994 第 5.1.3 条
28	厂内道路在弯道的横净距和交叉口的视距三角形范围内,不得有妨碍驾驶员视线的障碍物	《工业企业厂内铁路、道路运输安全规定》GB 4387—1994 第 5.1.10 条
29	有爆炸危险的甲、乙类厂房宜独立设置,并宜采用敞开或半敞开式的厂房;采用钢筋混凝土柱、钢柱承重的框架或结构,宜采用防火保护层。并应设置必要的泄压设施,泄压设施宜采用轻质屋盖作为泄压面积,易于泄压的门、窗、轻质墙体也可作为泄压面积。作为泄压面积的轻质屋盖和轻质墙体的每平方米质量不宜超过120kg。泄压面积的设置应避开人员集中的场所和主要的交通道路,并宜靠近容易发生爆炸的部位	《建筑设计防火规范》GB 50016—2006

序号	检查内容	依据
30	有爆炸危险的甲、乙类厂房内不应设置办公室、休息室。如必须贴邻本厂房设置时,应采用一、二级耐火等级建筑,并应采用耐火极限不低于 3h 的非燃烧体防护墙隔开和设置直通室外或疏散楼梯的安全出口	《建筑设计防火规范》GB 50016—2006
31	有爆炸危险的甲、乙类厂房总控制室应独立设置,其分控制室可毗邻外墙设置,并应采用耐火极限不低于 3h 的非燃烧体防护墙与其他部分隔开	《建筑设计防火规范》GB 50016—2006
32	消防水泵房应采用一、二级耐火等级的建筑。附设在建筑内的消防水泵房,应用耐火极限不低于 1h 的非燃烧体墙和楼板与其他部位隔开	《建筑设计防火规范》GB 50016—2006
33	进行消防设计的建筑工程是否经过公安消防机构验收合格	《消防法》第 10 条
34	生产、储存危险化学品的车间、仓库是否与员工宿舍不在同一座建筑物内,且与员工宿舍是否保持符合规定的安全距离	《安全生产法》第 34 条
35	厂房的耐火等级、层数、占地面积应符合规定要求	《建筑设计防火规范》GB 50016—2006
36	厂房泄压面积、疏散通道应满足要求,疏散门应向外开启,甲、乙、丙类厂房的疏散门不少于 2 个	《建筑设计防火规范》GB 50016—2006
37	凡容易发生事故危及生命安全的场所和设备,均应有安全标志,并按《安全标志》进行设置	《石油化工企业职业安全卫生设计规范》SH 3047—93 第 2.6.1 条
38	生产场所与作业地点的紧急通道和紧急出入口均应设置明显的标志和指示箭头	《石油化工企业职业安全卫生设计规范》SH 3047—93 第 2.6.4 条
39	钢直梯的攀登高度超过 9m 应设梯间平台,并分段交错设梯	《固定式钢直梯安全技术条件》GB 4053.1—93 第 4.12 条
40	钢斜梯的攀登高度超过 5m 应设梯间平台,并分段设梯,梯上方净空高度大于 1.9m	《固定式钢直梯安全技术条件》GB 4053.1—93 第 4.8 条
41	平台应有护栏、栏杆高度为 105cm,平台设有 100mm 挡板	《固定式钢直梯安全技术条件》GB 4053.1—93 第 4.1、4.6 条

表 4-2　生产过程安全检查表

序号	检　查　内　容	依　据
1	生产经营单位不得使用国家明令淘汰、禁止使用的危及生产安全的工艺、设备	《安全生产法》第 31 条
2	对有失控可能的工艺过程,应根据不同情况,采取下列一种或几种应急措施:①停止加入催化剂(引发剂);②加入使催化剂失效的物料;③排出物料或停止加入物料;④紧急泄压;⑤停止供热或由加热转为冷却;⑥加入稀释物料;⑦加入易挥发性物料;⑧通入惰性气体;⑨与灭火系统连锁	《石油化工企业职业安全卫生设计规范》SH 3047—93 第 2.2.11 条
3	对超过正常范围会产生严重危害的工艺变量,应设相应的报警、连锁等设施	《石油化工企业职业安全卫生设计规范》SH 3047—93 第 2.2.10 条
4	在使用或产生甲类气体或甲、乙 A 类液体的装置内,宜按区域控制和重点控制相结合的原则,设置可燃气体报警器探头	《石油化工企业设计防火规范》GB 50160—92 (1999 年版)第 4.6.11 条
5	生产单位应对所生产的化学品的危险性进行鉴别,并对其进行标识	《工作场所安全化学品的规定》
6	生产单位应对所生产的危险化学品挂贴"危险化学品安全标签",填写"危险化学品安全技术说明书"。并提供给经营、运输、储存和使用单位	《工作场所安全化学品的规定》
7	购进的化学品需要转移或分装到其他容器时,应标明其内容。对于危险化学品,在转移或分装后的容器上应贴安全标签;盛装危险化学品的容器在未净化处理前,不得更换原安全标签	《工作场所安全化学品的规定》
8	单位对工作场所使用的危险化学品产生的危害应定期进行检测和评估,对检测和评估结果应建立档案	《工作场所安全化学品的规定》

表 4-3　设备安全检查表

序号	检　查　内　容	依　据
1	泵试运时固定连接部位不应有松动;转子及各运动部件运转正常,不得有异常声响和摩擦现象	《爆炸和火灾危险环境电力装置施工及验收规范》GB 50275—98
2	泵的转动部位应装安全防护罩	《生产过程安全卫生要求总则》GB 12801—91
3	锅炉给水应保证安全可靠供水。水位表应有指示最高、最低安全水位和正常水位的明显标志。玻璃管水位表应有防护装置,但不妨碍观察真实水位	《节省锅炉安全技术监察规程》

序号	检 查 内 容	依 据
4	必须有经技术监督管理部门核准的检验机构出具的报告。锅炉安装单位应取得质量技术监督部门认证资格	《特种设备安全监察条例》
5	压力容器应由具有相应资质的单位进行设计、制造和施工	《特种设备安全监察条例》
6	装置中压力容器应有产品质量证明和制造检验合格证及质量监测证	《压力容器安全技术监察规程》
7	压力容器使用单位应有安全质检监察机构逐台办理的使用登记手续	《压力容器安全技术监察规程》
8	安全阀必须由有检验资格的部门每年进行一次校验	《压力容器安全技术监察规程》
9	压力表安装前应校验,在刻度盘上应划出最高工作压力的红线,压力表校验后应加铅封	《压力容器安全技术监察规程》

表4-4 消防、防雷、电气安全、职业危害检查表

序号	检 查 内 容	依 据
1	工厂、仓库应设置消防车道。一座甲、乙、丙类厂房的占地面积超过3000m² 或一座乙、丙类库房的占地面积超过1500m² 时,宜设置环形消防车道,如有困难,可沿其两个长边设置消防车道或设置可供消防车通行的且宽度不小于6m的平坦空地	《建筑设计防火规范》GBJ 16—87(2001 年版)第6.0.4条
2	室外消火栓应沿道路设置,道路宽度超过60m时,宜在道路两边设置消火栓,并宜靠近十字路口;室外消火栓的间距不应超过120m;室外消火栓的保护半径不应超过150m;在市政消火栓保护半径150m以内,如消防用水量不超过15L/s时,可不设室外消火栓	《建筑设计防火规范》GBJ 16—87(2001 年版)第8.3.2条
3	设有消防给水的建筑物,其各层(无可燃物的设备层除外)均应设置消火栓。消防电梯前室应设室内消火栓。室内消火栓应设在明显易于取用的地点。栓口离地面高度为1.1m,其出水方向宜向下或与设置消火栓的墙面成90°角	《建筑设计防火规范》GBJ 16—87(2001 年版)第8.6.2条
4	工艺装置区的消火栓应在工艺装置四周设置,消火栓的间距不宜超过60m。当装置内设有消防通道时,亦应在通道边设置消火栓	《石油化工企业设计防火规范》GB 50160—92(1999 年版)第7.3.17条

序号	检 查 内 容	依 据
5	变电所、配电所(包括配电室,下同)和控制室应布置在爆炸危险区域范围以外,当为下正压室时,可布置在1区、2区内	《爆炸和火灾危险环境电力装置设计规范》GB 50058—92第2.5.7条
6	当易燃物质比空气重时,电气线路应在较高处敷设或直接埋地;架空敷设时宜采用电缆桥架,电缆沟敷设时沟内应充砂,并宜设置排水措施。易燃物质比空气轻时,电气宜在较低处敷设或电缆沟敷设	《爆炸和火灾危险环境电力装置设计规范》GB 50058—92第2.5.8条
7	电气设备的接地装置与防止直接雷击的独立避雷针的接地装置应分开设置,与装设在建筑物上防止直接雷击的避雷针的接地装置可合并设置;与电感应的装置亦可合并设置。接地电阻值应取其中最低值	《爆炸和火灾危险环境电力装置设计规范》GB 50058—92第2.5.15条
8	凡应采用安全电压的场所,应采用安全电压	《化工企业安全卫生设计规定》HG 20571—95第3.4.3条
9	散发可燃气体、可燃蒸气的甲类厂房和场所,应设置可燃气体浓度检漏报警装置	《建筑设计防火规范》GBJ 16—87(2001年版)第10.3.2条
10	用人单位应当按照国务院卫生行政部门的规定,定期对工作场所进行职业病危害因素检测、评价	《职业病防治法》第24条

表4-5 危险化学品储存安全检查表

序号	检 查 内 容	依 据
1	危险化学品生产、储存是否根据危险化学品性质、危害程度和储存量,设置专业仓库、罐区储存场(所);并根据生产需要和储存物品火灾危险性,确定储存方式、仓库结构和选址	《常用化学品贮存通则》GB 15603—1995《建筑设计防火规范》GBJ 16—87(2001年版)第四章
2	危险化学品是否储存在专用仓库、专用场地或专用储存室(柜)内,并设专人管理	《危险化学品安全管理条例》第22条
3	应有专用的装卸场地、仓库和指定的装卸线路,并应有保证安全所需的装卸、搬运设备	《工业企业厂内铁路、道路运输安全规程》GB 4387—94第6.64条
4	危险化学品仓库、罐区、储存场所是否根据危险品性质,按规范要求设计相应的防火、防爆、防腐、卸压、通风、防潮、防雨、防雷、防晒、调温、消除静电、防火围堤等安全装置和设施,并应配备工作人员防护用品	《危险化学品安全管理条例》第16条
5	对于监控危险化学品的储存是否按《监控化学品管理条例》的规定执行	《监控化学品管理条例》国务院令第190号

序号	检 查 内 容	依 据
6	危险化学品是否根据化学性质、火灾危险性分类分项存放？堆垛之间的主要通道是否有安全距离，且不超量储存	《仓库防火安全管理规则》第18条《常用化学品贮存通则》GB 15603—1995第6条
7	企业是否根据危险化学品特性和运输方式正确选择容器和包装材料以及包装衬垫，使之适应过程中的腐蚀、碰撞、挤压和运输环境的变化	《危险化学品运输包装通用技术条件》GB 12463—90第4、5、6条
8	危险化学品包装是否标记物品名称、牌号、生产储存日期，并附有合格证、明显标志和符合规定的包装	《危险货物包装包装标志》GB 190—90
9	有毒、有害液体的装卸是否采用密闭操作技术，并加强作业场所通风，配置局部通风系统和净化系统以及残液回收系统	《化工企业安全卫生设计规定》HG 20571—95
10	危险化学品包装的材质、型式、规格、方法和单件质量与所包装的危险化学品的性质、用途是否相适应	《危险化学品安全管理条例》第20条
11	危险化学品的包装物、容器是否由定点企业生产，并由国家认可的专业检验、检测机构检测合格	《危险化学品安全管理条例》第20条
12	购进危险化学品时，是否核对包装物、容器上的安全标签，安全标签若脱落或损坏，经检查确认后是否补贴	《危险化学品安全管理条例》第21条
13	对盛装、输送、储存危险化学品的设备，是否采用颜色、标牌、标签等形式，标明其危险性	《危险化学品安全管理条例》
14	危险场所必须设置相应的可靠的设施；有静电积聚危险的生产装置应采用控制流速、导除静电接地、静电消除器、添加防静电剂等有效消除静电的措施	《爆炸危险场所安全规定》第18条
15	仓库、储罐区、堆场的布置及与铁路、道路的防火间距应符合有关规定	《建筑设计防火规范》GBJ 16—87(2001年版)第4.8条
16	禁止在化学危险品储存区域内堆积可燃废弃物品	《常用危险化学品贮存通则》GB 15603—1995第10.1条
17	装卸对人身有毒有害及腐蚀性的物品时，损伤人员应根据危险性，穿戴相应的防护用品。作业人员要佩戴手套和相应的防毒口罩或面具，穿防护服。腐蚀品损伤人员必须穿工作服，戴护目镜、胶皮手套、胶皮围裙等必要的防护用具	《常用危险化学品贮存通则》GB 15603—1995第8.5条《毒害性商品储藏养护技术条件》GB 17916—1999第7.2条《腐蚀性商品储藏养护技术条件》GB 17915—1999第7.1条
18	液化烃、可燃液体和可燃气体、助燃气体储罐的基础、防火堤、隔堤、液化烃及可燃液体和可燃气体、助燃气体的码头及管架、管墩等，均应采用非燃烧材料	《石油化工企业设计防火规范》第5.1.1条

序号	检查内容	依据
19	在可能泄漏甲类气体和液体的场所内,应设可燃气体报警器	《石油化工企业设计防火规范》第5.1.4条
20	罐组之间的管道布置,不应妨碍消防车的通行	《石油化工企业设计防火规范》第5.8.6条
21	组内的储罐,不应超过2排,但单罐容积小于或等于1000m³ 的丙B类储罐,不应超过4排,其中润滑油罐的单罐容积和排数不限	《石油化工企业设计防火规范》第5.2.8条
22	防火堤内的有效容积,应符合下列规定: ①固定顶罐,不应小于罐组内1个最大储罐的容积; ②浮顶罐、内浮顶罐,不应小于罐组内1个最大储罐容积的一半; ③当固定顶罐与浮顶罐或内浮顶罐同组布置时,应取上述①、②款规定的较大值	《石油化工企业设计防火规范》第5.2.11条
23	立式储罐至防火堤内堤脚线的距离,不应小于罐壁高度的一半;卧式储罐至防火堤内堤脚线的距离,不应小于3m	《石油化工企业设计防火规范》第5.2.12条
24	设有防火堤的罐组内,应根据储罐容积、储料性质设置隔堤	《石油化工企业设计防火规范》第5.2.14条、第5.2.15条
25	防火堤及隔堤,应符合下列规定: ①防火堤及隔堤应能适应所容纳液体的静压,且不应渗漏; ②立式储罐防火堤的高度,应为计算高度加0.2m,其高度应为1.0～2.2m;卧式储罐防火堤的高度,不应低于0.5m; ③隔堤顶应比防火堤顶低0.2～0.3m; ④管道穿堤处应采用非燃烧材料严密封闭; ⑤在防火堤内雨水沟穿堤处,应设可防止液体流出堤外的措施; ⑥应在防火堤的不同方位上设置一个以上人行台阶或坡道,隔堤应设置人行台阶	《石油化工企业设计防火规范》第5.2.16条
26	可燃液体的储罐宜设自动脱水器,并应设液位计和高液位报警器,必要时可设自动连锁切断进料装置	《石油化工企业设计防火规范》第5.2.22条
27	储罐的进料管,应从罐体下部接入;若必须从上部接入,应延伸到距罐底200mm处	《石油化工企业设计防火规范》第5.2.23条
28	储罐在使用过程中,基础有可能继续下沉时,其进出口管道应采用金属软管连接或其他柔性材料连接	《石油化工企业设计防火规范》第5.2.24条
29	可燃液体的地上罐组,宜按防火堤内面积每400m² 配置一个手提式灭火器设置,但每个储罐配置的数量不宜超过3个	《石油化工企业设计防火规范》第7.7.5条

表 4-6 安全生产责任制建立健全情况检查表

序号	检 查 内 容	依 据
1	主要负责人责任制	《安全生产法》第4、17条
2	分管负责人责任制	《安全生产法》第4、17条
3	安全生产管理机构和安全管理人员与责任制	《安全生产法》第19条
4	落实职能部门安全责任制	《安全生产法》第4、17条
5	建立健全落实车间(部门)领导责任制	《安全生产法》第4、17条
6	建立健全落实车间(部门)安全员责任制	《安全生产法》第4、17条
7	建立健全落实技术人员(工艺、设备、电气、分析化验、工程施工)责任制	《安全生产法》第4、17条
8	落实班组长、班组安全员责任制	《安全生产法》第4、17条
9	建立健全落实岗位操作人员(承诺书)责任制	《安全生产法》第4、17条
10	安全生产责任制的有效性	《安全生产法》第4、17条

表 4-7 安全生产规章制度制定、执行检查表

序号	检 查 内 容	依 据
1	从业人员的安全教育、培训	《安全生产法》第17、50条
2	从业人员的劳动防护用品(具)发放和穿戴管理制度	《安全生产法》第50条、《危险化学品生产企业安全生产许可证实施办法》第5条
3	安全设施、设备(进罐入塔、管道、安全生产禁令、锅炉压力容器、超重机械、电气设备、维护保养、交接班、巡回检查)管理制度	《危险化学品生产企业安全生产许可证实施办法》第5条
4	安全检查管理制度	《危险化学品生产企业安全生产许可证实施办法》第5条
5	隐患整改管理制度	《危险化学品生产企业安全生产许可证实施办法》第5条
6	事故调查处理管理制度	《危险化学品生产企业安全生产许可证实施办法》第5条
7	作业场所防火、防毒、防爆和职业卫生管理制度	《危险化学品生产企业安全生产许可证实施办法》第5条
8	安全生产奖惩制度	《危险化学品生产企业安全生产许可证实施办法》第5条

序号	检 查 内 容	依 据
9	安全生产规章制度的有效性	《危险化学品生产企业安全生产许可证实施办法》第5条
10	安全生产规章制度是否有修订程序	《危险化学品生产企业安全生产许可证实施办法》第5条

表 4-8　安生操作规程检查表

序号	检 查 内 容	依 据
1	生产岗位有操作安全规程（岗位操作法）	《安全生产法》第49条
2	预防生产过程中发生异常情况或误操作措施	《安全生产法》第50条
3	有紧急停车安全方案	《安全生产法》第33条
4	有生产操作数据记录	化工企业惯例
5	有交接班记录	化工企业惯例

表 4-9　安全生产管理机构和特种作业人员资质检查表

序号	检 查 内 容	依 据
安全管理机构与主要（负责）负责人、安全管理人员		
1	建立独立的安全生产管理机构	《安全生产法》第19条
2	主要负责人安全培训有效持证	《安全生产法》第20条
3	分管负责人安全培训有效持证	《安全生产法》第20条
4	专职安全管理人员安全培训有效持证	《安全生产法》第19、20条
5	特种作业人员必须按照国家有关规定权专门的安全作业训练，取得特种作业操作资格证书，方可上岗作业	《安全生产法》第23条安监管人字[2002]124号
其他从业人员		
6	新入厂培训教育	《安全生产法》第21、50条
7	变换工程培训教育	《安全生产法》第21、50条
8	开停工前教育	《安全生产法》第21、50条
9	新工艺、新技术、新设备、新产品投产前的专门教育	《安全生产法》第22条
10	定期进行安全知识教育	《安全生产法》第21条
11	外来人员管理、教育	《安全生产法》第41条
12	如实告知危险因素、防范措施和事故应急措施	《安全生产法》第36条

表 4-10　安全投入与工作保险检查表

序号	检　查　内　容	依　据
1	安全设施投资是否定期纳入预算	《安全生产法》第 24 条
2	安全培训教育费用是否满足	《安全生产法》第 39 条
3	安全生产奖励是否兑现	《安全生产法》第 15 条
4	安全防护用品经费是否按标准落实	《安全生产法》第 39 条
5	安全设施(监测、通风、防晒、调温、防火灭火、防爆、泄压、防毒、消毒、中和、防潮、防雷、防静电、防腐、防渗漏、防护围堤;连锁、报警、通信、防灼伤冲淋、洗浴、休息等)投入是否到位	《安全生产法》第 17、18 条《危险化学品安全管理条例》第 16 条
6	安全措施、隐患整改投入是否到位	《危险化学品安全管理条例》第 17 条
7	保证重大隐患治理费用	《危险化学品安全管理条例》第 17 条
8	企业参加工伤社会保险,为从业人员按时、足额缴纳工伤保险费	《安全生产法》第 43、48 条

表 4-11　重大危险源管理检查表

序号	检　查　内　容	依　据
1	按照《重大危险源辨识》GB 18218—2000 标准,识别、确定本企业的重大危险源清单	《安全生产法》第 33 条
2	重大危险源应当依法登记	《安全生产法》第 33 条
3	重大危险源应当建立档案	《安全生产法》第 33 条
4	重大危险源和生产装置和储存设施与社会重要场所、区域的距离应当符合国家标准	《危险化学品安全管理条例》第 10 条、《建筑设计防火规范》GBJ 16—87(2001 年版)
5	重大危险源监控措施	《安全生产法》第 33 条
6	重大危险源场所有无风向标	《化工企业安全卫生设计规定》HG 20571—95
7	重大危险源应急措施或预案	《安全生产法》第 33 条
8	重大危险原(检测、评估报告、监控措施和应急措施)应向当地安全管理部门备案	《安全生产法》第 33 条

表 4-12　事故应急救援预案与（非正常）事故处理检查表

序号	检查内容	依据
1	按《危险化学品事故应急救援预案编制导则（单位版）》规定编制危险化学品事故和其他生产安全事故应急救援预案文件	《安全生产法》第 17 条、《危险化学品安全管理条例》第 50 条
2	配备应急救援组织或者应急救援人员,大型企业应设立应急救援队伍	《危险化学品安全管理条例》第 48、50 条
3	大型易燃、易爆化学品生产企业有专职消防队;其他危险化学品生产企业有义务消防队	《建筑设计防火规范》GBJ 16—87(2001 年版)
4	应急救援器材、设备维护保养检修记录	《安全生产法》第 29 条
5	24h 有人值班	企业值班制度
6	定期组织演习	《危险化学品安全管理条例》第 50 条
7	危险化学品事故应急救援预案应向当地安全管理部门备案	《危险化学品安全管理条例》第 50 条
8	应急救援器材、设备(氧气呼吸器等)急救用设施现场配备齐全,随时可用	《危险化学品安全管理条例》第 50 条
9	有全装置停电时或局部停电时应急处理方案及措施	《安全生产法》第 33、36 条
10	有蒸汽压力下降或中断时的应急措施	《安全生产法》第 33、36 条
11	有循环水压力下降或中断时的应急措施	《安全生产法》第 33、36 条
12	有仪表风压力下降或中断时的应急措施	《安全生产法》第 33、36 条
13	有毒、有害气体(液体)大量泄漏时的应急措施	《安全生产法》第 33、36 条
14	有可燃物料跑冒和着火时的应急措施	《安全生产法》第 33、36 条
15	有急性中毒、触电等的紧急救护措施	《安全生产法》第 33、36 条
16	有紧急停工措施	《安全生产法》第 33、36 条
17	有超温、超压发生爆炸时的应急措施	《安全生产法》第 33、36 条
18	前 3 年有无发生生产安全事故,追究事故责任人员的法律责任	《安全生产法》第 13 条
19	按"四不放过"原则对事故调查处理	《国务院关于进一步加强安全生产工伤的决定》国发[2004]2 号

表 4-13　安全生产监督综合检查表

序号	检 查 内 容	依 据
1	企事业定期进行安全生产检查	《安全生产法》第 38 条
2	开展节假日前的安全生产检查	《安全生产法》第 38 条
3	专业性(工艺、设备、电气、防暑降温等)安全检查	《安全生产法》第 38 条
4	季节性安全检查	《安全生产法》第 38 条
5	经常性安全检查	《安全生产法》第 38 条
6	每天监控检查重大危险源	《安全生产法》第 38 条
7	班组每天查,车间每周查,厂部每月查	《安全生产法》第 38 条
8	查出的隐患整改,定人定期定措施完成;按隐患分级管理的原则,对重大事故隐患,必须立即整改或停产整改	《危险化学品安全管理条例》第 17 条

表 4-14　安全生产综合管理检查表

序号	检 查 内 容	依 据
1	危险化学品生产、储存企业应当向安全主管部门办理登记	《危险化学品安全管理条例》第 47 条
2	新、扩、改建项目,重大技术改造工程及引进项目必须按国家规定进行评价、审批	《安全生产法》第 24 条、《危险化学品安全管理条例》第 11 条
3	安全设施定期检测,有记录、签字	《安全生产法》第 29 条
4	危险性全套特种设备检验合格	《安全生产法》第 30 条
5	有化学品安全技术说明书(MSDS)	《危险化学品安全管理条例》第 14 条
6	产品包装有安全标签	《危险化学品安全管理条例》第 11 条
7	危险化学品的包装物、容器是经有资质的定点企业生产的	《危险化学品安全管理条例》第 21 条
8	危险化学品生产企业应当向政府主管部门办理登记	《危险化学品安全管理条例》第 48 条
9	安全基础资料(档案)齐全;有安全管理图表,如安全生产保证体系图;防火重点分布图;历年事故频率图;尘、毒、噪声"三点"分布图;防雷防静电接地点分布图;可燃性气体检测报警器分布图	《化工企业安全管理制度》[1991]化劳字第 247 号

序号	检 查 内 容	依 据
10	安全管理档案、台账齐全:有安全管理档案台账、安全教育档案、安全检查台账、特种作业人员管理档案、安全奖惩记录、隐患登记与整改台账、安全措施项目档案、特种设备管理台账、工业卫生档案、防火重点部位安全管理档案、安全技术装备管理台账	《化工企业安全管理制度》[1991]化劳字第247号
11	动火证、电气作业"三票"、破土票、占道票、射线作业票、容器内作业票按规定进行标语管理和审批,且符合安全要求	《厂区动火作业安全规程》HG 23011—1999
12	外来人员和施工单位纳入安全管理检查范围	《安全生产法》第40、41条

4.2.2 预先危险分析

预先危险分析是一项实现系统安全危害分析的初步或初始工作,是在方案初期阶段或设计阶段之初完成的,可以帮助选择技术路线。通常在工程项目预评价中得到应用。应用于现有工艺过程及装置的危险辨识,也会收到很好的效果。

通过预先危险分析(PHA),可以达到以下目的:

① 大体识别与系统有关的主要危险;

② 鉴别产生危险的原因;

③ 预测事故出现对人体及系统产生的影响;

④ 判定已识别的危险性等级,并提出消除或控制危险性的措施。

4.2.2.1 预先危险分析步骤

① 通过经验判断、技术诊断或其他方法调查确定危险源(即危险因素存在于哪个子系统中),对所需分析系统的生产目的、物料、装置及设备、工艺过程、操作条件以及周围环境等,进行充分详细的了解。

② 根据过去的经验教训及同类行业生产中发生的事故(或灾害)情况,(对系统的影响、损坏程度)类比判断所要分析的系统中可能出现的情况,查找能够造成系统故障、物质损失和人员伤害

的危险性，分析事故（或灾害）的可能类型。

③ 对确定的危险源分类，制成预先危险性分析表。

④ 转化条件，即研究危险因素转变为危险状态的触发条件和危险状态转变为事故（或灾害）的必要条件，并进一步寻求对策措施，检验对策措施的有效性。

⑤ 进行危险性分级，排列出重点和轻重缓急次序，以便处理。

⑥ 制定事故（或灾害）的预防性对策措施。

4.2.2.2 预先危险分析的要点

（1）划分危险等级

在分析系统危险性时，为了衡量危险性的大小及其对系统的破坏程度，将各类危险性划分为以下 4 个等级，如表 4-15 所列。

表 4-15 危险性等级划分

级别	危险程度	可能导致的后果
I	安全的	不会造成人员伤亡及系统损坏
II	临界的	处于事故的边缘状态,暂时还不至于造成人员伤亡、系统损坏或降低系统性能,但应予以排除或采取控制措施
III	危险的	会造成人员伤亡和系统损坏,要立即采取防范对策措施
IV	灾难性的	造成人员重大伤亡及系统严重破坏的灾难性事故,必须予以果断排除并进行重点防范

（2）考虑工艺特点、危险性和危险状态以及影响因素

① 原料、中间和最终产品。

② 操作环境。

③ 装置设备。

④ 设备布置。

⑤ 操作活动（测试、维修等）。

⑥ 系统之间的连接。

⑦ 各单元之间的联系。

⑧ 防火及安全设备等的危险性和危险状态。

在完成预先危险分析（PHA）过程中应考虑以下因素。

① 危险设备和物料，如燃料、高反应活性物质、有毒物质、

爆炸、高压系统、其他储运系统。

② 设备与物料之间与安全有关的隔离装置，如物料的相互作用，火灾、爆炸的产生和扩大、控制，停车系统。

③ 影响物料和设备的环境因素，如地震、洪水、振动、极端环境温度、静电、雷电、湿度。

④ 操作、测试、维修及紧急处置程序，如人为失误的可能性、操作人员的作用、设备布置、可接近性、人员的安全保护。

⑤ 辅助设施，如储槽、测试设备、公用工程、培训。

⑥ 与安全有关的设备，如安全系统、灭火和消防设备等。

甲醛生产过程中的预先危险性分析见表 4-16～表 4-23。

表 4-16　甲醛生产过程中的预先危险性分析（A）

系统：甲醛 6 万吨/年	制　　表
潜在事故	火灾、爆炸
危险因素	易燃易爆物质、可燃物质(如甲醇、甲醛、甲缩醛等)、压力容器爆炸、工艺控制失常
原因事件	1. 故障泄漏 ①储罐、塔、反应器、管线阀门、法兰等破损、泄漏。 ②罐、塔、器、管、阀、表等连接处泄漏，泵破裂或转动设备密封处泄漏。 ③罐、塔、器、管、阀等因加工、材质、焊接等质量不好或安装不当而泄漏。 ④撞击或人为损坏造成容器、管道泄漏，以及储罐、塔等超装溢出。 ⑤由自然灾害(如雷击、台风、地震)造成设备破裂泄漏。 2. 运行泄漏 ①超温、超压造成破裂、泄漏。 ②安全阀等安全附件失灵、损坏或操作不当。 ③进出料配比、料量、速度不当造成反应失控导致容器、管道等破裂、泄漏。 ④物料在容器、管道堵塞而造成破裂、泄漏。 ⑤热交换不充分而造成能量过量积聚，导致罐、塔、器等破裂、泄漏。 ⑥垫片撕裂造成泄漏，以及骤冷、急热造成罐、塔、器等破裂、泄漏。 ⑦承压容器未按有关规定及操作规程操作。 ⑧转动部件不清洁而摩擦产生高温及高温物件遇易燃物品。 3. 工艺操作失误
发生条件	①易燃爆物蒸气压达爆炸极限。 ②易燃物质遇明火。 ③存在点火源、静电、高温物体等引发能量

系统:甲醛 6 万吨/年	制　　表
触发事件	①明火:火星飞溅;违章动火;外来人员带入火种;物质过热引发;点火吸烟;别处火灾蔓延;其他火源。 ②火花:金属撞击(带钉皮鞋、工具碰撞等);电气火花;线路老化,引燃绝缘层;短路电弧;静电;雷击;进入车辆未配置阻火器等(一般禁止驶入);焊、割、打磨产生火花。 ③其他
事故后果	物料跑损、人员伤亡、停产、造成严重经济损失
危险等级	Ⅲ-Ⅳ
火灾、爆 炸防范措施	1. 控制与消除火源 ①加强门卫看管,严禁吸烟、火种和穿带钉皮鞋、不带阻火器车辆进入易燃易爆区。 ②严格执行动火证制度,并加强防范措施。 ③易燃易爆场所一律使用防爆性电气设备。 ④严禁钢质工具敲击、抛掷,不使用发火工具。 ⑤按标准装置避雷设施,并定期检查。 ⑥严格执行防静电措施。 2. 严格控制设备及其安装质量 ①罐、塔、器、泵、阀、管线质量。 ②压力容器、管道及其仪表要定期检验、检测、试压。 ③对设备、管线、泵、阀、报警器监测仪表定期检、保、修。 ④设备及电气按规范和标准安装,定期检修,保证完好状态。 ⑤易燃易爆物挥发、散落场所的高温部件采取隔热、密闭措施。 3. 加强管理,严格工艺条件,防止易燃、易爆物料的跑、冒、滴、漏 ①禁火区内根据"危险化学品管理条例"的要求张贴作业场所危险化学品安全标签。 ②杜绝"三违"(违章作业、违章指挥、违反劳纪),严格遵守工艺规定,防止工艺参数发生变化。 ③坚持巡回检查,发现问题及时处理,如压力表、安全阀、防爆膜、管线冻防腐、消防及救护设施是否完好;罐、塔、器、管、进出料阀等有否泄漏;消防通道、地沟是否畅通。 ④检修时做好隔离、清空、通风,在监护下进行动火等作业。 ⑤加强培训、教育、考核工作,经常性检查是否有违章、违纪现象。 ⑥防止易燃、易爆物料的跑、冒、滴、漏。 ⑦严防车辆撞坏管线、管架桥等设施。 ⑧严格控制工艺条件。 4. 安全设施保持齐全、完好 ①安全设施(包括消防设施)保持齐全完好。 ②易燃易爆场所安装可燃气体监测报警装置

表 4-17　甲醛生产过程中的预先危险性分析（B）

系统：甲醛 6万吨/年	制　　表
潜在事故	中毒、窒息
危险因素	①有毒物料(甲醛、甲缩醛等)泄漏。 ②检修、抢修作业时接触有毒或窒息性物料
原因事件	①生产过程中的主要有毒有害物料发生泄漏。 ②检修、维修、抢修时，罐、塔、器、管、阀等中的有毒有害物料未彻底清洗干净。 ③在容器内作业时缺氧
发生条件	①有毒物料超过容许浓度。 ②毒物摄入体内。 ③缺氧
触发事件	①毒物及窒息性物质浓度超标。 ②通风不良。 ③缺乏泄漏物料的危险、有害特性及其应急预防方法的知识。 ④不清楚泄漏物料的种类，应急不当。 ⑤在有毒物现场无相应的防毒过滤器、面具、氧气呼吸器以及其他有关的防护用品。 ⑥因故未佩戴防护用品。 ⑦防护用品选型不当或使用不当。 ⑧救护不当。 ⑨在有毒或缺氧、窒息场所作业时无人监护
事故后果	物料跑损、人员中毒窒息
危险等级	Ⅲ
中毒防范措施	①严格控制设备及其安装质量；防止中毒及物料的跑、冒、滴、漏；加强管理，严格工艺；安全设施保持齐全、完好。 ②严防车辆行驶时撞坏管线、管架及其他设备。 ③泄漏后应采取相应措施。 ④查明泄漏源点，切断相关阀门，消除泄漏等，及时报告。 ⑤定期检修、维修保养，保持设备完好；检修时，彻底清洗干净，并检测有毒有害物质浓度含量，合格后方可作业；作业时，穿戴劳动防护用品，有人监护并有抢救后备措施。 ⑥要有应急预案，抢救时勿忘正确使用防毒过滤器、氧气呼吸器及其他劳动防护用品。 ⑦组织管理措施 a. 加强检查、检测有毒有害物质有否跑、冒、滴、漏。 b. 教育、培训职工掌握有关毒物的毒性，预防中毒、窒息的方法及其急救方法。 c. 要求职工严格遵守各种规章制度、操作规程。 d. 设立危险、有毒、窒息性标志。 e. 设立急救点，配备相应的急救药品、器材。 f. 培训医务人员对中毒、窒息等的急救处理能力

表 4-18 生产过程中的预先危险性分析（C）

系统：甲醛 6 万吨/年	制　　表
潜在事故	灼烫
危险因素	甲醛、甲缩醛等化学物质、高温物料（导热油、蒸气、反应物料）、高温器体（反应器、蒸发器、导热油炉以及热力管道）
原因事件	①高温物料（如导热油、蒸气、反应物料）泄漏；甲醛、甲缩醛等化学物质泄漏。 ②搬运、使用等作业时无意触及。 ③清洗罐、阀、泵、管等设备时触及，或由于清洗不净而在检修时触及
发生条件	化学物料、高温物料等溅入人体
触发事件	①泄漏的化学物料、高温物料溅及人体。 ②工作时不小心触及高温物料及化学物料。 ③工作时人体无意触及高温器体表面
事故后果	导致人员灼烫伤
危险等级	Ⅱ
灼烫伤防范措施	①防止泄漏首先选用质量合格的管线、容器等，并精心安装。 ②合理选用防腐材料，保证焊缝质量连接密封性。 ③定期检查跑、冒、滴、漏，保持罐、塔、器、管、阀完好，保护保温层完好无缺。 ④高温物料作业，必须穿戴相应防护用品。 ⑤检查、检修设备，必须先清洗干净并作隔离，且检测合格。 ⑥加强对有关化学品和高温物料的灼烫伤预防知识和应急处理方法的培训和教育。 ⑦设立救护站，并配备相应的器材和药品，如洗眼器等。 ⑧设立警示标志

表 4-19 甲醛生产过程中的预先危险性分析（D）

系统：甲醛 6 万吨/年	制　　表
潜在事故	触电
危险因素	漏电、绝缘损坏、安全距离不够、雷击
原因事件	①手及人体其他部位，随身金属物品触及带电体，或因空气潮湿，安全距离不够，造成电击等。 ②电气设备漏电、绝缘损坏，如电焊机无良好保护措施，外壳漏电、接线端子裸露、更换电焊条时人触及焊钳或焊接变压器一次、二次绕组损坏，利用金属结构、管线或其他金属物作焊接回路等。 ③电气设备金属外壳接地不良。

系统:甲醛 6万吨/年	制　表
原因事件	④防护用品、电动工具验收、检验、更新程序有缺陷。 ⑤防护用品、电动工具使用方法未掌握。 ⑥电工违章作业或非电工违章操作。 ⑦雷电(直击雷、感应雷、雷电侵入波)
发生条件	①人体接触带电体。 ②安全距离不够,引起雷击穿。 ③通过人体的电流时间超过 35mA/s。 ④设备外壳带电
触发事件	①设备、临时电源漏电。 ②安全距离不够(如架空线路、室内线路、变配电设备、用电设备及检修的安全距离)。 ③绝缘损坏、老化。 ④保护接地、接零不当。 ⑤手持电动工具类别选择不当,疏于管理。 ⑥建筑结构未做到"五防一通"(即防火、防水、防漏、防雨雪、防小动物和通风良好)。 ⑦防护用品和工具质量缺陷或使用不当。 ⑧雷击
事故后果	人员伤亡、引发二次事故
危险等级	Ⅲ
触电防范措施	①电气绝缘等级要与使用电压、环境、运行条件相符,并定期检查、检测、维护、维修,保持完好状态。 ②采用遮拦、护罩、箱匣等防护措施,防止人体接触带电体。 ③架空、室内线,所有强电设备及其检修作业要有安全距离。 ④严格按标准要求对电气设备做好保护接地和三相接零。 ⑤金属容器或在危险空间内作业,宜用 12V 电设备,并有监护。 ⑥电焊机绝缘完好,接线不裸露,定期检测漏电,电焊作业者穿戴防护用品,注意夏季防触电,有监护和应急措施。 ⑦根据作业场所特点正确选择Ⅰ、Ⅱ、Ⅲ类手持电动工具,临时电源要有漏电保护,确保用电设备安全可靠,并根据要求严格执行安全操作规程。 ⑧建立、健全并严格执行电气安全规章制度和电气操作规程。 ⑨坚持对员工进行电气安全操作和急救方法知识的培训、教育。 ⑩定期进行电气安全检查,严禁"三违"。 ⑪对防雷措施进行定期检查、检测,保持完好、可靠状态。 ⑫制定并执行电气设备使用、保管、检验、维修、更新程序。 ⑬特种电气设备执行培训、持证上岗,专人使用制度。 ⑭按制度对强电线路加强管理、巡查、检修

表 4-20　甲醛生产过程中的预先危险性分析（E）

系统:甲醛 6 万吨/年	制　　表
潜在事故	物体打击
危险因素	物体坠落
原因事件	①未戴安全帽。 ②在起重或高处作业区域行进、停留。 ③在高处有浮物或设施不牢、即将倒塌的地方行进或停留。 ④吊具缺陷严重(如因吊具磨损而强度不够、吊索选用不当等)。 ⑤违反"十不吊"制度。 ⑥燃爆事故波及
发生条件	坠落物体击中人体
触发事件	①高处有未被固定的物体因碰撞或风吹等坠落。 ②工具、器具等上下抛掷。 ③起重吊装作业,因捆扎不牢或有浮物,或吊具强度不够或斜吊斜拉致使物体倾斜。 ④设施倒塌。 ⑤爆炸碎片抛掷、飞散。 ⑥违章作业、违章指挥、违反劳动纪律
事故后果	人员伤亡
危险等级	Ⅲ
物体打击 防范措施	①起重设备按规定进行检查、检测、保持完好状态。 ②起重作业人员持证上岗,严格遵守"十不吊"。 ③高处作业要严格遵守"十不登高"。 ④避免起重、高处作业和其他有坠落危险区域的行进和停留。 ⑤高处需要的物件必须合理摆放并固定牢靠。 ⑥及时清除、加固可能倒塌的设施。 ⑦加强对员工的安全意识教育,杜绝"三违"。 ⑧加强防止物体打击的检查和安全管理工作。 ⑨作业人员、进入现场的其他人员都应穿戴必要的防护用品,特别是安全帽

表 4-21　甲醛生产过程中的预先危险性分析（F）

系统：甲醛 6 万吨/年	制　　表
潜在事故	高处坠落
危险因素	进行登高架设、检查、检修等作业
原因事件	①高处作业有洞无盖、临边无栏，不小心造成坠落。 ②无脚手架、板，造成高处坠落。 ③梯子无防滑措施，或强度不够、固定不牢造成跌落。 ④高处行道、塔杆、扶梯、管线架桥及护栏等锈蚀，或强度不够造成坠落。 ⑤未穿防滑鞋或防护用品穿戴不当，造成滑跌坠落。 ⑥在大风、暴雨、雷电、霜冻、积雪条件下登高作业，不慎跌落。 ⑦吸入有毒、有害气体或氧气不足、身体不适造成跌落。 ⑧作业时嬉戏打闹
发生条件	①2m 以上高处作业。 ②作业面下是设备或硬质地面
触发事件	①无脚手架和防坠落措施，踩空或支撑物倒塌。 ②高处作业面下无安全网或挂结不可靠。 ③未系安全带或安全带挂结不牢靠。 ④安全带、安全网损坏或不合格。 ⑤违反"十不登高"制度。 ⑥未穿防滑鞋、紧身工作服。 ⑦违章作业、违章指挥、违反劳动纪律。 ⑧情绪不稳定，疲劳作业，身体有疾病，工作时精力不集中
事故后果	人员伤亡
危险等级	Ⅲ
高处坠防范措施	①作业人员必须在身心健康的状态下登高作业，必须严格执行"十不登高"。 ②登高作业人员必须穿戴防滑鞋、紧身工作服、安全帽，系好安全带。 ③事先搭设脚手架等安全设施。 ④在屋顶、塔杆、储罐等高处作业时须设防护栏杆、安全网。 ⑤入罐进塔工作时要检测毒物浓度、氧含量，并有现场监护。 ⑥上下层交叉作业须搭设严密牢固的中间隔板、罩棚作隔离。 ⑦临边、洞口要做到"有洞必有盖"、"有边必有栏"以防坠落。 ⑧安全带、安全网、栏杆、护墙、平台要定期检查确保完好。 ⑨六级以上大风、暴雨、雷电、霜冻、大雾、积雪等恶劣气候条件下尽可能避免高处作业。 ⑩可在地面进行的作业，尽量不要安排在高处做，即"尽可能高处作业平地做"。 ⑪加强对登高作业人员的安全教育、培训、考核工作。 ⑫坚决杜绝登高作业中的"三违"

表 4-22 甲醛生产过程中的预先危险性分析（G）

系统:年产 6万吨甲醛 生产项目	制　　表
潜在事故	腐蚀危害
危险因素	甲醛等
原因事件	①大气腐蚀。 ②电化学腐蚀。 ③缝隙腐蚀。 ④孔蚀
发生条件	①甲醛氛围。 ②湿度大。 ③雨、霜、冰雪等。 ④有腐蚀介质
触发事件	①在应力作用下产生晶间腐蚀。 ②在高度应力作用下产生腐蚀疲劳
事故后果	设备腐蚀
危险等级	Ⅲ
腐蚀危害 防范措施	①选择合适的材料。 ②涂防护涂层。 ③内衬防腐涂料。 ④采用电偶序相同的材料。 ⑤采用缓冲剂或进行电化学保护。 ⑥加强维护保养

表 4-23 甲醛生产过程中的预先危险性分析（H）

系统:甲醛 6万吨/年	制　　表
潜在事故	噪声危害
危险因素	风机、空压机、泵、机械传动、摩擦、撞击等噪声
原因事件	①作业人员在噪声强度大的场所作业。 ②蒸汽等带压泄漏或排空
发生条件	缺乏个体防护用品(护耳器等)
触发事件	①装置没有减震、降噪设施。 ②减震、降噪设施无效。 ③未戴个体护耳器。 ④护耳器无效:a. 选型不当;b. 使用不当;c. 护耳器已经失效

系统:甲醛 6 万吨/年	制　　　表
事故后果	听力损伤
危险等级	Ⅱ
噪声防范措施	①采取隔声、吸声、消声等降噪措施。 ②设置减震、声阻尼等装置。 ③佩戴适宜的护耳器。 ④实行时间防护,即事先做好充分准备,尽量减少不必要的停留时间

甲醛生产过程预先危险性分析汇总见表 4-24。

表 4-24　甲醛生产过程中的危险性预先分析汇总

序　号	危险危害因素	危险性等级
1	火灾、爆炸	Ⅲ-Ⅳ
2	中毒、窒息	Ⅲ-Ⅳ
3	触电	Ⅲ
4	物体打击	Ⅲ
5	高处坠落	Ⅲ
6	腐蚀	Ⅲ
7	灼烫	Ⅱ
8	噪声危害	Ⅱ

4.2.3　危险和可操作性研究（HAZOP）

危险和可操作性研究（HAZOP）是英国帝国化学工业公司（ICI）于 1974 年开发的,主要是在设计定型审查阶段,用它发现潜在的危险性和操作难点。由于这种方法能对变化动态过程中新出的危险性作出判断,所以在化工生产运行过程中得到了广泛运用。

4.2.3.1　危险和可操作性研究（HAZOP）简介

（1）目的

危险和可操作性研究（HAZOP）是对工艺设计运用引导词进行系统性地,识别正常运作情况下可能产生的偏差以供验证的过程。HAZOP 研究的目的主要是调动生产操作人员、安全技术人员、安全管理和相关设计人员的专业知识和能力,使其能够找出工艺装置中的主要危险和有害因素。危险和可操作性研究也能作为确定事故树"顶上事件"的一种方法。

(2) 背景说明

危险和可操作性研究（HAZOP）概念中涉及对装置与设计意图偏差的研究。如果在进行 HAZOP 研究时，在识别问题的过程中，问题的答案非常清晰，即可作为 HAZOP 研究的结论记录下来，但必须注意避免寻找不清晰的解决方案，因为 HAZOP 研究的主要目标是识别问题。在涉及新设计或技术的情况下，HAZOP 研究可用来作为以经验为基础的实践的补充，同时 HAZOP 研究也可以应用到装置运行的几乎所有阶段中的各个部分。HAZOP 研究是基于若干个具有不同背景的专业技术人员的集体智慧，当他们在一起工作时，相比其单独工作时，可以互相促进鉴别出更多的问题。

"引导词"（或称"关键词"或"导引词"）是 HAZOP 研究最显著的特点，另外还需要运用若干个基本的分析方法。如通过召开系列的会议，使用"头脑风暴法"，借助引导词和专业人员的知识和经验对装置设计展开分析和审查。在推断事故的可能性和严重性时，可以采用定性风险评估的方法。

实施 HAZOP 的最佳时机是在设计已基本定型的时期。此时，设计数据已足够满足对 HAZOP 中的问题作出有意义的回答，同时，仍有可能对设计作出必要的修改而无需大的费用。不过HAZOP 可以在设计接近完成的任何阶段实施。例如，在许多旧装置正在更新其控制和仪表系统时，HAZOP 研究中的偏差方法与控制理论中将偏差控制趋向于零的原则不谋而合，所以在控制系统重新设计接近完成前，进行 HAZOP 研究将会非常有效。

HAZOP 成与败取决于以下几个因素：

① 作为分析基础的图纸和其他数据的完整性和精确性；

② 分析小组具有的技术素质和洞察力；

③ 分析小组使用 HAZOP 方法的能力，该能力可作为提高其在分析可见偏差、原因和后果时的想象力的抓手；

④ 分析小组研究和解决识别出的重大危险的能力。

HAZOP 的基本原理是全面考察分析对象，对每一个细节提出问题，例如在工艺过程考察中，要了解每一阶段在生产运行中会出现哪些温度、压力、流量等参数和设计要求不一致，即所谓发生偏差。进一步研究出现偏差的原因，会产生什么后果，以及采取何种措施解决。

为了引导思路并使之处于一定范围，避免漫无边际地提问，因此提问时只用几个引导词，这几个字基本能覆盖所有出现偏差的情况。引导词的名称和含义见表 4-25。

表 4-25　引导词的名称和含义

引导词	意　义	说　明
NO 否	设计要求未出现	未发生设计规定的事件
MORE 多	较设计规定要求增加	量的增加
LESS 少	较设计规定要求减少	量的减少
AS WELL AS 以及	质的变化	虽然可达到设计和生产要求，但质的方面发生变化，如出现组成或相的变化
PART OF 部分	数量和质量的变化	仅能达到设计的部分要求
REVERSE 反向	与设计要求相反的情况	如发生逆流、逆反应等
OTHER THAN 其他	出现另外不同的事件	发生了不同事件，不能达到设计和生产标准的要求

引导词主要起引导思路的作用，可以根据需要增删，但不能过多，否则就失去意义。MORE/LESS 也可以用 HIGH/LOW 等表示。引导词是危险和可操作性研究（HAZOP）的关键要素之一，值得给予更多的关注。以下对连续运行装置的 HAZOP 引导词进行必要的剖析（见表 4-26 和表 4-27）。

表 4-26　装置管道危险和可操作性研究引导词的应用

偏　差	影　响　因　素
流量大	泵控制不稳，受器反应罐无压力，抽吸，换热器漏，自控失灵
流量小	泵故障，反应器入口管结垢，出现异物或沉积物，抽吸力弱，空穴现象，换热器漏，阀堵塞
无流量	泵故障，受器反应罐超压，气锁，出现异物、结垢、沉积，上游无物料，接头、管道、阀门、疏水阀、防爆膜和安全阀失灵

偏　差	影　响　因　素
反向流动	泵故障、泵装反、受器反应罐超压、止回阀失灵、气锁、冲击、反虹吸
高压、低压、高温、低温	沸腾、空穴、结冰、化学分解、闪蒸、凝结、沉淀、结垢、泡沫、气体泄漏、爆炸、爆聚、黏度和密度变化、气象条件
静电积聚	点火源、人为打击
浓度高、浓度低	混合物、水或溶剂中比例变化
污染物	从高压系统、换热器的泄漏进入空气、水、蒸气、燃料、润滑油、腐蚀性物质、工艺中其他物料、气体夹带、喷射、起沫等
测试	无害物料的压力和真空测试
调试	反应物和中间物的浓度、异常流量、温度、压力等
维修	吹扫、通风、消毒、干燥、加温、进入、清洗、备件
管线	管线需要特殊考虑
公用工程条件中断	全部或局部发生故障或综合性故障，装置和仪表盘的照明，报警装置的电源，局部或一般故障时的控制动作
其他非计划停车	停车手续和通信系统，与其他装置和工段的联系等

表 4-27　设备危险和可操作性研究引导词应用

偏　差	影　响　因　素
反应过度/反应不足	起泡，其他反应，反应失控，生成大量气体，放热，吸热，浓缩，催化剂
过度混合/混合不足	搅拌器故障，涡流，起层，腐蚀
高压、低压、高温、低温	沸腾、气蚀、结冰、化学分解、闪蒸、凝结、沉淀、结垢、起泡、气体泄漏、爆炸、爆聚、黏度和密度变化、气象条件、外部火源、敲击
静电积聚	点火源、人为打击
浓度高、浓度低	混合物、水或溶剂中比例变化
污染物	从高压系统、换热器的泄漏进入空气、水、蒸气、燃料、润滑油、腐蚀性物质、工艺中其他物料、气体夹带、喷射、起沫等
测试	无害物料的压力和真空测试
调试	反应物和中间物的浓度、异常流量、温度、压力等
维修	吹扫、通风、消毒、干燥、加温、进入、清洗、备件
管线	管线需要特殊考虑
公用工程条件中断	全部或局部发生故障或综合性故障，装置和仪表盘的照明，报警装置的电源，局部或一般故障时的控制动作
其他非计划停车	停车手续和通信系统，与其他装置和工段的联系等

进行 HAZOP 的最佳时机是设计方案基本定型的时候，这时对研究提出的问题可以得到有意义的答案，有可能对设计作出修改，而不会造成明显的损失。当然在生产运行过程中使用 HAZOP 方法也会取得有益的结果。

危险和可操作性研究（HAZOP）的意义和作用如下：

① 识别导致安全和可操作性的设计缺陷；

② 帮助安全设计工厂；

③ 可以作为工厂设计步骤中的一个程序；

④ 帮助培训的进行；

⑤ 帮助准备操作手册；

⑥ 是对设计从安全、可操作性、规范符合性等方面严格和系统的检查；

⑦ 向管理层、政府机构和公众说明防治危险的可能性工作已完成。

虽然 HAZOP 研究被广泛采用，但 HAZOP 研究也有缺陷，如费时、需要各专业参与以及它是一种工作程序，而不是解决方案等。

（3）分析流程

HAZOP 研究实施包含以下几个步骤：

① 确定工作目的、目标和研究范围；

② 成立研究小组；

③ 研究前的准备；

④ 实施小组研究；

⑤ 记录结果；

⑥ HAZOP 研究报告。

其中的一些步骤是可以同时发生、穿插进行的，例如，小组对设计进行审核，记录发现的问题，并且利用发现的问题再分析其他问题，这样的过程是连续和相互渗透的。

以下分步骤予以讨论。

① 确定工作目的、目标和研究范围　HAZOP 研究的目的、

目标和研究范围应尽可能清晰地表达。虽然，总的目标是识别出危险和操作性的问题，但相关方仍然需要明晰出主要的目的和目标，它们可能是：a. 检查设计的安全性；b. 决定是否建或在何处建；c. 制出对供应商的问询清单；d. 检查操作/安全程序；e. 提高现有设施的安全性；f. 检查安全仪表系统是否处于最佳状态。

一些重要的后果也必须加以考虑，如：a. 雇员安全；b. 装置或设备故障；c. 生产中断；d. 可靠性；e. 保险性；f. 公共安全；g. 环境影响。

例如，某次 HAZOP 研究的目标可能是确定在何处建厂对公共安全的影响最小。此时，HAZOP 研究应重点关注偏差可能对厂区外造成的影响。

② 成立研究小组　根据研究对象，成立一个由多方面专业技术人员组成的研究小组，并指定小组负责人。理想地，该小组由5～7 人组成，对小型装置的分析而言，成员应更少一点。如果人员过多，将导致小组目标的实现难以通畅；另一方面，如果成员过少，小组成员知识的深度和广度可能不能确保分析的完整性。小组负责人应具备 HAZOP 研究的经验，其他成员应是与装置运行相关领域的专业人员；例如小组成员可能包括但不限于设计工程师、工艺工程师、运行主管、电仪工程师、化学师、维修主管、安全工程师（如果不是组长）。

HAZOP 小组的职责包括但不限于：

a. 识别所有安全和可操作性问题的原因；

b. 针对足够严重的问题或没有足够保护措施的问题提出解决方案；

c. 对有怀疑的建议进行进一步的研讨；

d. 确保提出的所有因素全部被记录等。

HAZOP 组长的职责包括：

a. 组长负责目标指导下的研究，与研究的项目或装置应无关；

b. 组长必须相信可以达到并能控制；

c. 无论其他成员级别多高，组长全权负责 HAZOP 控制；

d. 组长不必寻求所有小组成员的同意才结束某一事项的讨论；

e. 组长应控制辩论，但不参加争论，保持中立；

f. 防止发生冲突，鼓励沉默者发言，停止无益的讨论；

g. 负责控制进度，控制每一个单元的开始和结束；

h. 确保识别了所有的安全问题，所有的因素都经过讨论，拒绝接受"没有问题"的答案；

i. 通过适当的方式激励小组成员，可能时应作总结并寻求统一意见。

HAZOP 小组应充分重视小组成员的意见，关注小组成员的质量，期望小组成员能愿意贡献并能清楚表达想法，愿意接受经验外的情况，能提供要求的输出，更重要的，具有团队合作的精神。

③ 研究准备 准备的量取决于装置的规模和复杂程度，通常准备工作由以下三个步骤组成。

a. 获得必要的数据资料。数据资料由各种各样的图纸、指导书等组成，包括管线图、流程图、装置布置图、空视图，以及装配图和操作指南、仪表程序控制图、逻辑图、算法图等，也可能包括装置手册和设备制造商手册。必须对上述数据资料进行认真研究，确保其适用性，并且不包括矛盾和歧义的地方。

b. 将数据资料转换成合适的形式并规划研究程序。在该步骤中，工作量的大小取决于装置的类型。对连续运行的装置，准备工作相对少些。最新的流程图、管道和仪表图通常涵盖了分析所用的全部信息，只要准备足够数量的拷贝即可。同样，分析程序也是比较平直的。分析小组从工艺的起端开始往下游推进，在特定的节点，使用引导词进行分析研究。这些节点在 HAZOP 会议前由小组负责人确定，并且通常设定在不同的管道部分。这些节点上的工艺参数（压力、温度、流量等）能明确地体现设计意图。节点间的装置元件（泵、容器、换热器等）能引起节点间工艺参数变化。在会议前确定的研究节点，有可能随着对工艺理解的加深，在研究的过程中会有所变化。

对于间歇装置，由于手动操作需要的数据更多，准备工作的深度通常要更大，因此，操作程序在 HAZOP 研究中所占比例很大。这些操作资料可从操作指南、逻辑图或仪表程序图中得到。在一些情况下（如有两批或更多批的材料同时被处理时），可能需要显示出在某一时间下每一台容器的状态。如果操作员不仅仅是简单地控制工艺过程，而且其行为也是工艺过程必备的一部分，那么，这些行为最好也能在工艺流程图中反映出来。

小组负责人应在分析研究开始前根据装置的操作程序准备一份工作计划，以确保研究工作的合理有序。小组负责人通常还需要准备设备方面的资料，这些资料应反映出设备与操作员以及设备与设备之间的关系。另外，还可包括项目工程师（必要时可包括设备制造商的代表）与小组负责人的较为详尽的沟通。

c. 安排必要的会议。如果所需的数据已经收集完毕，小组负责人就应安排必要的会议。首先要估计分析研究所需的时间。作为一般的规律，每个需研究的单个部分，如进入一个容器的主管线，平均需花费小组 15min。对于一个有两个进口、两个出口和一个防空口的容器来说，加上容器本身，共需花费小组 1.5h 的时间。因此，可以根据管道和设备的数目来估算会议用时。另一种粗略估算用时的方法为对一个重要设备需要 3h，对每一简单的表述词，如"关泵"、"启动马达"或"启动泵"等，需要 15min。

在时间估定后，小组负责人可以安排会议。理想地，每一节会议不要超过 3h（最好安排在上午）。如果一节会议时间更长将导致会议效率下降。对于大型项目，一个研究小组可能不能在规定的时间内完成 HAZOP 工作，此时，就有必要使用多个分析小组和小组负责人。其中的一个小组负责人要充当小组间协调人的角色并需准备一份完整的 HAZOP 时间表。

④ 实施小组研究。HAZOP 研究需要将装置系统地分为若干个节点，并在工艺节点上使用恰当的引导词。研究过程的简单示意如图 4-1 所示。

HAZOP 研究的节点划分通常由小组负责人完成。节点划分一般根据工艺流向，从管线进入 P&ID 的地方开始，再到下一个设

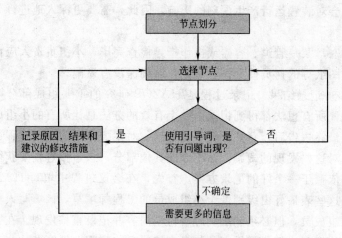

图 4-1　研究过程的简单示意

计意图，或下一个有重大工艺状态变化的点，或下一个设备。选择的单元需要的时间通常不超过 3h；选择第一引导词尽量不超过 5 个原因，如果小组需要将单元分成多个部分，则分解成多个单元。当小组成员发生冲突和厌烦时，要及时改变单元。总之，节点划分的原则是简单和无遗漏。

在使用引导词对某个节点进行研究时，当问题被发现后，小组负责人应确保小组成员均已理解。解决问题的程度是可以变化的，它包括两个极端：

a. 在寻找另一个危险前，找到对已发现危险的建议的改进措施；

b. 在所有的危险都被发现之前，不寻求建议的改进措施。

通常的情况是位于两者之间。在一次会议上就能找到解决问题的方法是不现实的，甚至是不可能的。但如果解决办法是很直接易行的，即可当场作出决定修改设计或操作手册。在一定程度上，是否能具备当场拍板的能力，取决于被研究装置的类型。对于连续运行的装置，对设计中某一节点的分析结论，可能不会使以前对上游节点作出的分析结果作废，但相关的可能性也应列入考虑之中。对于有程序控制的间歇操作的装置，设计和操作模式中的任何变化都可能会对装置运行产生深刻的影响，因此，需要更深入地进行分析研究。

一旦某一管道、容器或操作指导检查完毕，小组负责人应在相应的图纸等的拷贝件上作上标记，以确保没有遗漏。

⑤ 记录结果。记录过程是 HAZOP 研究的重要组成部分，必须保证所有想法都得到记录。一个有效的方法是让所有的小组成员审核最终报告后，召开一次审核会议。对主要发现的审核过程通常只是对这些发现的微调，而不涉及其他部分。该审核过程要获得成功，依赖于一个好的记录方案。首先，在会议过程中填写 HAZOP 表，这些表最好由级别低于小组成员的工程师填写，该填写人不必是小组成员，但必须能准确理解讨论内容并记录审核发现。在得到了一些发现，但仍需更多的信息支持时，往往需要填写卡片，交给相关人员，提醒其采取进一步的行动。也可以使用录音机把讨论的过程记录下来，然后再行取录。记录又可分为选择性记录和全记录，一般前者为手工记录时使用，后者为电脑录入时使用。总之，对记录的基本要求是完整和准确。

⑥ HAZOP 研究报告。HAZOP 研究报告既是 HAZOP 研究及其后续活动的成果、设计工作的一个里程碑，又是装置安全运行的本质化的基础。因此，值得高度重视。报告的格式可以不拘，但一般应包括以下内容：

a. 研究的范围和目标；

b. 对单元或工艺中研究方法的表述；

c. 小组成员和时间；研究用的 P&ID 图，包括版本号；

d. HAZOP 记录。

HAZOP 研究最终报告的附录中一般应包括：

a. 完整的安全建议清单；

b. 完成的操作性建议清单；拒绝的安全建议；

c. 拒绝的操作性建议；

d. HAZOP 研究记录页；

e. HAZOP 研究小组成员；

f. HAZOP 各阶段小组成员；

g. 研究用的图纸；

h. 各阶段的图纸；

i. 研究方法的描述；

j. 每一个节点用的引导词；

k. HAZOP 研究章节和范围；

l. 实际研究后已作标记图纸的存档位置。

4.2.3.2 危险和可操作性研究（HAZOP）在铁钼法甲醛生产装置中的应用实例

现以单反应器工艺路线中的甲醇系统为例。

甲醇与空气通过不完全氧化生成甲醛。该反应是采用固定床气相氧化反应器在金属氧化催化剂上发生，反应方程式为：

$$CH_3OH + \frac{1}{2}O_2 \longrightarrow CH_2O + H_2O \qquad \Delta H = 159kJ/mol$$

新鲜空气与循环气体的混合物由两台循环风机送入工艺流程中。

甲醇用泵送入生产装置，通过两组环状喷头注入空气流中，一组环状喷头位于预蒸发器的顶部，另一组位于蒸发器的顶部，空气-甲醇混合物通过甲醇蒸发器，甲醇在蒸发器和预蒸发器内蒸发，气体混合物被加热至约 160℃。

甲醇的氧化发生在反应器 R-3006 管程中的催化剂床层上。管中装有一定深度的金属氧化物催化剂。管的底部和顶部装有惰性环以改善传热过程。反应器壳程充满导热油，以移去反应产生的部分反应热。

进入管顶部的气体混合物在通过管中上部的惰性环时，被壳程沸腾的导热油预热。当气体接触到加热过的催化剂后，反应开始，温度骤然升高至最高值。当反应结束后，经过与 HTF 换热，温度又急剧下降，在气体离开反应器管程时，温度接近导热油的温度。

反应器壳程充满了沸腾的导热油，以得到最大的传热效率。导热油通过虹吸循环，从反应器壳程进入导热油冷凝器。导热油蒸气在冷凝器中冷凝变成液体，并循环进入反应器。导热油冷凝器亦用作蒸汽锅炉，可以产生的大量蒸汽。

反应后气体自反应器底部进入蒸发器壳程中。在甲醇蒸发器中，气体被冷却，然后进入吸收一塔和吸收二塔。

吸收一塔由两个填料区和几块阀板组成。吸收二塔由十几块泡罩板组成。进入一塔的热反应后气体混合冷却后，塔釜的甲醛浓度为55%左右（根据产品需要确定浓度）。一部分甲醛进行循环吸收，另一部分的福尔马林作为产品从一塔的底部排出。

吸收塔内的热量用以下方法转移：一塔底部的福尔马林，用泵循环经过预蒸发器和换热器，并且经二塔内每个塔板上的冷却水盘管的循环冷却水冷却，即可转移走热量。工艺水进入二塔顶部，与气流逆流接触。二者的流量比决定最终产品的甲醛浓度。

经吸收二塔吸收后的贫气分为两部分：一部分进入排放控制系统（ECS）；另一部分则进入风机。进入ECS的贫气量由循环气控制阀控制。该阀控制循环气体和新鲜空气的比例以保持风机出口工艺气中氧气浓度保持恒定在10%～11%。

进入ECS的贫气与ECS预热器中的尾气换热，然后进入ECS反应器，在贵重金属催化剂床层上进行氧化。由于贫气在ECS反应器中完全氧化，放出大量的反应热，尾气的温度升高，尾气在ECS蒸汽发生器中与锅炉给水换热，然后进入预热器，经与贫气换热后，排入大气。

在HAZOP研究中，通常将铁钼法甲醛生产工艺过程分为6个分系统，包括工艺气系统、甲醇系统、导热油系统、福尔马林系统、冷却水系统、锅炉给水和蒸汽系统。由于HAZOP研究需要涉及几乎所有的技术诀窍和秘密，因此，仅以甲醇系统作为示例，目的是加深对HAZOP研究方法的理解。

加压工艺甲醛生产装置HAZOP研究内容如下。

甲醇系统：

① 管线 1♯——甲醇进料至主反应器系统（参见图 2-2），将纯甲醇送入主反应系统的两台蒸发器中，压力 6bar（g）（1bar＝10^5Pa，下同），温度为室温。

② 管线 2♯——甲醇进料至甲醇蒸发器（参见图 2-2），将纯甲醇送入主反应系统的甲醇蒸发器中，压力 6bar（g），温度为室温。

③ 管线 3♯——甲醇进料至甲醇预蒸发器（参见图 2-2），将纯甲醇送入主反应系统的甲醇预蒸发器中，压力 6bar（g），温度为室温。

危险和可操作性研究（HAZOP）记录于表 2-28～表 2-34 中。

表 4-28　危险和可操作性研究（HAZOP）记录表（表式）

项目编号：　　　　　　项目名称：

P&ID 图号：　　　　　　版本号：　　　　　　日期：

系统/部分：　　　　　　管线号：

引导词	偏　差	原　因	后　果	预防措施	建　议
流量	高				
流量	低				
流量	无				
流量	反向				
压力	高				
压力	低				
温度	高				
温度	低				
静电积聚					
浓度					
杂质					
维修					
公用工程条件中断					
其他非计划停车					

表 4-29　危险和可操作性研究（HAZOP）记录表（一）

项目编号：PS100　　　　　项目名称：单反应器加压甲醛生产装置

P&ID 图号：3-303756　　　版本号：1　　　　日期：2007-6-25

系统/部分：甲醇系统　　　　管线号：1#

引导词	偏差	原因	后果	预防措施	建议
流量	高	管道破裂	甲醇泄漏,可能引起火灾	合适的管道等级	管道完整性程序
		流量计处于手动位置,阀门开启	甲醇含量高,有爆炸危险	DCS 计算甲醇含量,9.5%时启动甲醇连锁,FICS-30042 HH 启动甲醇连锁	定期测试 FICS-30042 的性能
		流量计处于自动位置,流量变化,如喷头掉落	引起氧气需求变化,过程不稳定	偏差达到设定值的 2%报警,偏差 5%启动甲醇连锁	
流量	低	过滤器堵塞阀门部分关闭管线泄漏压力低	引起流量波动	偏差达到设定值的 -2%报警	
			分布差,可能引起甲醇浓度分布不均,有火灾和爆炸危险	在喷头前设置压力表	
流量	无	停车	高氧浓度		

4.2.4　道化学火灾、爆炸指数评价法

（1）概述

道化学公司《火灾、爆炸危险指数法》（第七版）是针对工艺过程中的物质、设备、数量、工艺参数、泄漏、储运等火灾、爆炸及毒性的危险性、有害性,通过逐步推算的方法,求出其火灾、爆炸等潜在危险及其等级的一种方法。

该法首先确定单元固有的火灾、爆炸指数及危险等级,详见表4-35。

表 4-30　危险和可操作性研究（HAZOP）记录表（二）

项目编号：PS100　　　　　　　　项目名称：单反应器加压甲醛生产装置
P&ID图号：3-303756　　　　　　版本号：1　　　　　　　日期：2007-6-25
系统/部分：甲醇系统　　　　　　管线号：1#

引导词	偏差	原因	后果	预防措施	建议
压力	高	无流量，泵最大压力	管线超压	合适的管道等级 最大泵压力小于管道设计压力	
压力	低	管道破裂 泵工作不正常 储槽液位低 过滤器堵塞	甲醇含量低，反应器温度低，突然变化可能造成氧浓度高	氧气分析仪 HH 报警启动甲醇连锁	
温度	高	室温	无		
温度	低	室温	无		
静电积聚		是，有机液体	可能放电，引起火灾	接地，尽可能减少法兰，采用焊接连接	
浓度	高、低	100%甲醇			
杂质		氯离子 杂物	腐蚀 堵塞喷头，引起低流量	原料检验	提供甲醇规格和测试建议
公用工程条件中断		电/气			
其他非计划停车		连锁上的阀门关闭	甲醇能排入系统或开车时吸入风机，产生爆炸性混合物，爆炸	防爆膜，甲醇连锁阀 HV-30024，AuV-30045 应尽可能靠近设备	开始时，应频繁切换使用过滤器

表 4-31 危险和可操作性研究（HAZOP）记录表（三）

项目编号：PF100 项目名称：单反应器加压甲醛生产装置

P&ID图号：3-303756 版本号：1 日期：2007-6-25

系统/部分：甲醇系统 管线号：2#

引导词	偏差	原因	后果	预防措施	建议
流量	高	管道破裂 甲醇预蒸发器未使用	甲醇泄漏,可能造成火灾 可以容纳所有的流量,但反应器中气体的温度低 混合不佳,甲醇蒸发不完全,存在着爆炸的危险	使用合适的管道等级 TI-30062 低报 使用除沫器,安装防爆膜 在甲醇喷头前安装压力表	管道完整性程序
流量	低	喷头堵塞,过滤器堵塞	甲醇流量低	偏差达到设定值的−2%报警	
流量	无	阀门关闭	无流量,如果气体流入,反应器的温度下降很快	关注操作程序	
压力	高	无流量,泵最大压力	管线超压	合适的管道等级 最大泵压小于管道设计压力	
压力	低	管道破裂 泵工作不正常 储槽液位低 过滤器堵塞	甲醇含量低,反应器温度低,突然变化可能造成氧浓度高 低压可能造成通过喷头的甲醇分布不佳	氧气分析仪 HH 报警启动甲醇连锁 安装压力表	

表 4-32 危险和可操作性研究（HAZOP）记录表（四）

项目编号：PF100 项目名称：单反应器加压甲醛生产装置

P&ID图号：3-303756 版本号：1 日期：2007-6-25

系统/部分：甲醇系统 管线号：2#

引导词	偏差	原因	后果	预防措施	建议
温度	高	室温	无		
温度	低	室温	无		

引导词	偏差	原因	后果	预防措施	建议
静电积聚		是,有机液体	可能放电,引起火灾	接地,尽可能减少法兰,采用焊接连接	
浓度	高/低	100%甲醇	无		
杂质		氯离子杂物	腐蚀堵塞喷头,造成低流量	原料测试	提供甲醇规格和测试建议
维修					例行检查甲醇蒸发器进料喷头连接是否紧密
其他非计划停车		连锁上的阀门关闭	甲醇能排入系统或开车时吸入风机,产生爆炸性混合物,爆炸	防爆膜,甲醇连锁阀 HV-30024,AuV-30045 应尽可能靠近设备	开始时,应频繁切换使用过滤器

表 4-33　危险和可操作性研究（HAZOP）记录表（五）

项目编号：PF100　　　　　项目名称：单反应器加压甲醛生产装置

P&ID 图号：3-303756　　　　版本号：1　　　　　　　　日期：2007-6-25

系统/部分：甲醇系统　　　　管线号：3#

引导词	偏差	原因	后果	预防措施	建议
流量	高	管道破裂	甲醇泄漏,可能造成火灾	使用合适的管道等级	管道完整性程序
		甲醇蒸发器未使用	设计为容纳 2/3 的流量,可以容纳所有的流量,但进入反应器中气体的温度高,离开预蒸发器时温度低,使甲醇冷凝,有爆炸危险	强调按开车程序操作,首先进甲醇蒸发器　　TI-30047LL 启动甲醇连锁	
		喷头掉落	混合不佳,甲醇蒸发不完全,存在着爆炸的危险	使用除沫器,安装防爆膜,在甲醇喷头前安装压力表	
流量	低	喷头堵塞,过滤器堵塞	甲醇流量低	偏差达到设定值的 -2%报警	

引导词	偏差	原因	后果	预防措施	建议
流量	无	阀门关闭	无		
压力	高	无流量,泵最大压力	管线超压	合适的管道等级 最大泵压小于管道设计压力	
压力	低	管道破裂 泵工作不正常 储槽液位低 过滤器堵塞	甲醇含量低,反应器温度低,突然变化可能造成氧浓度高 低压可能造成通过喷头的甲醇分布不佳	氧气分析仪 HH 报警启动甲醇连锁 在甲醇喷头前安装压力表	

表 4-34 危险和可操作性研究（HAZOP）记录表（六）

项目编号：PF100　　　　项目名称：单反应器加压甲醛生产装置

P&ID 图号：3-303756　　　版本号：1　　　　　日期：2007-6-25

系统/部分：甲醇系统　　　　管线号：3#

引导词	偏差	原因	后果	预防措施	建议
温度	高	室温	无		
温度	低	室温	无		
静电积聚		是,有机液体	可能放电,引起火灾	接地,尽可能减少法兰,采用焊接连接	
浓度	高/低	100%甲醇	无		
杂质		氯离子 杂物	腐蚀 堵塞喷头,造成低流量	原料测试	提供甲醇规格和测试建议
维修					例行检查甲醇蒸发器进料喷头连接是否紧密
公用工程条件中断		电/气	HV-30024 失灵关闭		
其他非计划停车		连锁上的阀门关闭	甲醇能排入系统或开车时吸入风机,产生爆炸性混合物,爆炸	防爆膜,甲醇连锁阀 HV-30024,AuV-30045 应尽可能靠近设备	开始时,应频繁更换使用过滤器

184

表 4-35　F&EI 危险等级

F&EI	1～60	61～96	97～127	128～158	>159
危险等级	最轻	较轻	中等	很大	非常大

　　然后，再通过安全措施补偿的办法，以降低单元的危险程度，确定是否达到可接受程度；并进一步确定单元危险区域的平面分布和影响体积，据此，定量地计算出单元危险系数和基本及实际最大可能财产损失，以确定单元危险性的风险程度。具体评价步骤如图4-2 所示。

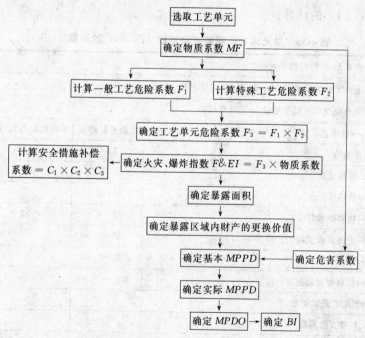

图 4-2　"道化法"（第七版）评价程序

（2）评价单元的选定

　　根据生产项目工程生产装置的工艺条件、工艺单元中的危险物料性质及其数量、评价方法中确定评价单元的原则，考虑潜在化学能、工艺单元中危险物质的数量、资金密度、操作压力和操作温度、导致火灾及爆炸事故的历史资料、对装置起关键作用的单元，选定对甲醇储槽单元、甲醛储槽单元、甲醇氧化单元按"道化法"（第七版）进行评价。

（3）单元工艺危险系数的求取及火灾爆炸指数计算

按道化学公司《火灾、爆炸指数法》对各单元求取一般工艺危险系数（F_1）和特殊工艺危险系数（F_2），并按 $F_3 = F_1 \times F_2$ 计算出工艺危险系数（F_3），F_3 值范围为 $1 \sim 8$，若 $F_3 > 8$ 则，则按 8 计。然后再按火灾、爆炸指数 $F\&EI = F_3 \times MF$ 计算各单元的火灾、爆炸指数，详见表 4-36～表 4-38 各单元火灾、爆炸危险指数（$F\&EI$）的计算。

表 4-36　单元火灾、爆炸危险指数（$F\&EI$）的计算（一）

评价单元：甲醇储槽单元		
确定 MF 的物质及其 MF 值：甲醇　$MF=16$		
物质系数当单元温度超过 60℃时则标明		
1. 一般工艺危险	危险系数范围	采用危险系数(1)
基本系数	1.00	1.00
(1)放热反应	0.3～1.25	
(2)吸热反应	0.20～0.40	
(3)物料处理与输送	0.25～1.05	0.85
(4)密闭式或室内工艺单元	0.25～0.90	
(5)通道	0.20～0.35	
(6)排放和泄漏控制	0.25～0.5	0.50
一般工艺危险系数(F_1)		2.35
2. 特殊工艺危险		
基本系数	1.00	1.00
(1)毒性物质	0.20～0.80	0.20
(2)负压(<500mmHg)	0.50	
(3)易燃范围及接近易燃范围的操作		
惰性化—　　未惰性化—		

①罐装易燃液体	0.50	0.50
②过程失常或吹扫故障	0.30	
③一直在燃烧范围内	0.80	
(4)粉尘爆炸	0.25~2.00	
(5)压力 操作压力(绝对压力)/kPa 释放压力(绝对压力)/kPa		
(6)低温(0.2~0.3)	0.20~0.30	
(7)易燃及不稳定物质的质量 物质质量(kg) 物质燃烧热 H_c(J/kg)		
①工艺中的液体及气体		
②储存中的液体及气体		0.6
③储存中的可燃固体及工艺中的粉尘		
(8)腐蚀及磨蚀	0.10~0.75	0.10
(9)泄漏——接头和填料	0.10~1.50	0.10
(10)使用明火设备		
(11)热油热交换系统	0.15~1.15	
(12)转动设备	0.50	
特殊工艺危险系数(F_2)		2.5
工艺单元危险系数($F_1 \times F_2$)		5.875
火灾、爆炸指数($F_3 \times MF = F\&EI$)		94

表 4-37　单元火灾、爆炸危险指数（F&EI）的计算（二）

评价单元:甲醛储槽单元		
确定 MF 的物质及其 MF 值:甲醛　$MF=10$		
物质系数当单元温度超过 60℃时则标明		

1. 一般工艺危险	危险系数范围	采用危险系数(1)
基本系数	1.00	1.00
(1)放热反应	0.3~1.25	

(2)吸热反应	0.20~0.40	
(3)物料处理与输送	0.25~1.05	0.85
(4)密闭式或室内工艺单元	0.25~0.90	
(5)通道	0.20~0.35	
(6)排放和泄漏控制	0.25~0.5	0.50
一般工艺危险系数(F_1)		2.35
2. 特殊工艺危险		
基本系数	1.00	1.00
(1)毒性物质	0.20~0.80	0.60
(2)负压(<500mmHg)	0.50	
(3)易燃范围及接近易燃范围的操作		
惰性化— 未惰性化—		
①罐装易燃液体	0.50	0.50
②过程失常或吹扫故障	0.30	
③一直在燃烧范围内	0.80	
(4)粉尘爆炸	0.25~2.00	
(5)压力 操作压力(绝对压力)/kPa 释放压力(绝对压力)/kPa		
(6)低温(0.2~0.3)	0.20~0.30	
(7)易燃及不稳定物质的质量 物质重量(kg) 物质燃烧热 H_c(J/kg)		
①工艺中的液体及气体		
②储存中的液体及气体		1.05
③储存中的可燃固体及工艺中的粉尘		
(8)腐蚀及磨蚀	0.10~0.75	0.20
(9)泄漏——接头和填料	0.10~1.50	0.30
(10)使用明火设备		
(11)热油热交换系统	0.15~1.15	

(12)转动设备	0.50	.
特殊工艺危险系数(F_2)		3.65
工艺单元危险系数($F_1 \times F_2$)		8
火灾、爆炸指数($F_3 \times MF = F\&EI$)		80

表 4-38　单元火灾、爆炸危险指数（F&EI）的计算（三）

评价单元:甲醇氧化单元

确定 MF 的物质及其 MF 值:甲醇　MF 修正值=21

物质系数当单元温度超过 60℃时则标明

1. 一般工艺危险	危险系数范围	采用危险系数(1)
基本系数	1.00	1.00
(1)放热反应	0.3~1.25	1.0
(2)吸热反应	0.20~0.40	
(3)物料处理与输送	0.25~1.05	0.5
(4)密闭式或室内工艺单元	0.25~0.90	
(5)通道	0.20~0.35	
(6)排放和泄漏控制	0.25~0.5	0.50
一般工艺危险系数(F_1)		3
2. 特殊工艺危险		
基本系数	1.00	1.00
(1)毒性物质	0.20~0.80	0.20
(2)负压(<500mmHg)	0.50	
(3)易燃范围及接近易燃范围的操作		
惰性化—　　未惰性化—		
①罐装易燃液体	0.50	0
②过程失常或吹扫故障	0.30	0.30
③一直在燃烧范围内	0.80	
(4)粉尘爆炸	0.25~2.00	

(5)压力 操作压力(绝对压力)/kPa 释放压力(绝对压力)/kPa		0.24
(6)低温(0.2~0.3)	0.20~0.30	
(7)易燃及不稳定物质的质量 物质质量(kg) 物质燃烧热 H_c(J/kg)		
①工艺中的液体及气体		0.15
②储存中的液体及气体		
③储存中的可燃固体及工艺中的粉尘		
(8)腐蚀及磨蚀	0.10~0.75	0.10
(9)泄漏——接头和填料	0.10~1.50	0.10
(10)使用明火设备		
(11)热油热交换系统	0.15~1.15	0.30
(12)转动设备	0.50	
特殊工艺危险系数(F_2)		2.39
工艺单元危险系数($F_1 \times F_2$)		7.17
火灾、爆炸指数($F_3 \times MF = F\&EI$)		151

根据表 4-36~表 4-38 计算出的 ($F\&EI$) 值,按表 4-22 进行危险等级划分,结果见表 4-39。

表 4-39　各单元 $F\&EI$ 值及危险等级划分

序号	评价单元	$F\&EI$	危险等级
1	甲醇储槽单元	94	较轻
2	甲醛储槽单元	80	较轻
3	甲醇氧化单元	151	很大

（4）各单元安全措施补偿系数的计算

甲醇储槽单元、甲醛储槽单元、甲醇氧化炉单元采取了一定的安全措施,这些措施可以一定程度地预防重大事故的发生,降低事故发生频率,减少事故造成的损失,即降低了单元的危险性。因此，用这些安全措施对各单元给予一定的补偿，进一步进行补偿评价。

安全措施可分为以下三类，他们的补偿系数分别用 C_1、C_2、C_3 表示：

C_1——工艺控制；

C_2——物质隔离；

C_3——防火措施。

根据道化学公司《火灾、爆炸危险指数评价法》，对各单元采取的安全措施选取补偿系数 C_1、C_2、C_3，并按式 $C=C_1 \times C_2 \times C_3$ 求出单元的补偿系数，见表 4-40～表 4-42。

（5）评价单元危险分析汇总

① 单元火灾、爆炸危险指数（$F\&EI$）。

甲醇储槽单元：$F\&EI=94$，危险等级为"较轻"。

甲醛储槽单元：$F\&EI=80$，危险等级为"较轻"。

甲醇氧化单元：$F\&EI=151$，危险等级为"很大"。

② 火灾、爆炸影响区域半径（暴露半径）。

暴露半径：$R=F\&EI \times 0.84 \times 0.3048\text{m}$。

甲醇储槽单元：$R_1=94 \times 0.84 \times 0.3048=24.07\text{m}$

甲醛储槽单元：$R_1=80 \times 0.84 \times 0.3048=20.48\text{m}$

甲醇氧化单元：$R_1=151 \times 0.84 \times 0.3048=38.66\text{m}$

③ 火灾、爆炸时暴露区域及影响体积。

$$暴露区域面积 S=\pi R^2 \quad (\text{m}^2)$$

式中，R 为暴露半径。

暴露区域表示区域内的设备会暴露在本单元发生的火灾、爆炸环境中。

甲醇储槽单元：$S_1=\pi \times R^2=3.14 \times (24.07\text{m})^2=1819\text{m}^2$

甲醛储槽单元：$S_2=\pi \times R^2=3.14 \times (20.48\text{m})^2=1317\text{m}^2$

甲醇氧化单元：$S_2=\pi \times R^2=3.14 \times (38.66\text{m})^2=4693\text{m}^2$

火灾、爆炸时影响体积为一个围绕着工艺单元的圆柱体体积，其面积是暴露区域面积 S，高度相当于暴露半径 R（有时也可以用

表 4-40 单元安全措施补偿系数计算（一）

评价单元:甲醇储槽单元

项　　目	补偿系数范围	采用补偿系数
1. 工艺控制安全补偿系数(C_1)		
(1)应急电源	0.98	
(2)冷却装置	0.97～0.99	
(3)抑爆装置	0.84～0.98	
(4)紧急切断装置	0.96～0.99	
(5)计算机控制	0.93～0.99	
(6)惰性气体保护	0.94～0.96	
(7)操作规程/程序	0.91～0.99	0.95
(8)化学活性物质检查	0.91～0.98	
(9)其他工艺危险分析	0.91～0.98	
C_1		0.95
2. 物质隔离安全补偿系数(C_2)		
(1)遥控阀	0.96～0.98	
(2)卸料/排空装置	0.96～0.98	0.98
(3)排放系统	0.91～0.97	
(4)连锁装置	0.98	
C_2		0.98
3. 防火设施安全补偿系数(C_3)		
(1)泄漏检测装置	0.94～0.98	
(2)结构钢	0.95～0.98	
(3)消防水供应系统	0.94～0.97	0.97
(4)特殊灭火系统	0.91	
(5)洒水灭火系统	0.74～0.97	
(6)水幕	0.97～0.98	
(7)泡沫灭火系统	0.92～0.97	
(8)手提式灭火系统	0.93～0.98	
(9)电缆防护	0.94	0.94
C_3		0.9118
安全措施补偿系数 $C = C_1 \times C_2 \times C_3$		0.85

表 4-41　单元安全措施补偿系数计算（二）

评价单元：甲醛储槽单元

项　目	补偿系数范围	采用补偿系数
1. 工艺控制安全补偿系数（C_1）		
（1）应急电源	0.98	
（2）冷却装置	0.97～0.99	
（3）抑爆装置	0.84～0.98	
（4）紧急切断装置	0.96～0.99	
（5）计算机控制	0.93～0.99	
（6）惰性气体保护	0.94～0.96	
（7）操作规程/程序	0.91～0.99	0.95
（8）化学活性物质检查	0.91～0.98	
（9）其他工艺危险分析	0.91～0.98	
C_1		0.95
2. 物质隔离安全补偿系数（C_2）		
（1）遥控阀	0.96～0.98	
（2）卸料/排空装置	0.96～0.98	0.98
（3）排放系统	0.91～0.97	
（4）连锁装置	0.98	
C_2		0.98
3. 防火设施安全补偿系数（C_3）		
（1）泄漏检测装置	0.94～0.98	
（2）结构钢	0.95～0.98	
（3）消防水供应系统	0.94～0.97	0.97
（4）特殊灭火系统	0.91	
（5）洒水灭火系统	0.74～0.97	
（6）水幕	0.97～0.98	
（7）泡沫灭火系统	0.92～0.97	
（8）手提式灭火系统	0.93～0.98	
（9）电缆防护	0.94	0.94
C_3		0.9118
安全措施补偿系数 $C = C_1 \times C_2 \times C_3$		0.85

表 4-42　单元安全措施补偿系数计算（三）

评价单元：甲醇氧化单元

项　目	补偿系数范围	采用补偿系数
1. 工艺控制安全补偿系数（C_1）		
(1)应急电源	0.98	0.98
(2)冷却装置	0.97～0.99	0.99
(3)抑爆装置	0.84～0.98	0.98
(4)紧急切断装置	0.96～0.99	0.98
(5)计算机控制	0.93～0.99	0.93
(6)惰性气体保护	0.94～0.96	
(7)操作规程/程序	0.91～0.99	0.91
(8)化学活性物质检查	0.91～0.98	
(9)其他工艺危险分析	0.91～0.98	0.91
C_1		0.72
2. 物质隔离安全补偿系数（C_2）		
(1)遥控阀	0.96～0.98	0.98
(2)卸料/排空装置	0.96～0.98	0.96
(3)排放系统	0.91～0.97	
(4)连锁装置	0.98	0.98
C_2		0.92
3. 防火设施安全补偿系数（C_3）		
(1)泄漏检测装置	0.94～0.98	
(2)结构钢	0.95～0.98	0.97
(3)消防水供应系统	0.94～0.97	0.97
(4)特殊灭火系统	0.91	0.91
(5)洒水灭火系统	0.74～0.97	
(6)水幕	0.97～0.98	
(7)泡沫灭火系统	0.92～0.97	
(8)手提式灭火系统	0.93～0.98	0.98
(9)电缆防护	0.94	0.94
C_3		0.79
安全措施补偿系数 $C = C_1 \times C_2 \times C_3$		0.52

球体体积表示）。

④ 火灾、爆炸时暴露区域内财产价值。

为评价采用安全措施后的财产损失的变化情况，设定各个单元暴露区域的财产价值顺序依次分别为 $A_1 \sim A_4$（包括容器内的物料价值），据此可以进一步计算。

$$A = 暴露区域内财产总值 \times 0.82 \times 折旧（增值）系数$$

式中，0.82 为扣除了未被破坏的道路、地下管道、基础的损失系数，0.82 是经验值，如能精确计算，可以不采用 0.82。

⑤ 危害系数的确定。

危害系数是由图或方程式根据单元危险系数（F_3）和物质系数（MF）来确定的，它代表了单元中物料泄漏或反应能量释放所引起的火灾、爆炸事故的综合效应。确定危害系数时，如果 F_3 数值超过 8.0，按 $F_3 = 8.0$ 来确定危害系数。

甲醇储槽单元：$F_3 = 5.875$　　$MF = 16$

甲醛储槽单元：$F_3 = 8$　　$MF = 10$

甲醇氧化炉单元：$F_3 = 7.11$　　$MF = 21$

由图可查得，危害系数 $y_1 = 0.62$，$y_2 = 0.27$，$y_3 = 0.82$。

⑥ 基本最大可能财产损失（$MPPD$）。

基本最大可能财产损失是由假定没有任何安全措施来降低财产损失的一种情况，它等于暴露区域的财产价值乘以危害系数。由此可得甲醇储槽单元的 $MPPD$ 为：$0.62A_1$；甲醛储槽单元的 $MPPD$ 为：$0.27A_2$；甲醇氧化单元的 $MPPD$ 为：$0.82A_3$。

⑦ 实际最大可能财产损失（实际 $MPPD$）。

实际最大可能财产损失是表示在采取适当的防护措施以后事故造成的财产损失。但是，如果这些防护装置出现故障、失效，则其损失值不同程度地接近于基本最大可能财产损失。

实际最大可能财产损失是由基本最大可能财产损失与安全措施补偿系数 C 的乘积而得到的。

甲醇储槽单元：实际 $MPPD = 0.62A_1 \times 0.85 = 0.53A_1$

甲醛储槽单元：实际 $MPPD = 0.27A_2 \times 0.85 = 0.23A_2$

甲醇氧化单元：实际 $MPPD=0.82A_3\times0.52=0.43A_3$

⑧ 最大可能损失工作日（$MPDO$）和停产损失（BI）。

影响停工天数的因素很多，如损坏的设备厂内是否有备件，采购备件的远近、难易等。虽和实际 $MPPD$ 有一定关系，但不完全是 $MPPD$ 的函数，在很多情况下，停工造成的损失比实际 $MPPD$ 还要大。经研究分析发现，在一般情况下，$MPDO$ 与实际 $MPPD$ 有着一种比例关系，计算出 $MPPD$ 后，可查图求出 $MPDO$。但是，如果能精确地确定停产天数，则完全不必按图来查取确定。

停产损失 BI 按下式进行计算：

$$BI=MPDO/30\times VPM\times0.70$$

式中，VPM 为平均月产值；0.70 为固定成本和利润占产值的比例。

由于实际 $MPPD$ 目前还无法计算出准确数值，故 $MPDO$ 和 BI 无法算出具体数值。

⑨ 单元补偿后火灾、爆炸危险指数（$F\&EI)'$ 及其补偿后危险等级的计算。

甲醇储槽单元：$(F\&EI)'=94\times0.85=79.9$

甲醛储槽单元：$(F\&EI)'=80\times0.85=68$

甲醇氧化单元：$(F\&EI)'=151\times0.52=79$

表 4-43　分析结果汇总

内容 结果＼单元	甲醇储槽单元	甲醛储槽单元	甲醇氧化单元
火灾、爆炸危险指数($F\&EI$)	94	80	151
危险等级	较轻	较轻	很大
暴露半径/m	27.07	20.48	38.66
暴露区域面积/m²	1819	1317	4693
暴露区域内财产价值	A_1	A_2	A_3
危害系数	0.62	0.27	0.82
基本 $MPPD$	$0.62A_1$	$0.27A_2$	$0.82A_3$
安全措施补偿系数 C	0.85	0.85	0.52
实际 $MPPD$	$0.53A_1$	$0.23A_2$	$0.43A_3$
补偿后火灾、爆炸危险指数($F\&EI$)	79.9	68	79
补偿后危险等级	较轻	较轻	较轻

由表 4-43 所列评价结果可知，甲醇储槽单元、甲醛储槽单元、甲醇氧化单元未考虑安全措施补偿因素时，单元火灾爆炸危险指数分别为"较轻"、"较轻"、"很大"；对三个单元采取安全措施补偿后，单元危险等级均为"较轻"级；因此必须确保这些安全补偿措施落实到位，并着重加强单元的安全管理和增加安全设施。在"预防为主"上狠下工夫，依靠科技进步，采用更加先进的控制和管理手段，才能真正提高危险单元安全生产的可靠性。

5 职业健康安全管理体系建设

5.1 建立职业健康安全管理体系的目的和意义

随着社会各界对职业健康安全问题的日益关注，以及 ISO 9000 和 ISO 14000 标准在世界各国得到广泛认可和成功实施，考虑到质量管理、环境管理和职业健康安全管理的相关性，国际上有关权威机构制定了评价职业健康安全管理体系的 OHSAS18001 标准，我国采用的是 GB/T 28001—2001 职业健康安全管理体系规范。推行它的目的有以下几方面：

① 使在组织内活动的成员的职业健康安全风险降低到最小限度；

② 使组织经营者的灾害风险降低到最小限度；

③ 强化组织的风险管理，避免可能发生的职业健康安全风险 OHSAS 18001 标准可以与 ISO 9000 族标准、ISO 14000 标准共同构成一个较为完备的企业管理体系标准，提高企业的整体管理水平。

实施它的意义如下：

① 为组织提高职业健康安全绩效提供了一个科学、有效的管理手段；

② 有助于推动职业健康安全法规和制度的贯彻执行；

③ 使职业健康安全管理由被动强制行为变为自动自愿；

④ 有助于消除贸易壁垒；

⑤ 会对组织产生直接和间接的经济效益；

⑥ 将树立组织良好的社会形象和品质。

我国甲醛生产企业属于危险化学品使用和生产行业，建立职业健康安全管理体系尤为重要，目前，我国的一些甲醛生产企业已经在着手建立职业健康安全管理体系，但是大部分企业还没有建立健全这一体系，为了使甲醛生产企业认识和尽快建立职业健康安全管理体系，现将有关情况作一个概括介绍。

5.2 职业健康安全管理体系概述

职业健康安全管理体系是指为建立职业健康安全方针和目标以及实现这些目标所制定的一系列有相互联系或补充作用的要素。它是职业健康安全管理活动的一种方式，包括影响职业健康安全绩效的重点活动与职责以及绩效测量的方法。职业健康安全管理体系的运行模式可以追溯到一系列的系统思想，最主要的是 Edward Deming 的 PDCA（即策划、实施、评价、改进）概念。在此要领的基础上结合职业健康安全管理活动的特点，

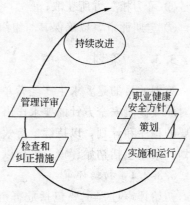

图 5-1　OHSAS 18001 运行模式

不同的职业健康安全管理体系标准提出了基本相似的职业健康安全管理体系的模式，其核心都是为生产经营单位建立一个动态循环过程，以持续改进的思想指导生产经营单位系统地实现其既定的目标。其中，OHSAS 18001 的运行模式为职业健康安全方针、策划、实施与运行、检查与纠正措施、管理评审，如图 5-1 所示。

5.3 职业健康安全管理体系的基本要素

5.3.1 职业健康安全方针

生产经营单位在征询员工意见的基础上，制定职业健康安全方

针，规定职业健康安全体系中职业健康安全工作的方向和原则，确定职业健康安全责任及绩效考核总体目标。该方针应经最高管理者批准，并应满足以下条件：

① 适合单位的职业健康安全风险的性质和规模；

② 保持持续改进的承诺；

③ 包括至少遵守现行职业健康安全法规和其他要求的承诺；

④ 形成文件，实施并保持；

⑤ 传达到全体员工，使其认识各自的职业健康安全义务；

⑥ 可为相关方所获取；

⑦ 定期评审，以确保其与组织保持相关和适宜。

5.3.2 策划

策划的目的是要求生产经营单位依据自身的危害与风险情况，针对职业健康安全方针的要求作出明确具体的规划，并建立和保持必要的程序和计划，以持续、有效地实施和运行职业健康安全管理规划。策划包括初始评审、目标以及职业健康安全管理方案。

5.3.2.1 初始评审

初始评审过程主要包括危害辨识、风险评价和风险控制的策划，法律、法规及其他要求两项工作。生产经营单位的初始评审应组织相关专业人员来完成，如可行，此工作还应以适当的形式与员工进行协商交流。初始评审的结果应形成文件。

5.3.2.2 目标

职业健康安全目标是职业健康安全方针的具体化和阶段性体现，因此，生产经营单位在制定目标时，应以方针要求为框架，并充分考虑下列因素以确保目标合理可行：①以危害辨识和风险评价为基础，确保其对实现职业健康安全方针要求的针对性和持续渐进性；②以获取的适当法律、法规及其他要求为基础，确保方针中守法承诺的实现；③考虑自身能力及方针目标要求，确保目标的可行性与实用性；④考虑以往职业健康安全目标、管理方案的实施和实现情况，以及以往事故、事件和不符合的发生情况，确保目标符合持续改进的要求。

为了确保能够对所制定的目标的实现程度进行客观的评价，目标应尽可能予以量化，并形成文件，传达到单位内所有相关职能和层次的人员，并应通过管理评审进行定期评审，在可行或必要时予以更新。

5.3.2.3 管理方案

管理方案的目的是制定和实施职业健康安全计划，确保目标的实现。管理方案应阐明做什么事、谁来做、什么时间做，并包括下列基本内容：①以策划风险控制措施以及获取法律、法规及其他要求的结果为主要依据，实现目标的方法；②上述方法所对应的职责部门（人员）及其绩效标准；③实施上述方法所要求的时间表；④实施上述方法所必需的资源保证，包括人力、资金及技术支持。

生产经营单位应定期对管理方案进行评审，以便在管理方案实施与运行期间，生产活动或其内外部运行条件（要求）发生变化时，能够尽可能地对方案进行修订，以确保管理方案的实施，实现职业健康安全目标。

5.3.3 实施和运行

5.3.3.1 机构和职责

生产经营单位的最高管理者应对保障员工的安全和健康负全面责任，并应在单位内设立各级职业健康安全岗位，规定其作用、职责和权限，以确保职业健康安全管理体系的有效建立、实施和运行，实现职业健康安全目标。

5.3.3.2 培训、意识和能力

生产经营单位应建立并持续执行培训的程序，以便规范、持续地开展培训工作，使员工具有必要的意识和能力。应对培训计划的实施情况进行定期评审，如需要，对培训方案进行进一步修改以保证它的针对性和有效性。

5.3.3.3 协商和沟通

生产经营单位应使信息交流制度化，促进单位就有关职业健康

安全信息与员工和其他相关方（如分承包人员、供货方、访问者）进行协商和交流。应安排员工参与以下工作：

① 方针和目标的制定及评审，风险管理和控制的决策；

② 职业健康安全管理方案与实施程序的制定与评审；

③ 事故、事件的调查及职业健康安全检查等；

④ 对影响作业场所及生产过程中的与职业健康安全有关的变更（如引进新的设备、原材料、技术、工艺过程、工作程序或模式，或对它们进行改进所带来的影响）而进行的沟通。

5.3.3.4　文件化

生产经营单位应保持最新的、充分的和适合的体系文件，以确保其在任何情况下均能得到充分理解和有效运行。体系文件应包括：

① 方针和目标；

② 职业健康安全管理的岗位和职责；

③ 主要的职业安全健康风险及其预防和控制措施；

④ 管理方案、程序、作业指导书和其他内部文件。

5.3.3.5　文件与资料控制

生产经营单位应制定书面程序，以便对体系文件的识别、批准、发布和撤销以及对有关资料进行控制，确保其满足以下要求：

① 文件和资料易于查找；

② 对文件和资料进行定期评审，必要时予以修订并由被授权人员确认其适宜性；

③ 凡对体系的有效运行具有关键作用的岗位，都可得到有关文件资料的现行版本；

④ 及时将失效文件和资料从所用方法和使用场所撤回，或采取其他措施防止误用；

⑤ 对出于法规和（或）保留信息的需要而留存的档案文件和资料予以适当标识。

5.3.3.6　运行控制

生产经营单位应对与所识别的风险有关并需采取控制措施的运

行与活动建立和保持计划安排，在所有作业场所实施必要且有效的控制和防范措施，以确保制定的职业健康安全管理方案得以有效、持续地落实。

对于因缺乏形成文件的程序而可能导致偏离职业健康安全方针、目标的运行情况，建立并保持形成文件的程序。

对于所购买和（或）使用的货物、设备和服务中已识别的职业健康安全风险，建立并保持程序，并将有关的程序和要求通报供方和合同方。

建立并保持程序，用于工作场所、过程、装置、机械、运行程序和工作组织设计，包括考虑与人的能力相适应，以便从根本上消除或降低职业健康安全风险。

5.3.3.7　应急预案与响应

应急预案与响应的目的是确保生产经营单位主动评价其潜在事故与紧急情况发生的可能性及其应急响应的需求，制定相应的应急计划、应急自理的程序和方式，检查预期响应效果，并改善其响应的有效性。

生产经营单位应依据危害辨识、风险评价和风险控制的结果以及法律法规等的要求，以往事故、事件和紧急状况的经历以及应急响应演练及改进措施效果的评审结果，针对其潜在事故或紧急情况，建立并保持应急计划；确定并备足应急设备，对其进行定期检查和测试，确保其处于完好状态。

应按预定的计划，尽可能采用符合实际情况的应急演练方式来检验应急计划的响应能力。特别是重点检验应急计划的完整性及关键部分的有效性。

5.3.4　检查和纠正措施

5.3.4.1　绩效测量和监视

生产经营单位要建立绩效测量和监测程序，测量和监测的内容如下。

① 监测职业健康安全管理方案的各项计划及运行控制中各项

运行标准的实施与符合情况。

② 系统地检查各项作业制度、安全技术措施、设备、现场安全设施以及个人防护用品的实施与符合情况。

③ 监测作业环境（包括作业组织）的状况。

④ 对员工实施健康监护，以确定预防和控制措施的有效性。

⑤ 对法律法规及有关职业健康安全的集体协议及其他要求的符合情况。

⑥ 对与工作有关的事故、事件、其他损失、不良职业健康安全绩效，体系失效情况的确认、报告和调查。

5.3.4.2 事故、事件、不符合、纠正和预防措施

生产经营单位应建立有效的程序，对生产经营单位的事故、事件、不符合进行调查、分析和报告，识别和消除此类情况发生的根本原因，防止其再次发生。

对于所有拟定的纠正和预防措施，在其实施前应先通过风险评价过程进行评审。

为消除实际和潜在的不符合原因而采取的任何纠正和预防措施，应与问题的严重性和面临的职业健康安全风险相适应。应实施并记录因纠正和预防措施而引起的对形成文件的程序的任何更改。

5.3.4.3 记录和记录管理

生产经营单位应建立并保持程序，以标识、保存和处置职业健康安全记录以及审核和评审结果。记录应字迹清楚、标识明确，并可追溯相关的活动。记录的保存和管理应便于查阅，避免损坏、变质或遗失。应规定记录的保存期限。

5.3.4.4 审核

审核的目的是建立并保持定期开展职业健康安全体系审核的方案和程序，评价生产经营单位职业健康安全管理体系及其要素的实施能否恰当、充分、有效地保护员工的健康和安全，预防各类事故的发生。

审核应主要考虑职业健康安全方针、程序及作业场所的条件和作业规程，以及适用的法律法规和其他要求。所制定的审核方案和

204

程序应明确审核人员的能力要求、审核范围、审核频次和报告方式。

5.3.5 管理评审

管理评审的目的是要求生产经营单位的最高管理者依据自己预定的时间间隔对职业健康安全管理体系进行评审，以确保体系的持续适宜性、充分性和有效性。

生产经营单位的最高管理者在实施管理评审时应主要考虑绩效测量与监测的结果，审核活动的结果，事故、事件、不符合的调查结果和可能影响体系的内外部因素及各种变化，包括自身变化的信息。

5.3.6 持续改进

生产经营单位应不断寻求方法持续改进职业健康安全管理体系及其职业健康安全绩效，从而不断消除、降低或控制各类职业健康安全危害和风险。

5.4 建立职业健康安全管理体系的方法与步骤

建立职业健康安全管理体系，指的是单位将原有的职业健康安全管理体系管理的方法予以补充、完善以及实施的过程。其具体过程可参考如下步骤来进行。

5.4.1 学习与培训

在单位建立和实施安全管理体系，需要全员参与和支持。建立和实施职业健康安全管理体系既是实现系统化、规范化的职业健康安全管理的过程，也是企业所有员工建立"以人为本"的理念、贯彻"安全第一，预防为主"方针的过程。因此，体系的建立和实施需要通过不同形式的学习和培训，使所有员工能够接受职业健康安全管理体系的管理思想，理解其基本要求、内容和特点，以及体系实施的重要意义。

5.4.2 初始评审

初始评审的目的是为职业健康安全管理体系的建立和实施提供基础，为职业健康安全管理体系的持续改进建立绩效基准。

初始评审主要包括以下内容。

① 相关的法律、法规和其他要求，对其适用性及需遵守的内容进行确认，并对遵守情况进行调查和评价。

② 对现有的或计划的作业活动进行危害辨识和风险评价。

③ 确定现有措施或计划采取的措施是否能够消除危害和控制风险。

④ 对所有现行职业健康安全管理的规定、过程和程序等进行检查，并评价其对管理体系要求的有效性和适用性。

⑤ 分析以往安全事故情况以及员工健康监护数据等相关资料，包括人员伤亡、职业病、财产损失统计、防护记录和趋势分析。

⑥ 对现行组织机构、资源配置和职责分工等进行评价。

初始评审的结果应形成文件，作为建立体系的基础。为实现体系绩效的持续改进，还应根据标准要求定期进行复评。

5.4.3 体系策划

根据初始评审的结果和本单位的资源，进行职业健康安全管理体系的策划。策划工作主要包括：

① 确立职业安全健康方针；

② 制定职业健康安全管理体系的目标及其管理方案；

③ 结合体系要求进行职能分配和职责分工；

④ 确定体系文件结构和各层次文件清单；

⑤ 为建立和实施职业健康安全管理体系准备必要的资源。

5.4.4 文件编写

按照职业健康安全管理体系的要求，以适用于单位的自身管理方式为原则，对单位的职业健康安全管理方针和目标，职业健康安全管理的关键岗位和职责，主要的职业健康安全风险、预防和控制措施，体系框架内的管理方案、程序、作业指导书，及其他内部文件等予以文件化规定，以确保所建立的职业健康安全管理体系在任何情况下均能得到充分理解和有效执行。体系文件的结构，多数情况下采用手册、程序文件以及作业指导书的方式。

5.4.5 体系试运行

各个部门和全体员工都按照体系的要求开展相应的职业健康安全管理和行动，对体系进行试运行，以检验体系策划与文件化规定的充分性、有效性和适宜性。

5.4.6 评审完善

通过体系的试运行，特别是依据绩效测量、审核以及管理评审的结果，检查和确认体系的各要素是否按照计划安排有效运行，是否达到了预期的目标，并采取相应的改进措施，使所建立的体系得到进一步完善。

5.5 职业健康安全管理体系审核与认证

5.5.1 职业健康安全管理体系审核

职业健康安全管理体系审核是指依据体系标准及其他审核准则，对单位职业健康安全管理体系的符合性和有效性进行评价的活动，以便找出受审核方体系存在的不足，使受审核方完善体系，不断改进职业健康安全绩效，达到有效控制工伤事故及职业病的目的，保护员工及相关方的安全和健康。审核可分为内审和外审。内审又称为第一方审核，外审又可分为第二方审核和第三方审核，第三方审核又称认证审核。

5.5.2 职业健康安全管理体系认证

职业健康安全管理体系认证是认证机构依据规定的标准和程

序，对受审核方的职业健康安全管理体系实施审核，确认其符合标准要求而授予其证书的活动。认证的对象是被认证单位的职业健康安全管理体系，认证方法是职业健康安全管理体系审核，认证的过程需要遵循规定的程序，认证的结果是被认证单位取得认证机构的职业健康安全管理体系认证证书和认证标志。

职业健康安全管理体系认证的实施程序包括认证申请及受理、审核策划及审核准备、审核的实施、纠正措施的跟踪与验证以及审批发证及认证后的监督和复评。

职业健康安全管理体系认证制度是近几年风靡全球的管理体系标准的认证制度。OHSAS 18000 系列标准是由英国标准协会（BSI）、挪威船级社（DNN）等 13 个组织于 1999 年联合推出的国际性标准，在目前 ISO 尚未制定的情况下，它起到了准国际标准的作用。其中的 OHSAS 18001 标准是认证性标准，它是组织（企业）建立职业健康安全管理体系（OHSMS）的基础，也是企业进行内审和认证机构实施认证审核的主要依据。我国已于 2000 年 11 月 12 日转化为国标：GB/T 28001—2001，该国标等同于 OHSAS 18001：1999《职业健康安全管理体系规范》。同年 12 月 20 日国家经贸委也推出了《职业安全健康管理体系审核规范》并在我国实施职业健康安全管理体系认证制度。

我国甲醛生产企业应根据相关规范，尽快建立健全企业的职业健康安全管理体系，使我国甲醛生产企业能够长治久安，健康发展。

附录1 相关法律法规参考目录

1. 中华人民共和国安全生产法

（2002年6月29日第九届全国人民代表大会常务委员会第二十八次会议通过 2002年6月29日中华人民共和国主席令第70号公布，自2002年11月1日起施行）

2. 危险化学品安全管理条例

（中华人民共和国国务院令 第344号，2002年1月9日国务院第52次常务会议通过，现予公布，自2002年3月15日起施行。）

3. 危险化学品登记管理办法

（中华人民共和国国家经济贸易委员会令第35号，2002年10月8日颁布，2002年11月15日实施，法规分类号204014200221）

4. 危险化学品建设项目安全许可实施办法

（国家安全生产监督管理总局令第8号，2006年10月1日起施行，原国家安全生产监督管理局《危险化学品生产储存建设项目安全审查办法》同时废止。）

5. 危险化学品企业安全生产许可证实施办法

（国家安全生产监督管理局、国家煤矿安全监察局第10号，2004年5月17日施行）

6. 危险化学品经营许可证管理办法

（中华人民共和国国家经济贸易委员会令第36号，2002年11月15日起施行）

7. 危险化学品事故应急救援预案编制导则

（安监管危化字〔2004〕43号，2004年4月8日执行）

8. 危险化学品从业单位安全标准化规范

〔国家安监总局《危险化学品从业单位安全标准化规范（试行）》和《危险化学品从业单位安全标准化考核机构管理办法（试行）》的通知，2005年12月16日〕

9. 中华人民共和国国家标准特种作业人员安全技术考核管理规则

（GB 5306—85，国家标准局 1985 年 8 月 16 日颁布，1986 年 3 月 1 日实施）

10. 生产安全事故报告和调查处理条例

（中华人民共和国国务院令第 493 号，2007 年 6 月 1 日起施行）

11. 中华人民共和国职业病防治法

（中华人民共和国主席令　第六十号，2002 年 5 月 1 日起施行）

附录 2　化学品安全技术说明书（MSDS）参考目录

1. 化学品安全技术说明书（MSDS）——甲醇

2. 化学品安全技术说明书（MSDS）——甲醛

3. 化学品安全技术说明书（MSDS）——甲缩醛

4. 化学品安全技术说明书（MSDS）——多聚甲醛

［化学品安全技术说明书可通过安全文化网（AnQuan. com. cn）免费查询］

参 考 文 献

[1] 全国甲醛行业协作组. 甲醛安全生产与环境保护. 北京：2006.
[2] 全国甲醛行业协作组. 中国甲醛工业五十年. 北京：2006.
[3] 李峰主编. 甲醛及其衍生物. 北京：化学工业出版社，2006.
[4] 戴自庚主编. 甲醛生产. 成都：电子科技大学出版社，1993.
[5] 国家安全生产监督管理总局编. 安全评价. 第 3 版. 北京：煤炭工业出版社，2004.
[6] 崔克清主编. 危险化学品安全技术与管理. 北京：煤炭工业出版社，2006.
[7] 冯肇瑞，杨有启主编. 化工安全技术手册. 北京：化学工业出版社，1993.
[8] 崔克清，张礼敬，陶刚编. 化工安全设计. 北京：化学工业出版社，2004.
[9] 霍红主编. 危险化学品储运与安全管理. 北京：化学工业出版社，2004.